Atomes crochus

Du même auteur

Le Projet Bleiberg, Éditions Critic, 2010
Le Projet Shiro, Éditions Critic, 2011
Les Vestiges de l'aube, Éditions Michel Lafon, 2011
Le Projet Morgenstern, Éditions Critic, 2013
Thunder : Quand la menace gronde, Rageot, 2014
Une nuit éternelle, Fleuve Éditions, 2014

DAVID
KHARA

Atomes crochus

J'AI LU

Pour Maryse et Marc
Pour Sylvie,
Pour Yves et Claire
En mémoire d'Annie et Didier.
Et pour toi, mon héroïne...

Prologue

« … le communiqué émanant du Président du Directoire de la société Nucorp se veut rassurant. Pourtant de nombreuses voix s'élèvent au sein de la communauté scientifique internationale pour dénoncer la gestion des opérations de refroidissement du réacteur 4, hors de contrôle depuis que la centrale atomique a été endommagée par le tremblement de terre qui a frappé l'Arizona en fin de semaine dernière.

La construction d'installations aussi sensibles sur des zones sismiques identifiées fait également débat au sein de la classe politique américaine. Les mots “corruption” et “incompétence” ont été prononcés lors d'échanges houleux, par médias interposés, entre représentants de la majorité et de l'opposition. Pour faire face à ces accusations, le Sénat a annoncé qu'il diligentait une enquête afin de déterminer d'éventuels dysfonctionnements dans la chaîne de décision et d'établir les responsabilités le cas échéant.

Plus d'informations sur cette crise nucléaire dans notre prochaine édition.

Dans quelques instants, vous retrouverez le journal des sports avec une interview exclusive de LeBron James qui nous expliquera les raisons de son retour au sein des Cavaliers de Cleveland.

Restez avec nous sur CBN, premier réseau d'information continue. Nous nous retrouvons après une page de publicité... »

Chapitre 1

Aéroport Fort Worth, Dallas,
de nos jours.

Un vacarme incessant emplissait le hall de l'aérogare internationale. Les annonces débitées par les haut-parleurs ajoutaient au brouhaha des conversations des milliers de voyageurs qui arpentaient les allées. Avec le temps, Lydia avait appris à ignorer ce bourdonnement mais elle n'en terminait pas moins ses journées épuisée, souvent avec un mal de crâne tenace. Depuis cinq minutes, elle regardait sa montre dans l'espoir de voir son service prendre fin.

La jeune employée d'Air France remit en ordre des piles de bordereaux afin de laisser un guichet impeccable à la collègue qui lui succéderait sous peu. Ce faisant, elle s'imagina une heure plus tard, étendue dans l'herbe verte du parc Klyde Warren. Un soda glacé à portée de main, elle feuilletterait ce roman policier qu'elle ne parvenait pas à finir. Puis elle s'assoupirait sous le chaud soleil de juillet, loin du tumulte et de l'agitation de ce maudit aéroport. Cette perspective lui arracha un sourire qui se figea lorsqu'elle vit une femme d'une quarantaine d'années débouler comme un missile dans sa direction.

Les cheveux châtains noués en un chignon strict, le corps moulé dans son tailleur beige, elle sautillait, perchée sur de hauts talons dont les claquements contre le sol carrelé rythmaient sa foulée frénétique. Elle se présenta haletante au guichet et laissa tomber la lourde mallette qu'elle portait avec difficulté. Elle tenta ensuite de parler, mais aucun son ne sortit de sa bouche.

Levant la main pour faire patienter Lydia qui s'apprêtait à lui demander si tout allait bien, elle s'appuya sur le comptoir à la recherche d'un second souffle. D'un geste mal assuré, elle remonta les lunettes Yves Saint Laurent emberlificotées dans ses longues boucles claires.

Un homme arriva à sa suite à grandes enjambées. Son air renfrogné n'entamait en rien la beauté de son visage pourvu d'une barbe courte, taillée avec soin, grisonnante par endroits. Menton arrogant surplombé par des lèvres charnues et un nez aquilin, front large et cheveux noirs en bataille, ce type exhalait une virilité brute surprenante. Sa silhouette fine et haute – plus d'un mètre quatre-vingt-dix au bas mot – et ses épaules carrées soulignaient encore son charisme animal. Seul son costume trop ample, à la limite du ridicule, atténuait un tableau par ailleurs presque parfait.

— Bonjour, madame, lâcha-t-il d'une voix grave.

— Mademoiselle, et vous pouvez m'appeler Lydia.

La jeune femme réprima un sourire timide.

La pointe d'accent latino qu'elle crut déceler acheva de la déstabiliser et, elle se l'avoua à demi-mot, de la séduire.

Visiblement satisfait du trouble qu'il venait de provoquer, il retira les Ray-Ban qui masquaient ses yeux et s'accouda face à la jeune femme, écartant sans ménagement la voyageuse encore haletante. Celle-ci manqua de perdre l'équilibre et lui jeta un regard noir.

— Lydia, auriez-vous l'amabilité de nous dire quand décolle le prochain avion pour Paris ? reprit ce dernier en tendant son billet. L'embarquement de notre vol vient de s'achever, sans nous...

Peu désireuse d'aviver la tension palpable au sein du couple, Lydia riva les yeux sur son terminal et pianota sur le clavier à la recherche de l'information demandée.

— Je crains que tous les départs du jour ne soient complets, répondit-elle alors que ses doigts agiles couraient sur les touches. Par contre, je peux vous proposer des places pour demain matin, première heure.

La voyageuse pivota soudain et pointa un index menaçant.

— Bravo ! J'espère que vous êtes content ? Grâce à vous, je vais arriver en retard à une conférence d'une importance capitale. Et mes collègues, eux, sont déjà dans l'avion...

Manifestement agacé, l'homme laissa tomber le sac qu'il portait en bandoulière ainsi que la valise rouge qu'il tenait à la main.

— Vous ne manquez pas de culot, vous ! Qui a absolument voulu faire un constat ? Pas moi, que je sache !

— Justement ! Si vous n'aviez pas ergoté, nous n'aurions pas perdu autant de temps et nous serions tous les deux assis dans nos fauteuils. Heureusement que votre ami vous a obligé à coopérer.

— Alors premièrement, ce n'est pas mon ami, et, deuxièmement, votre mauvaise foi est stupéfiante. Si vous saviez conduire, nous n'en serions pas là !

La querelle s'envenima, au plus parfait mépris de Lydia et des curieux qui affluaient. Ces derniers demeuraient en retrait, de peur de se faire apostropher par les deux énergumènes qui se donnaient en spectacle sans la moindre retenue.

Pressée d'en finir avec ces deux excités autant qu'avec sa journée, l'hôtesse décida d'intervenir.

— Si vous ne vous calmez pas immédiatement, prévint-elle à la manière d'une institutrice réprimandant des élèves dissipés, j'appelle la sécurité ! Maintenant, vous me donnez gentiment vos titres de transport et vos passeports, je vais procéder à l'échange. Il se peut qu'il y ait un supplément. Vous êtes monsieur et madame ?

— Ce serait la meilleure ! risqua l'homme.

Lydia le rappela à l'ordre d'un claquement de langue.

Il lui tendit les documents et observa, interloqué, le passeport vert présenté par sa voisine.

— Mariée à ce goujat ? Ça me ferait mal ! ironisa cette dernière à son tour.

— Vous possédez un passeport diplomatique ? s'étonna-t-il.

— Bravo, vous savez lire ! répondit la jeune femme, méprisante. Et qu'est-ce que ça peut bien vous faire ?

— Dernier avertissement, soupira Lydia sans décoller les yeux de son écran. Donc, monsieur Enzo Meazza et madame Janet Livingston-Pierce. Vous avez de la chance, il reste des sièges sans surcoût. Cependant, je préfère vous prévenir, vous voyagerez côte à côte…

Meazza recula d'un pas et glissa un pouce sur sa gorge en articulant « plutôt mourir ».

Lydia laissa échapper un rire nerveux qui n'amusa visiblement pas la prénommée Janet.

— Je vous prie de m'excuser, la fatigue, se reprit-elle. Le temps d'éditer vos cartes d'embarquement et nous en aurons terminé.

Elle guetta un moment son imprimante, puis leva distraitement la tête vers le plafond de verre de l'aérogare.

— Et en ce qui concerne ma correspondance pour Vienne ? demanda la femme d'un ton peu amène.

— Je vous dis ça dans une seconde. Ah, l'avion que vous auriez dû prendre a décollé, fit-elle en pointant un doigt vers le ciel.

Janet Livingston-Pierce et Enzo Meazza braquèrent tous deux les yeux dans la direction indiquée et observèrent en soupirant la lourde et imposante silhouette du gros-porteur s'élever dans le ciel bleu azur.

Une déflagration retentit alors, semblable au hurlement d'un gigantesque animal blessé, aussitôt remplacé par un sifflement douloureux. La structure du bâtiment vacilla, puis geignit sous de multiples impacts évoquant un bombardement. Toutes les parois vitrées, plafond compris, explosèrent simultanément. L'employée de la compagnie aérienne eut à peine le temps de protéger son visage dans le pli de son coude. Des millions de débris coupants propulsés telles des rafales de mitrailleuse fendirent l'air, fauchant à l'aveugle la foule stupéfaite.

Le sifflement s'estompa. Lydia osa un coup d'œil par-dessus son bras et découvrit une véritable scène de guerre. Enveloppés d'un nuage de poussière blanchâtre, des gens à terre criaient, allongés dans des mares de sang. Ceux qui restaient debout déambulaient, hagards, tels des zombis. Une meute de policiers et d'agents de sécurité se répandait déjà dans les allées. Certains portaient secours aux innombrables blessés. D'autres convergeaient, extincteurs en main, vers un immense réacteur dont les pales tournaient encore et qui se consumait au milieu du hall dévasté.

Accroupi devant le comptoir, Enzo se releva en titubant, imité par Janet qu'il aida à maintenir son équilibre. Ils échangèrent des regards incrédules avec Lydia.

Sans dire un mot, tous trois comprirent que le vol Air France pour Paris n'atteindrait jamais sa destination.

Chapitre 2

Le nuage de poussière qui avait envahi le hall se dissipait peu à peu. Le terminal D grouillait désormais de femmes et d'hommes en uniforme qui tentaient de rétablir un semblant de calme au milieu du chaos et de la désolation. Partout retentissaient les cris des blessés, frappés par les projections de verre ou, pire, mutilés par l'effondrement d'un pan entier de la toiture perforée par le moteur de l'avion maintenant encastré dans le sol. Les forces de l'ordre se retrouvaient épaulées par des passagers indemnes se réclamant du corps médical ainsi que par des pompiers affectés à la sécurité de l'aéroport.

À l'extérieur, un concert de sirènes annonçait l'arrivée des premières ambulances et des renforts de police. Quelques secondes suffirent à improviser un cordon de sécurité afin de tenir la foule à l'écart du bâtiment. À ceux anxieux pour leurs proches présents sur les lieux de la catastrophe se mêlaient les immanquables vautours brandissant des téléphones portables ou des tablettes tactiles.

Saisie par l'odeur lourde du kérosène, le cœur au bord des lèvres, Janet observait les curieux jouer des coudes pour glaner quelques images de la scène de guerre qu'était devenu l'aérogare. Son regard s'arrêta sur un adolescent boutonneux. Il prenait des selfies devant des policiers qui semblaient peu goûter l'initiative. L'un d'entre eux balaya le garçon d'un violent revers de bras et hurla des mises en garde qui refroidirent les plus téméraires.

Janet oscillait entre peur, incompréhension et dégoût. Elle sursauta en sentant deux mains fermes se poser avec délicatesse sur ses épaules pour la faire pivoter.

— Vous n'êtes pas blessée ? lui demanda Meazza tout en l'examinant sous toutes les coutures.

Au lieu de répondre à la question, elle verbalisa malgré elle la pensée qui tournait en boucle dans son esprit depuis le drame.

— Mes collègues, ânonna-t-elle, ils étaient dans l'avion. Vous et moi, nous aurions aussi dû être dans cet avion...

Ses yeux verts se plantèrent dans ceux d'Enzo. Il lui adressa un sourire apaisant puis reporta son attention sur les personnes étendues ou assises autour d'eux. Avec un calme incongru dans la panique ambiante, il s'enquit de leur santé, prenant le temps de réconforter les plus choqués.

Le regard de Janet se décala vers le guichet derrière lequel l'hôtesse se tenait debout, hébétée.

— Lydia ?

Cette dernière tourna lentement la tête.

— Que puis-je pour vous ? demanda-t-elle d'une voix désincarnée.

— Votre bras...

La jeune femme baissa la tête. Son uniforme déchiqueté dévoilait par endroits des chairs lacérées et sanguinolentes.

— J'ai bien fait de me protéger le visage, se félicita-t-elle, atone, hypnotisée par un épais filet de sang carmin qui prenait naissance à son poignet et gouttait au bout de son index.

Cette vision, tel un électrochoc, rappela Janet à la réalité. Elle héla une troupe de brancardiers et médecins qui pénétraient dans le hall au pas de charge. Une des équipes entendit son appel et Lydia fut aussitôt prise en charge. Après avoir testé la réactivité et la mobilité de ses doigts, le praticien jugea ses blessures certes spectaculaires mais sans réelle gravité. Il ordonna qu'elle fût accompagnée dans l'une des cafétérias du terminal, transformée en hôpital de fortune.

Sitôt le cas de l'hôtesse réglé, l'homme braqua une torche sur les pupilles de Janet et lui posa une batterie de questions auxquelles elle répondit avec application. Elle profita de l'exercice pour remettre en ordre ses idées et recouvrer un semblant d'empire sur elle-même.

— Les gens de ce côté sont en état de choc mais ils n'ont pas l'air gravement touchés, annonça Meazza en la rejoignant.

— Vous êtes de la profession ? s'enquit le médecin.

— Non, mais...

— Alors, merci de votre aide, l'interrompit-il en levant les yeux vers l'impétrant, mais dorénavant vous nous laissez...

Le médecin ne conclut pas sa phrase.

Il se hissa sur la pointe des pieds et braqua le faisceau lumineux de sa lampe sur la tête d'Enzo.

— Il y a un problème ? demanda celui-ci en cherchant Janet du regard.

Elle pointa son crâne d'un index tremblant.

— Vous saignez, bredouilla-t-elle. Beaucoup.

— Quoi ? Mais non, voyons, je me sens bien, affirma-t-il en passant une main dans ses épais cheveux noirs. Parfaitement bien, je vous assu...

Il ramena ses doigts ensanglantés devant son visage et les détailla, incrédule.

Il vacilla un instant, ses yeux se révulsèrent, ses jambes l'abandonnèrent, puis il s'étala de tout son long sur le carrelage avant que Janet et le médecin n'aient le temps de le retenir.

Le médecin s'accroupit à son chevet, l'examina et appela deux infirmiers.

— C'est grave ? demanda Janet.

— Je ne pense pas mais on va l'évacuer par sécurité. Scanner, possible traumatisme crânien, dit-il tout en notant ses constatations et préconisations sur une fiche qu'il remit aux hommes qui installaient précautionneusement le blessé inconscient sur leur brancard.

Ils le sanglèrent puis se dirigèrent vers l'extérieur.

Janet resta seule, désemparée, devant le guichet de la compagnie aérienne. Elle se remémora la formation suivie, huit ans plus tôt, pour faire face aux situations de crise. La jeune femme ferma les yeux, se concentra sur sa respiration, inspirant par les narines puis expirant par la bouche. Son rythme cardiaque ralentit, ses tremblements s'estompèrent jusqu'à disparaître complètement.

Tu es vivante et indemne. Fais abstraction de l'environnement. Contrôle ton souffle. Retrouve ta raison, se répéta-t-elle intérieurement.

Apaisée, Janet rouvrit les paupières et accomplit dans l'ordre la liste des tâches qu'elle venait de se fixer.

Elle rassembla sa valise rouge puis sa mallette. Ce faisant, elle remarqua le sac de voyage porté par Enzo. Elle fut d'abord tentée d'abandonner là les effets d'un personnage qu'elle avait jugé odieux dès leurs premiers échanges. Mais le souvenir de sa prévenance envers elle et leurs compagnons d'infortune balaya ses griefs. Elle s'empara du bagage, étonnamment léger, en glissa la sangle sur son épaule puis se pencha par-dessus le guichet encore occupé par Lydia quelques instants plus tôt. Elle ne trouva aucune trace de son billet pour le lendemain, bien qu'elle doutât que les vols reprennent avant plusieurs jours. Plus problématique, elle n'avisa pas non plus son passeport diplomatique.

Soudain, une image lui revint en mémoire. Au moment où l'avion se désagrégeait dans les airs, alors qu'elle s'accroupissait par réflexe en tournant le dos aux baies vitrées, et avant qu'il n'en fasse de même, Enzo Meazza tendait son bras vers le guichet…

— Cet imbécile a embarqué mon passeport ! s'exclama-t-elle.

Sans plus réfléchir, tirant sa valise de sa main gauche, portant sa mallette de la droite et le sac de voyage noir en bandoulière, Janet s'élança dans une course maladroite vers la sortie la plus proche.

Arrivée devant la porte automatique soufflée par l'explosion, elle se heurta à un policier en uniforme. Grand et massif, il bloquait le passage et la vue.

Elle sautilla pour scruter les environs par-dessus l'épaule de l'agent et aperçut, par-delà un immense attroupement, le brancard sur lequel gisait Enzo, toujours inconscient. Les hommes qui l'avaient pris en charge achevaient de l'installer dans une ambulance garée parmi d'autres véhicules de secours.

— Madame, vous ne devez pas quitter la zone…

— Mon mari, là-bas. Ils l'emmènent à l'hôpital ! hurla-t-elle en lui adressant un regard suppliant.

Il s'écarta, se contentant d'autoriser le passage d'un hochement de tête.

Fière de son stratagème, Janet accéléra la cadence en remontant le chemin improvisé au milieu de la foule pour permettre l'évacuation des victimes.

Tandis qu'elle approchait de son objectif, un concert de vrombissements de moteurs et de crissements de pneus retentit derrière elle. En jetant un œil en arrière, elle assista à l'arrivée des premiers cars régie des chaînes de télévision. Ils déversèrent de leurs entrailles une nuée de cameramen et rédacteurs qui se heurtèrent rapidement au barrage des forces de l'ordre. S'ensuivit une échauffourée qui ajouta à la confusion ambiante.

Janet se désintéressa de la scène et rejoignit l'ambulance au moment où celle-ci démarrait au pas. Elle lâcha ses fardeaux et frappa de toutes ses forces contre la tôle du véhicule.

— Attendez ! s'époumona-t-elle.

La fourgonnette s'immobilisa.

Une infirmière ouvrit l'une des portières.

— Qu'y a-t-il ? demanda-t-elle sèchement.

— Mon mari, souffla Janet en désignant Enzo dont les yeux s'entrouvraient péniblement.

Le sésame fit son effet.

— Montez, ordonna l'infirmière d'une voix adoucie.

— Juste une toute petite seconde…

Janet rebroussa chemin pour récupérer les bagages. Elle tomba nez à nez avec un reporter plus malin et plus audacieux que ses confrères. Il braquait une caméra sur elle et suivait le moindre de ses déplacements avec gourmandise.

Janet ramassa ses affaires et adressa un regard noir au reporter qui égrenait une litanie de questions à un rythme hystérique. Tout en filmant, il sondait les alentours, à l'affût d'un témoin plus loquace, sans succès. Il revint à la charge.

— Madame, une réaction pour CBN. Avez-vous vu l'avion exploser ? Savez-vous s'il y a des morts dans le terminal ? C'est votre mari qu'on emmène ? Il est grièvement blessé ?

Janet aurait voulu masquer son visage mais, chargée comme elle l'était, elle en abandonna vite l'espoir. Elle jeta ses bagages dans l'ambulance qui redémarra avant même que ses portes ne soient refermées. Elle s'installa à côté d'Enzo toujours groggy qui tournait la tête de droite à gauche en clignant des yeux comme pour mieux reprendre connaissance.

— Des charognards, grogna l'infirmière en enfilant une paire de gants en vinyle transparent.

Elle plongea ses doigts dans les cheveux épais de son patient.

— Ne vous inquiétez pas, nous arriverons vite à l'hôpital, le rassura-t-elle. Votre épouse est avec vous.

Enzo releva la tête en direction de Janet qui lui renvoya un sourire gêné.

— Ma quoi ?

Chapitre 3

Pénitencier de Huntsville, Texas,
quelques heures plus tôt.

Les gonds de la lourde porte blindée geignirent sous l'impulsion du mécanisme automatique déclenché par le gardien au ventre proéminent qui trônait dans la guérite vitrée jouxtant le couloir. Une vague de chaleur s'engouffra aussitôt dans le bâtiment. Les impitoyables rayons d'un soleil de plomb dissipèrent les ombres à l'abri desquelles patientaient deux hommes immobiles.

Enzo protégea ses yeux de sa paume puis sortit une paire de lunettes de la poche poitrine de la veste, désormais trop large, jetée sur son épaule. Il déplia les Ray-Ban avant de les chausser d'un geste ample teinté d'une arrogance à peine voilée.

Il inspira profondément puis lissa la barbe, grisonnante au niveau du menton, qui le vieillissait d'une dizaine d'années et masquait partiellement ses traits.

— Cher ami, ce fut un plaisir, lança-t-il à l'intention du jeune maton posté à ses côtés.

— Bonne chance dehors, lâcha ce dernier d'une voix fluette qu'Enzo jugea handicapante pour le bon exercice d'une fonction exigeant autorité et fermeté.

À cela s'ajoutaient une figure poupine et un petit mètre soixante qui supportaient mal la comparaison avec le timbre de stentor, le mètre quatre-vingt-douze et le visage viril d'Enzo.

— Merci. Il va m'en falloir…, répondit-il en saisissant la sangle du sac de voyage noir posé à ses pieds.

Ils échangèrent une poignée de main chaleureuse.

Si ses relations avec les autres prisonniers s'étaient souvent révélées tendues, pour ne pas dire franchement hostiles, il avait, depuis son premier jour d'incarcération, entretenu d'excellents rapports avec les gardiens, et ce tout au long de sa détention. Une stratégie qui lui avait sauvé la vie à plus d'une reprise.

— Quelqu'un vous attend, déclara le jeune homme.

— On dirait, mais ce n'est pas exactement la blonde pulpeuse que j'espérais…

La porte du pénitencier se referma sur Enzo. Il parcourut à grands pas la trentaine de mètres qui le séparaient du 4 × 4 Isuzu Rodeo bleu métallisé perdu au milieu du parking désert. Accoté au capot du véhicule, un homme longiligne, casquette des NY Giants vissée sur son crâne rasé, patientait, bras croisés, une cigarette coincée entre les doigts. Il portait un bermuda en jean bleu délavé et sa chemise blanche en lin déboutonnée révélait un torse velu. Il aspira une bouffée de la cigarette avec gourmandise puis la jeta négligemment sur le bitume avant de l'écraser sous la semelle de ses tennis bleus.

— Le héros du jour ! Enfin libre ! s'écria-t-il en accueillant Enzo à bras ouverts.

Ce dernier le considéra avec méfiance, mais finit par accepter l'embrassade.

— Agent spécial Andrew Bryniarsky. Si je m'attendais… Que me vaut cet honneur ?

— Honneur… satané flatteur ! Je passais dans le secteur, alors je me suis dit : « Allons fêter la sortie de ce cher Meazza. »

— Tu passais dans le secteur… Tant de sollicitude me touche.

— Je prends ça pour un remerciement. Tu as sacrément maigri, s'étonna Bryniarsky en tirant sur un pan de la chemise bleu clair qu'Enzo portait par-dessus son pantalon de toile crème. On tiendrait à deux dans ton costard. Que s'est-il passé ? Le chef cuistot ne comptait pas assez d'étoiles pour que tu fasses honneur à sa cuisine ?

— Tu serais surpris de la qualité de la nourriture dans cet établissement. Tu devrais y séjourner, histoire de tester par toi-même.

— Je passe mon tour. Sérieusement, comment se fait-il que tu aies perdu autant de poids ? Regarde-moi ça, tu es affûté comme jamais, tu flottes dans tes fringues, alors que, quoi je fasse, mon ventre s'arrondit !

— Musculation pour passer le temps, plus changement drastique de régime alimentaire. Accessoirement, risquer sa peau à chaque instant ne stimule pas l'appétit.

— Ça se tient.

Bryniarsky promena son regard à la ronde.

— À ce qu'on dirait, ce n'est pas la foule des grands jours, poursuivit-il.

Enzo hocha la tête et haussa ses épais sourcils.

— Il faut croire que je ne suis plus très populaire par les temps qui courent.

— On se demande bien pourquoi… Les médias et le grand public t'auront oublié après tout ce temps. Je ne vois pas non plus ta sublime fiancée.

Rafraîchis-moi la mémoire, elle était mauvaise chanteuse ou mauvaise actrice, celle-là ?

— Les deux.

— Elle t'a largué quand on t'a envoyé en cabane ? C'est ça ?

Andrew explosa d'un rire gras en frappant ses cuisses sous le regard sombre de son interlocuteur.

— Allez, ne te plains pas, reprit-il en adressant une tape virile sur l'épaule d'Enzo qui encaissa sans sourciller, au moins tu t'en sors vivant. Je n'aurais pas parié le moindre dollar sur tes chances.

— Je te rassure, moi non plus. Je présume que je te dois d'avoir purgé ma peine dans un centre pénitentiaire peuplé de meurtriers endurcis plutôt que dans le country club pour criminels en col blanc promis lors de l'arrangement avec le procureur ?

— Oh, fit mine de s'offusquer Bryniarsky, comment peux-tu seulement imaginer une chose pareille ? Tu me crois assez tordu pour avoir organisé ton transfert dans cet enfer ?

— Je te crois assez tordu pour envoyer ta propre mère derrière les barreaux.

— Tu parles encore une fois de ma mère et je te pète les deux tibias, susurra l'agent, un large sourire aux lèvres. Compris ?

— Andrew Bryniarsky, vous me brisez le cœur, lâcha Enzo en affectant une mine triste. Moi qui nous croyais toujours amis…

— Nous aurions pu le rester, si tu avais craché l'identité du Griffon. En prime, tu aurais passé ces cinq dernières années à faire de l'aviron dans une colonie de vacances de la côte Est en compagnie de politiciens corrompus et de stars accros aux antidouleur.

— N'attends pas trop pour consulter un psy, sinon ta suspicion maladive va te rendre fou. Je te l'ai déjà dit, le Griffon n'existe pas.

— Je ne pige pas pourquoi tu t'évertues à le couvrir. Je sais qu'il a commandité toute l'opération, et j'entends bien le démasquer puis le coffrer. En le balançant, tu aurais échappé à la taule et le programme de protection des témoins te tendait ses jolis bras douillets.

— Si ce type existait, tu ne crois pas que j'aurais saisi cette opportunité ?

— Possible, mais j'ai une tendance naturelle à ne pas te faire confiance. En plus, d'après les rapports de l'administration pénitentiaire, tu as échappé à... combien déjà... ah oui, six tentatives d'assassinat. Tu es bien naïf si tu penses que le Griffon va te laisser peinard maintenant que tu es en liberté. Après tout, ta petite escroquerie lui aura coûté un gros paquet de fric et ton acharnement à le protéger ne t'a pas valu son pardon. Je ne donne pas une semaine avant qu'on te retrouve pendu dans une chambre d'un motel cradingue.

— Ce sera toujours mieux que de finir égorgé dans les douches par un débile mental militant de la Suprématie blanche.

— Cinq ans en taule et toujours une aussi grande gueule, hein, mon Rital préféré ?

— Que veux-tu, on ne se refait pas. Bien, puisque tu es là, que dirais-tu de te rendre utile pour une fois et de me déposer en ville ?

— À l'aéroport, tu veux dire ?

— Ah, tu es au courant...

— De ton voyage à Paris ? Je t'ai à l'œil, qu'est-ce que tu crois ? Tu vas refaire ta vie sur le Vieux

Continent ou tu comptes supplier le Griffon de t'épargner ? Il réside en Europe ? Il est français ?

— Tu m'épuises avec tes questions.

— Comme tu veux, mais il ne sera pas dit que je n'aurais pas essayé de t'aider. Inutile de venir chialer quand il essaiera à nouveau de te faire la peau.

Enzo contourna Bryniarsky et ouvrit d'autorité la portière passager du 4 × 4, puis il déposa son sac et sa veste sur la banquette arrière.

— En route, James, je ne me souviens pas de vous avoir donné votre journée ! plaisanta-t-il en frappant deux coups secs sur le toit du véhicule.

Andrew Bryniarsky s'installa au volant, la mine renfrognée. Il mit le contact et se tourna vers Enzo.

— Pousse pas trop quand même.

Chapitre 4

La voiture roulait à vive allure sur l'autoroute menant à l'aéroport. Au cours de la dernière demi-heure, seul le souffle de la climatisation avait accompagné les deux hommes. Les vitres teintées du 4 × 4 ne suffisaient pas à atténuer les rayons du soleil et, sans la ventilation, la chaleur à l'intérieur du véhicule serait vite devenue insupportable. Le regard perdu loin à travers le pare-brise, Enzo se laissait hypnotiser par les mirages qui se reflétaient sur le bitume.

— J'ai payé ma dette à la société, tu ne crois pas ? lança-t-il tout de go au conducteur.

Andrew Bryniarsky garda le silencc un moment. Il jeta un coup d'œil en coin à son passager puis partit d'un fou rire inextinguible.

— Elle est bien bonne celle-là ! Et depuis quand la prison sert-elle à payer une dette quelconque ? La société demande aux gens comme moi de coller les gens comme toi entre quatre murs pour se sentir en sécurité. Tout le monde se fout de ta rédemption. De la façon dont je vois les choses, une branche pourrie ne guérit jamais.

— L'agent Bryniarsky compte donc couper cette branche ?

— Inutile de me salir les mains. Dans ton cas, je vais prendre un malin plaisir à regarder d'autres s'en charger.

— Je te savais consciencieux dans ton travail, mais je ne t'imaginais pas aussi rancunier.

Bryniarsky s'assombrit en l'espace d'un battement de cils. Mâchoires serrées, il fixait la route et hochait nerveusement la tête. Les jointures de ses phalanges blanchissaient alors qu'il renforçait sa prise sur le volant.

— Je parlais sérieusement, à propos de ta conscience professionnelle. Je t'assure que je t'ai toujours respect…

— Ferme ta gueule ! ordonna Andrew en abattant une paume sur le tableau de bord. Tu as fait tout ce qu'il fallait pour attiser ma « rancune ». Tu devrais remercier le ciel que je sois « consciencieux dans mon travail », faute de quoi ton cadavre pourrirait au milieu du désert et servirait de repas à tes congénères, les crotales. Et je doute que tu manquerais à grand monde.

Enzo s'accouda contre la portière et appuya la tête contre son poing.

— Je ne manquerais à personne, confirma-t-il dans un murmure.

— Tu vas me faire pleurer… Prends un mouchoir en papier dans la boîte à gants, si tu veux aller au bout de ton numéro, Calimero.

— Ça aurait pu marcher, sourit Enzo.

Andrew l'imita en haussant les épaules.

— T'es vraiment trop con !

— Je savais que tu m'aimais encore.

— Et c'est reparti. Tu n'arrêtes jamais, pas vrai ?

— Pense que je t'ai trahi autant que tu veux, mais tu oublies un peu vite à qui j'ai balancé toute l'opération. J'aurais pu me livrer à d'autres qu'à toi.

— C'est amusant que tu l'évoques. Je me demande depuis le début pourquoi tu t'es « autobalancé ».

— J'ai été pris de remords, et j'ai préféré me tourner vers un ami.

— Pourquoi emploies-tu des mots dont tu ignores la signification ?

Le ton sur lequel Andrew posa la question ne laissa aucun doute quant à son aspect purement rhétorique et ne trouva aucune réponse.

Ils s'isolèrent dans leurs pensées et n'échangèrent plus une parole durant de longues minutes.

Ils arrivèrent enfin en vue de l'aéroport. Enzo suggéra à Andrew de le déposer devant le terminal 2D, dédié aux départs internationaux en général et à Air France, compagnie avec laquelle il voyageait, en particulier. Après une courte hésitation, Andrew s'engagea dans le parking souterrain. Il expliqua vouloir s'assurer de ses propres yeux que « l'enfoiré de Rital débarrasse le pays ». Une provocation à laquelle Enzo répondit en affirmant qu'un « Polack d'origine était mal placé pour le traiter de Rital ».

L'échange s'interrompit abruptement.

— Gaffe ! hurla Enzo au moment où un monospace débouchait sur leur droite.

Le coup de freins survint trop tard.

Malgré la faible vitesse de l'impact, le capot du 4 × 4 subit un éperonnage en règle. Au froissement de la carrosserie se mêla le crissement des pneus sur le bitume tandis que la voiture glissait sur une dizaine de mètres.

Les airbags se gonflèrent.

— Tu n'as rien ?

— Je ne crois pas, non. Et toi ?

Andrew répondit d'un pouce levé. Il se débattit contre les coussins qui se dégonflaient rapidement, puis ouvrit sa portière comme une furie.

— Par contre, poursuivit-il une fois à l'extérieur, je m'en vais exposer ma façon de penser au bougre de connard qui...

Il s'interrompit au moment où la conductrice fautive descendait, catastrophée, du monospace.

Andrew la détailla alors qu'elle tournait la tête vers eux puis vers les quatre hommes aux mines sévères et aux costumes stricts qui se trouvaient avec elle dans son véhicule. Elle répétait en boucle « je suis désolée ». Enzo rejoignit l'agent en se massant la nuque.

— Jolie, lui glissa ce dernier, absolument pas concerné par la destruction de l'avant de son Isuzu Rodeo. Longues jambes, taille fine, joli minois, cheveux châtains aux mèches cuivrées ondulant sur des épaules bien dessinées... je sais que Monseigneur chassait plutôt le top model et la starlette, mais, après cinq ans de prison, tu ne dois pas être totalement insensible aux charmes d'une quadra « next door », non ?

Enzo ferma les yeux et se mordit les lèvres. Il vida ses poumons et rouvrit ses paupières. Bien que parlant d'une voix posée, son agacement était perceptible.

— Pour l'instant, tout ce qui m'intéresse, c'est de monter dans un avion pour Paris.

— Ah, les p'tites Françaises, soupira Andrew. C'est gentil à toi de partir, ça laisse la place aux copains.

— Tu n'es pas un tout petit peu marié, toi ? Et ta voiture en miettes ne te dérange pas ?

— C'est une bagnole de service. Quant à Carrie et les enfants, ils sont en vacances au lac Tahoe, expliqua-t-il.

Il rajusta sa chemisette avant de délaisser Enzo et de se rapprocher à pas chaloupés de la femme, en plein conciliabule avec ses passagers. Ceux-ci sortirent de volumineuses malles du coffre et prirent la direction des ascenseurs voisins.

— Gérez ce contretemps au plus vite, Janet, s'il vous plaît, lança avec un fort accent germanique le plus petit et le plus âgé du groupe. Nous vous attendrons à l'embarquement. Avec toutes nos excuses pour ce désagrément, messieurs !

Les portes de la cabine se refermèrent sur les quatre hommes aux allures de comptables coincés.

Janet dégaina un téléphone portable qu'elle braqua vers Andrew et Enzo.

— Mais qu'est-ce que vous faites ? s'impatienta ce dernier.

— Une vidéo, dit-elle comme s'il s'agissait d'une chose naturelle. La brochure de l'agence de location conseille d'en faire une en cas d'accident. Il paraît que les Américains sont procéduriers, alors je garde une trace. Pour éviter que vous ne réclamiez des dédommagements indus, vous comprenez, j'en suis sûre.

— Au secours..., soupira Enzo en regardant sa montre, atterré.

— Ne fais pas ta mauvaise tête, lui reprocha Andrew d'un ton paternaliste. À son accent, je devine que Janet est anglaise. Elle se doit d'être prudente face à deux Yankees.

Les mains dans les poches de son bermuda, il adopta une pose flatteuse au moment où elle promenait son objectif sur lui. À son grand regret, elle ne s'attarda guère sur lui et passa à Enzo dont les bras ballants trahissaient le désarroi.

La femme insista.

— Vous comprenez ?

— Non, répondirent-ils en chœur, l'un charmeur, l'autre impatient.

Bryniarsky revint à la charge.

— Ma chère, pour finir de vous rassurer, nous allons établir un constat en bonne et due forme.

— Bien, puisque vous n'avez plus besoin de moi, je vous laisse, tenta Enzo.

— Ah non ! objecta Andrew. Tu ne bouges pas d'ici, tu es à la fois victime et témoin.

— Ah, OK. Tu veux vraiment que je rate mon vol, constata Enzo.

Un hochement de tête confirma l'hypothèse.

— Votre ami a raison, abonda la jeune femme en achevant de filmer l'état des deux voitures, et pour votre information, j'ai moi aussi un avion à prendre. Plus vite nous réglerons cela, plus vite nous serons débarrassés. Je vais chercher les papiers.

Enzo l'intercepta en lui saisissant l'avant-bras.

— Attendez, ma petite fille, ce n'est pas parce que vous ne savez pas conduire que je dois en pâtir, d'accord ?

— Je ne suis pas votre petite fille ! Qu'est-ce que c'est que ces manières ? s'offusqua-t-elle en se dégageant d'un geste brusque.

— Pardonnez-lui, Janet, après une grosse frayeur, il devient grossier, ajouta Andrew toujours aussi mielleux.

Il profita de ce que la jeune femme s'éloignât pour adresser à Enzo, de plus en plus résigné, un sourire bravache. Et d'articuler « je vais te faire chier jusqu'au bout » pour enfoncer le clou.

Commença alors la rédaction scrupuleuse d'un constat d'un niveau de minutie inédit. Appliquée, Janet semblait ignorer l'imminence de son départ et établissait un rapport détaillé des circonstances de l'accident. Andrew Bryniarsky rajoutait sans cesse son grain de sel dans le but affiché de prolonger l'exercice. Il saisit l'occasion d'effleurer l'avant-bras de l'Anglaise mais ne rencontra pas de réaction encourageante. Il ne parut pas en éprouver de contrariété, trop occupé à savourer le renoncement d'Enzo.

Accoudé contre le coffre du 4 × 4, veste repliée sur ses bras croisés, sac de voyage posé à ses pieds, ce dernier regardait sa montre par intermittence et sifflotait *South of the Border* de Frank Sinatra.

Janet jeta soudain un coup d'œil inquiet à l'heure affichée sur son téléphone.

— L'embarquement va se terminer, répéta-t-elle alors que son écriture se faisait plus heurtée au point de ne plus inscrire que des pattes de mouche sur sa feuille.

Andrew décida que le jeu avait assez duré.

— Je me charge du reste, j'ai tout mon temps. Filez, je ne voudrais pas que vous ratiez votre vol.

Elle voulut protester mais il l'interrompit en brandissant d'un geste théâtral sa plaque du FBI.

— Vous n'avez pas à vous inquiéter, je travaille pour le gouvernement, ajouta-t-il de sa voix la plus grave.

En retrait, Enzo assistait au numéro de drague le plus pathétique qu'il lui eût été donné d'observer. S'il en avait eu le temps, il se serait délecté du râteau promis à Andrew. Peut-être même aurait-il fait étalage de son propre savoir-faire, pour le seul plaisir de le ridiculiser. Mais l'heure n'était pas aux vengeances mesquines. De plus, cette Janet lui était tout à fait antipathique. Il enfila sa veste, agrippa son sac et démarra en trombe.

— Andrew, merci pour la balade. Tu passeras mon bonjour à Carrie et aux enfants !

— Attendez, s'écria Janet. Je viens avec vous. Vous pouvez m'aider ?

Enzo ignora la requête et força le pas.

Une attitude ponctuée d'un grognement de la jeune femme qui se rua sur sa valise et l'épaisse mallette posée à côté.

Devant les difficultés qu'elle rencontrait avec ses bagages, Andrew vit une opportunité d'en remettre une petite couche. *Viser la corde sensible*, pensa-t-il intérieurement.

— Je te croyais plus galant !

Enzo s'immobilisa. Ses épaules s'affaissèrent. Il fit demi-tour et empoigna la valise avant de repartir sans un regard pour Andrew, ni pour Janet.

— Il ne sait pas y faire avec les femmes, mais il a bon fond quand on sait le prendre, expliqua l'agent du FBI.

Janet lui adressa un signe de tête reconnaissant.

Il la regarda s'éloigner. En dépit du poids de ses fardeaux, elle rattrapa Enzo et finit même par le dépasser. Celui-ci jeta un coup d'œil agressif par-dessus son épaule. Andrew Bryniarsky lui sourit à pleines dents et fit un doigt d'honneur moqueur remplacé en urgence par un salut de la main quand la jeune femme se retourna pour presser son porteur.

Ces deux-là sont faits pour s'entendre, pensa-t-il, hilare.

Chapitre 5

Enzo éprouvait les pires difficultés à recouvrer ses esprits. Ses yeux roulaient malgré lui dans ses orbites et, bien qu'il fût allongé, une sensation de chute imminente le taraudait. Il aurait voulu se lever mais, devant le bringuebalement qui agitait l'ambulance, tenir sur ses jambes s'annonçait au-delà de ses forces. Et, comme si cela ne suffisait pas, des sangles enserraient ses poignets et ses chevilles. S'il était conscient de son environnement, il ne saisissait pas pour autant les raisons qui l'avaient mené là. Un effort de concentration s'imposait. Des images furtives lui revinrent en mémoire. D'abord désordonnées, illisibles, elles se rassemblèrent pour former un tableau plus clair. L'explosion de l'avion, le bruit assourdissant du métal déchiré, le souffle qui s'était ensuivi, l'éclatement simultané de centaines de vitres, et puis… plus rien, le trou noir.

Il connaissait par trop cette sensation de ne plus être maître de soi, de subir les événements, de les observer plus que de les vivre, comme arraché à son propre corps. Une vingtaine d'années s'étaient écoulées et le souvenir demeurait vivace, presque palpable. Les cris et les pleurs des femmes et des enfants, les hommes lancés dans une tentative désespérée et dérisoire d'éviter l'inévitable. Puis vient la danse macabre des cadavres ramenés à la surface. Elle se déroule devant lui. Enzo fête ses dix-sept ans par une plongée dans l'horreur. Il écarte la main du prêtre qui essaie de masquer ses yeux, ne rate pas une miette du spectacle pour s'en imprégner davantage. Sa haine croît, palpite, se repaît de la mort et du malheur. Elle l'envahit. Il la laisse faire. Mieux, il l'invite et l'accueille avec plaisir. Enzo ne pleure pas. Son esprit en ébullition fourbit ses armes et, tout en fixant l'homme sans âge, au teint de cire vêtu d'un costume noir étroit et austère, qui se dirige vers sa mère, identifie son ennemi…

Une voix mélodieuse mais autoritaire le tira de ses souvenirs.

— Votre épouse est là.

— Ma quoi ?

Son regard parcourut l'habitacle.

La femme de l'aéroport. Janet Livingston-quelque chose. Assise sur un strapontin au pied du brancard, elle le considérait avec un sourire figé et agitait ses doigts fins en articulant un « coucou » qui rajouta à la confusion d'Enzo. Que faisait-elle dans cette ambulance ? Et pourquoi l'infirmière la prenait-elle pour son épouse ? Plus surprenant encore, cette Janet, pourtant prompte à corriger Lydia quand elle les avait crus mariés, ne paraissait pas décidée à rétablir la vérité. Au contraire, elle posait une main prévenante sur celle d'Enzo. Pour autant, ses yeux ne s'intéressaient pas au blessé mais à sa veste pliée près de l'infirmière, de l'autre côté de la civière.

— Qu'est-ce que vous faites là ? demanda-t-il d'une voix à peine audible.

— Il est en état de choc, assura l'infirmière devant l'embarras apparent de Janet.

Enzo protesta.

— En état de choc, mais pas du tout, je la connais à...

Une seringue traversa la peau de son avant-bras avant qu'il eût terminé sa phrase. La chaleur du liquide irrigua ses veines. L'effet du sédatif ne se fit pas attendre et il sombra à nouveau dans un sommeil peuplé de ses pires souvenirs.

Lorsque Enzo rouvrit les yeux, une lumière aveuglante l'agressa aussitôt. Par réflexe, il porta une main devant son visage tout en détournant le regard. Si sa vision lui faisait encore défaut, son ouïe, elle, se révélait opérationnelle, tout autant que ses facultés intellectuelles.

— Votre mari se réveille, je vous laisse tous les deux le temps de chercher les documents pour sa sortie.

À force de clignements de paupières et de hochements de tête, Enzo finit par retrouver la vue juste à temps pour apercevoir un homme en blouse blanche franchir le seuil d'une porte et s'évanouir dans la foule qui parcourait le couloir.

Il parvint à faire un rapide examen de la pièce. Un lit, deux tentures vertes de chaque côté, un néon agressif au plafond et... Janet, encore et toujours.

Elle se tenait droite comme un I devant Enzo, de trois quarts. Il lui sembla qu'elle l'observait du coin de l'œil par intermittence. À cet instant, un courant d'air frais le fit frissonner. Il s'aperçut qu'il ne portait plus ses vêtements mais une simple chemise en toile qui moulait son torse et dévoilait ses mollets à la musculature sèche et saillante.

Enzo se redressa et s'assit au bord du lit. Il massa sa nuque puis passa une main sur son crâne. Il sentit une série de points de suture qui s'étendaient sur environ cinq centimètres. Une angoisse le saisit alors. Ses doigts balayèrent fébrilement les abords de la plaie et détectèrent une importante zone de cuir chevelu rasé.

Furieux, il bondit sur ses pieds et se précipita vers le miroir accroché au mur, à côté de la porte. Il fonça sans se préoccuper de la jeune femme qui se trouvait sur son chemin. Celle-ci l'évita de justesse et lâcha un petit cri aigu alors qu'il se penchait déjà pour mieux observer les dégâts. Le reflet confirma ses pires craintes : une tonsure parfaite. Il fourragea dans son épaisse tignasse pour masquer le trou.

— Que m'est-il arrivé ? demanda-t-il brutalement à Janet tout en parachevant son ouvrage.

Pas de réponse. Il tourna la tête vers elle avec la ferme intention d'insister. Il la découvrit tournée, bras croisés, les yeux au plafond.

— Quoi ? Qu'est-ce que j'ai dit ?

Elle agita un index par-dessus son épaule.

— Votre blouse, bredouilla-t-elle. Elle est ouverte dans le dos. On aperçoit votre... enfin... vos... fesses.

— Désolé.

Il avisa la chaise sur laquelle ses vêtements étaient pliés avec soin. Il enfila son caleçon, ses chaussettes, puis son pantalon. Il attrapa ensuite sa chemise.

— C'est bon. Maintenant, vous pouvez me dire ce que je fais ici et pourquoi vous êtes là vous aussi ?

Janet pivota et se raidit à nouveau.

— Vous n'êtes pas encore habillé !

Enzo la regarda sans comprendre.

— Vous n'avez jamais vu un homme boutonner sa chemise ? s'étonna-t-il.

— Bien sûr que si !

— On ne dirait pas, soupira-t-il. Voilà, c'est fini ! Satisfaite ? Si vous en avez terminé avec la grande scène de la vierge effarouchée, vous aurez la gentillesse de répondre à ma question...

— Excusez-moi d'être pudique, répliqua-t-elle sur un ton moralisateur.

— D'où je viens, la pudeur est un luxe. Si vous comptez vraiment ne rien me raconter, je ne vous retiens pas.

— Inutile de vous emporter ! Vous avez embarqué mon passeport et mon billet avant de tomber dans les pommes. Le seul moyen de les récupérer était de rester avec vous, alors je me suis fait passer pour votre épouse. À contrecœur, croyez-moi ! acheva-t-elle avec mépris.

— J'ai pris votre passeport ? Moi ?

— Oui, vous, il est toujours dans votre veste, je n'ai pas encore eu l'occasion de mettre la main dessus. Impossible d'accéder à vos affaires depuis notre arrivée.

— Vous délirez, ma petite fille...

Ce disant, il empoigna sa veste et en fouilla les poches avec un hochement de tête moqueur.

— Pour la dernière fois, arrêtez de m'appeler comme ça..., grogna-t-elle, mâchoires serrées. Et au cas où ça vous intéresserait, vous ne souffrez que d'une coupure superficielle du cuir chevelu. Il n'y avait pas de quoi s'évanouir...

Enzo préparait une repartie cinglante au moment où il sortit le passeport diplomatique avec, inséré à l'intérieur, le billet d'avion de Janet.

— Là, vous voyez ? pérora-t-elle, les mains sur les hanches.

Penaud, il lui remit les documents en silence puis rentra sa chemise dans son pantalon dont il boucla la ceinture.

— L'avion qui a explosé, nous sommes sûrs que c'était notre vol ?

— C'est ce qu'a dit l'hôtesse, je n'ai pas de certitudes. Et ici, personne ne dit rien, ils sont débordés par l'afflux des blessés.

— Il faut que j'en aie le cœur net, dit-il avec détermination. Merci pour tout et bonne journée à vous.

Il saisit son sac de voyage posé au pied de la chaise puis sortit de la pièce en trombe.

— Vous ne pouvez pas partir, vous devez signer des papiers avant, protesta la jeune femme.

Enzo haussa les épaules et entreprit une traversée des couloirs rendue périlleuse par l'agitation du personnel médical en pleine effervescence. Partout, des lits installés à la hâte sur lesquels patientaient des hommes, des femmes et même quelques enfants présentant des plaies parfois superficielles, parfois impressionnantes. Aucune des hypothèses qu'il formulait ne lui convenait mais, en l'état, et malgré le manque d'informations, il ne pouvait s'empêcher de penser qu'il avait été la cible d'un attentat. Une possibilité qu'il combattait, la jugeant délirante et hors de proportion. Mais comment croire que le hasard seul...

En passant devant une chambre occupée par un homme assoupi, Enzo remarqua un téléviseur allumé sur une chaîne d'informations. Il y pénétra d'autorité et se précipita sur la télécommande, posée sur la table de chevet du patient, entre un bouquet de fleurs et un exemplaire de *Shining* usé jusqu'à la corde.

Il pressa les boutons pour monter le son alors que des images amateurs montraient l'Airbus en phase de décollage. Un claquement de talons et le bruit de roulettes sur le linoléum précédèrent l'apparition de Janet.

Elle s'apprêtait à reprendre la discussion où elle l'avait laissée, mais demeura silencieuse devant le spectacle qui se déroulait sur le téléviseur. Enzo et elle sursautèrent puis détournèrent la tête au moment où une explosion brisait l'avion en deux.

— Que se passe-t-il ? s'écria l'homme alité, brutalement réveillé par la déflagration et les cris des témoins de la scène.

— Excusez-nous, fit Enzo, c'est important.

Un bandeau s'afficha en bas de l'écran, annonçant un attentat contre le vol Air France à destination de Paris.

Janet prit son visage entre ses deux mains.

Le document s'acheva, remplacé par un reportage tourné après la catastrophe.

Enzo laissa tomber son sac à terre et lissa sa barbe en levant les yeux au ciel.

Janet, elle, ne décollait pas son regard du téléviseur.

— Mais... c'est nous ! s'écria-t-elle soudain.

— Ah oui, la dame à raison, abonda l'homme alité. C'est vous.

« Alors que les unités spécialisées de pompiers se démènent sur le tarmac, les secours s'activent auprès des personnes blessées dans le terminal à la suite de la chute d'un réacteur propulsé tel un missile lors de l'explosion. Le nombre des victimes est encore inconnu, mais les scènes déchirantes se multiplient. Ici, une épouse bouleversée accompagne son mari grièvement blessé vers l'hôpital où il devrait être opéré dans les plus brefs délais. D'après notre reporter dépêché sur les lieux du drame, le pronostic vital de cet homme serait engagé. »

Enzo passa une main dans ses cheveux et lança à Janet un regard effaré.

— Tirons-nous d'ici !

Chapitre 6

Washington, au même moment.

Angela Baron observait les gouttes de café qui s'écoulaient l'une après l'autre à travers le filtre. Combien de temps consacrait-elle chaque jour à cette tâche indigne de son niveau d'étude ? Combien de minutes, d'heures, de journées gaspillées à l'échelle d'une carrière condamnée à la stagnation par une phallocratie endémique et décomplexée ?

Du haut de ses trente-cinq ans, Angela se heurtait au fameux plafond de verre. Elle contemplait l'étendue de ses désillusions au fur et à mesure qu'elle remplissait les tasses accueillies sans aucune considération par leurs destinataires. Pire, sa plastique sculpturale, entretenue à grand renfort de cours de Pilates et de séances de jogging, lui attirait des regards lubriques que les pontes du conseil d'administration ne prenaient même pas la peine de dissimuler. Amère récompense pour un dévouement absolu à sa fonction d'assistante du président du Directoire d'une société multimilliardaire. Une société dont elle maîtrisait les moindres rouages bien mieux que le porc chargé de la diriger.

Tout à son aigreur, elle prépara avec minutie l'assiette de mignardises censée conclure le déjeuner de travail de ces messieurs. Elle se planta ensuite devant le grand miroir installé sur le mur de son bureau exigu, passa ses longs doigts fins dans ses cheveux bruns bouclés pour en accentuer le volume, puis rajusta son tailleur prune.

Angela se saisit enfin du plateau et frappa trois coups secs à la porte la séparant du saint des saints. Un grondement rauque et vulgaire valut invitation.

Après un bref soupir, elle pénétra dans l'antre de son patron, Nick Taggert, qui trônait en bout de table. Cet échalas, dont la frange blonde laquée à l'envi ne décollait jamais de son front, infligeait un sourire satisfait à toutes celles et ceux qu'il croisait. S'il le pensait carnassier, Angela le jugeait idiot. Ses pommettes proéminentes et son menton à fossette lui étaient insupportables. Qu'autant de femmes s'intéressent à un tel personnage dépassait son entendement. Chaque fois qu'elle posait les yeux sur ce quadragénaire arrogant, elle luttait intérieurement pour ne pas lui flanquer une gifle. Elle haïssait jusqu'au parfum Drakkar Noir dont cet imbécile s'aspergeait en abondance tous les matins. À part lui-même, la seule chose que ce type aimait vraiment était la cocaïne dont il s'accordait chaque soir un rail avant d'écouter à fond *Thriller* par Michael Jackson.

Il accueillit sa boisson sans un regard pour sa collaboratrice.

Face à celui qui se surnommait volontiers « Nick le Conquérant » se tenaient deux hommes inconnus d'Angela jusqu'à ce matin. Le premier, âgé d'une soixantaine d'années, tournait et retournait sur la nappe crème un dossier beige frappé de l'aigle américain. Le teint rougeaud de son visage témoignait, autant que son ventre bedonnant, de l'abus d'alcool et d'un taux de cholestérol dramatiquement élevé. De fines gouttes de sueur perlaient sur son crâne chauve tavelé d'un archipel de taches brunes. Il s'essuya le front avec un mouchoir en tissu et adressa à Angela un sourire pincé quand elle déposa le café devant lui.

Elle acheva sa tournée par le dernier convive, un Japonais – Angela avait assez voyagé à travers le monde et l'Asie en particulier pour être sûre de son fait – impassible, aux traits inexpressifs. Il aurait aussi bien pu avoir cinquante ans que trente. Coincé dans son costume noir étriqué, il se tenait sur sa chaise avec la raideur d'un mannequin de vitrine. Seuls ses petits yeux sombres suivirent les mouvements de la jeune femme. Une fois servi, il la salua. Elle répondit par un *Ojigi* effectué dans les règles de l'art. L'attention valut un nouveau salut qu'elle répéta à son tour.

— Oui, bon, je crois que vous vous êtes assez remerciés pour aujourd'hui, nous n'allons pas y passer la journée, intervint Taggert avec sa grossièreté coutumière. Vous pouvez débarrasser le reste.

Il accompagna son ordre d'un détestable claquement de doigts.

Ne pas lui balancer les assiettes au visage, se convainquit-elle en rassemblant les couverts.

Les premières notes de l'hymne américain montèrent de la veste de l'invité obèse. Il sortit de sa poche un téléphone portable dernière génération et écarquilla les yeux en lisant le message reçu.

— Que vous arrive-t-il, sénateur Lynn ? On dirait que vous venez de voir le fantôme de Staline, ironisa Taggert.

Lynn ne pipa mot, toujours happé par sa lecture.

— Si on vous dérange…

— Pardon, un avion vient d'exploser au décollage à l'aéroport de Dallas.

Angela manqua lâcher la vaisselle qu'elle transportait vers son bureau.

— Beaucoup de victimes ? demanda le Japonais avec un accent appuyé.

— D'après la dépêche, aucun survivant parmi les passagers ou l'équipage, annonça le sénateur en faisant glisser son index sur l'écran.

— Voilà qui devrait détourner l'attention des médias de nos propres déboires, se félicita Taggert. Avec un peu de chance, il s'agit d'un bon gros attentat, comme ça nous serons tranquilles pour des mois !

Avec un grand sourire, il rajusta la ceinture de son pantalon.

La réflexion ne sembla pas du goût de Lynn.

— Comment pouvez-vous ?

— Oh, ça va, vous n'allez pas me jouer les innocents. Épargnez-moi le couplet de la compassion. Gardez ça pour vos abrutis d'électeurs.

— Je ne vous permets pas ! s'offusqua Lynn.

— Ouais, ouais, eh bien moi, je me permets quand même, et je vous rappelle que je peux balancer aux journaux les photos de vos ébats extraconjugaux.

— Quoi ?

— Vous croyez vraiment que deux jeunes femmes aussi séduisantes que celles avec qui vous avez passé la nuit de jeudi dernier dans la suite 510 de l'hôtel Marriott auraient cédé à vos charmes si nous ne les avions pas grassement rémunérées ?

L'homme blêmit et coula un regard embarrassé vers Angela.

Taggert s'adressa alors à elle.

— Vous coucheriez avec lui, vous, si vous aviez le choix ?

L'apostrophe la laissa pantoise. Un rapide tour de table lui confirma qu'elle n'était pas la seule affligée par la question. L'impassible Asiatique sourcilla d'indignation.

— Vous voyez ? constata Taggert avec un contentement odieux. Vous êtes à moi, Lynn, que ce soit clair une bonne fois pour toutes. Je dirige vos votes, votre carrière, et même votre gros cul. Maintenant, je ne veux plus entendre vos conneries. Angela, posez-moi tout ce bordel et allumez la télé sur CBN.

La jeune femme obtempéra, impatiente d'en apprendre plus sur la catastrophe. Elle s'empara d'une télécommande sur le grand bureau de son patron et alluma le téléviseur fixé au mur.

Dans le coin droit de l'écran s'affichait un avion en image de synthèse en partie recouvert d'un dessin jaune symbolisant une explosion. Un bandeau défilait, égrenant des informations quant au nombre des passagers, à la destination du vol et à l'arrivée sur les lieux des différentes agences responsables de l'enquête.

Les images, elles, montraient une ambulance dans laquelle on distinguait assez clairement un homme allongé sur un brancard, une infirmière à ses côtés. Une femme courait, chargée de bagages. Elle trottait sur de hauts talons en direction du véhicule. Prenant conscience de la présence de la caméra, elle lui lança un regard agressif puis grimpa à son tour. Un commentaire destiné à toucher la fibre émotionnelle des téléspectateurs accompagnait la séquence.

« Alors que les unités spécialisées de pompiers se démènent sur le tarmac, les secours s'activent auprès des personnes blessées dans le terminal à la suite de la chute d'un réacteur propulsé comme un missile lors de l'explosion. Le nombre des victimes est encore inconnu, mais les scènes déchirantes se multiplient. Ici, une épouse bouleversée accompagne son mari grièvement blessé vers l'hôpital où il devrait être opéré dans les plus brefs délais. D'après notre reporter dépêché sur les lieux du drame, le pronostic vital de cet homme serait engagé. »

— Mettez en pause ! ordonna brutalement Taggert.

Angela obtempéra. L'image de l'ambulance et du couple se figea.

Il se leva de sa chaise, et fila vers son bureau dont il ouvrit l'un des tiroirs. Il retira un dossier à la couverture de cuir noir puis un sachet plastique contenant un téléphone portable et s'adressa ensuite à l'assistance.

— Messieurs, le spectacle est fini, tout comme ce déjeuner. Vous savez ce que vous avez à faire. Lynn, je vous reverrai à la commission. Angela, vous débarrasserez plus tard. Allez, *dehors* tout le monde !

Lynn sortit en premier, suivi de celui que la jeune femme surnommait le « Japonais inconnu ». Elle quitta la pièce à son tour, referma la porte et colla son oreille contre celle-ci.

— C'est moi, entendit-elle. Le boulot a été fait ? Vous en êtes certain ? Certain, certain ? Non, c'est juste qu'en regardant les infos à la télé j'ai la désagréable impression que vous n'avez pas vraiment terminé le travail...

Chapitre 7

À bord de la berline réquisitionnée auprès de la société de location, Andrew Bryniarsky roulait sur la voie rapide reliant l'aéroport à la ville. Ses doigts battaient le rythme de la musique diffusée par la radio, une chanson mêlant guitare country et rap. Pendant que Gangstagrass entonnait le générique de la série *Justified*[1], il repensait à Enzo Meazza et à son départ pour Paris.

De tous les criminels dont il avait croisé la route au cours de ses treize années passées au FBI, aucun ne s'était montré plus intelligent ni plus calculateur que l'ancien golden boy du barreau de New York. Réputé pour ses compétences de fiscaliste autant que pour sa prestance soignée à grand renfort de costumes sur mesure et de voitures de sport clinquantes, Meazza méritait une place de choix au panthéon des tordus. Alors quand un type de son acabit décidait de filer en Europe sitôt sorti de prison, il y avait fort à parier qu'il préparait encore un mauvais coup.

Andrew entendait bien ne pas rester les bras croisés et espérait au passage prendre sa revanche. Les

1. Série télévisée américaine s'inspirant des romans d'Elmore Leonard. Elle met en scène les aventures du marshall Raylan Givens.

contrariétés infligées à Enzo suite à la collision dans le parking n'en constituaient qu'un simple avant-goût. Avec un peu de chance, le retard occasionné lui aurait fait rater son vol. Cette seule pensée arracha un sourire à Andrew. Il se félicitait également d'avoir trouvé en la conductrice fautive une alliée séduisante, même s'il déplorait qu'elle fût demeurée insensible à ses charmes. Au moins régler le problème de la société de location propriétaire du mini-van incriminé lui avait-il permis d'abuser de ses prérogatives d'agent du Bureau fédéral, un exercice auquel il s'adonnait de temps à autre avec un plaisir jamais démenti. Prendre son air le plus renfrogné, exhiber sa plaque puis sa carte, assister à la déliquescence de ses victimes biberonnées aux fantasmes les plus éculés sur le FBI : le pied, purement et simplement. En deux temps trois mouvements, il avait expédié la question du constat, abandonné son 4 × 4 endommagé pour qu'il soit remorqué ultérieurement, et « emprunté » une confortable Dodge Avenger noire.

Ne restait plus qu'à regagner le Quartier général et à s'assurer que le relais serait pris par les agents du FBI de l'ambassade américaine de Paris. Ils établiraient le lien avec les services de renseignement français, lesquels surveilleraient les activités de Meazza.

Quand les enfants auraient grandi, Andrew nourrissait l'ambition d'être affecté à l'un des soixante-quatre bureaux répartis à travers le globe. Fasciné par l'Asie, une passion partagée avec son épouse, il espérait rejoindre le consulat de Hong Kong et s'ouvrir ainsi une voie royale vers les hautes sphères et les juteux salaires. Carrie rêvait d'une belle maison au bord du lac

Tahoe et l'éducation des enfants exigeait de lourds sacrifices.

Autant de responsabilités qu'Andrew n'envisageait pas comme des contraintes écrasantes mais comme des motivations saines et enthousiasmantes. Malgré un désir de plaire dont il se sentait parfois coupable, il incarnait le bon mari et l'honnête père de famille. Tout le contraire d'Enzo Meazza. Peut-être était-ce là une des raisons pour lesquelles ce dernier le subjuguait à ce point. Il planait autour de cet homme un parfum d'interdit relevé d'une pointe de décadence qui le rendait étrangement attirant. Il était brillant là où Andrew était travailleur. Il irradiait une confiance insolente en lui là où Andrew masquait péniblement son manque d'assurance. En plus d'être un homme à femmes – il ne se passait pas une semaine sans qu'il apparaisse en public accompagné d'une nouvelle beauté –, Enzo illustrait à merveille l'homme à hommes. Celui qui montre la voie en toutes circonstances, que l'on suit les yeux fermés, dont on rêve d'être l'ami, de partager les excès. Un chemin sur lequel Andrew s'était engagé et qu'il regrettait aujourd'hui amèrement d'avoir emprunté.

La musique cessa brusquement, remplacée par la voix anxiogène d'un animateur annonçant un flash spécial. La gravité de la séquence rappela à Andrew l'interruption des programmes, au matin du 11 septembre 2001. Jeune recrue assidue et jugée douée par ses instructeurs, il se rendait à Quantico pour une ordinaire journée de formation. La nouvelle des attaques contre le World Trade Center l'avait choqué. Celle qui visait le Pentagone l'avait terrorisé. Dans ce qui ressemblait à un acte de guerre, il s'était attendu à ce qu'un avion s'abatte sur le Quartier général du

FBI, à Washington. Ce jour était resté gravé dans sa mémoire, et comme de nombreux nouveaux agents, sa motivation et son engagement s'en étaient trouvés décuplés.

Andrew ressentit un vide similaire l'envahir lorsque le journaliste employa l'expression « possible attentat » à propos de l'explosion d'un Airbus. Ses mains tremblèrent sur le volant quand le reporter expliqua que le drame venait de se produire, lors du décollage, dans l'aéroport même où il avait déposé Enzo une vingtaine de minutes plus tôt.

Puis, trois mots lui portèrent le coup de grâce. « Air France. Paris. »

Un coup de sang supplanta l'asthénie avec pour effets successifs trois lignes de circulation traversées à grand renfort de klaxon, un demi-tour au frein à main au milieu d'un crissement de pneus et d'un nuage de gomme brûlée, et une belle frayeur pour les autres conducteurs.

Andrew se fraya un chemin dans le trafic, pestant contre l'absence de sirène ou du logo FBI sur la carrosserie de la voiture. Il saisit son téléphone portable posé sur le fauteuil passager et composa le numéro du bureau local. Il déclencha ensuite le haut-parleur puis hurla au préposé une série d'informations et de consignes. Après avoir décliné son numéro de badge, il annonça se rendre sur les lieux de l'accident, exigea une copie mail de la liste des passagers sitôt celle-ci disponible, ainsi que le nom du responsable de la sécurité de l'aéroport.

Andrew accéléra encore, le cerveau en surchauffe, égaré dans une multitude de questions. Se pouvait-il que le Griffon soit allé jusqu'à perpétrer un attentat pour éliminer Meazza ? Et si c'était le cas, pourquoi employer un procédé aussi extrême et assassiner autant d'innocents ? À moins qu'il ne s'agît que d'un simple hasard, hypothèse à laquelle son instinct refusait de souscrire avec obstination.

Mais ce qui perturbait le plus Andrew, c'était l'angoisse qui tiraillait ses entrailles à l'idée qu'Enzo soit mort dans cet avion…

Chapitre 8

— Je ne sais pas si vous vous en rendez compte mais vous me faites mal !

Les protestations de Janet ne calmèrent en rien l'ardeur d'Enzo. Il jouait des coudes avec vigueur pour fendre la foule rassemblée dans les couloirs de l'hôpital en crise.

Rendu antipathique par son attitude méprisante et hautaine dans les minutes qui avaient suivi l'accrochage dans le parking, ce type se montrait maintenant d'une brutalité hallucinante et la tirait par le bras comme une gamine réfractaire. Il progressait tel un brise-glace et remorquait sans effort apparent la malheureuse Janet, obligée de courir à sa suite. Juste ce qu'il fallait de grossièreté pour effacer le faible crédit qu'elle lui avait accordé, dans le terminal, quand il s'était préoccupé de sa santé et de celle des voyageurs se trouvant près d'eux.

Handicapée par sa valise à roulettes, les maudits talons hauts qu'elle déplorait de ne pas avoir échangés pour une paire de baskets au sortir de sa réunion, et par son gabarit insignifiant comparé à celui du Néandertal qui la tenait captive, Janet n'essayait pas de lui résister.

Alors qu'elle était encore sous le choc des images de l'explosion relayées par la chaîne d'information continue, Meazza s'était rembruni et l'avait agrippée comme un forcené avant qu'elle ne comprenne ce qui lui arrivait.

Puisque le premier rappel à l'ordre n'avait pas suffi, Janet décida de monter d'un cran.

— Hey ! hurla-t-elle en s'immobilisant tout à coup. Vous allez arrêter ça, tout de suite !

Le niveau sonore atteint couvrit le brouhaha ambiant et, l'espace d'un instant, l'assemblée autour d'eux se figea, avant de reprendre subitement sa marche frénétique et indifférente.

À défaut de lui valoir de l'aide, l'interpellation eut au moins le mérite de stopper Meazza. Il fit demi-tour et s'approcha tout près d'elle.

Certes, l'homme lui déplaisait au dernier degré mais pas son physique. Et, elle devait l'admettre, la vision de son torse nu l'avait profondément troublée. Se retrouver aussi près de lui – les yeux de la jeune femme arrivaient au niveau de ses pectoraux – la déstabilisa.

Pourquoi faut-il que les hommes désagréables soient systématiquement dotés d'une aussi belle musculature ? pensa-t-elle à sa grande surprise.

— Écoutez-moi bien, ma petite fille, murmura-t-il, votre numéro d'épouse a tellement bien fonctionné que le monde entier l'a vu à la télé. À partir de maintenant, et pour votre propre sécurité, vous ne me quittez plus. Vous avez compris ou je dois vous la refaire avec l'accent anglais ?

Si l'expression du visage de Janet s'était quelque peu radoucie, elle retrouva vite son air furieux et grinça des dents.

— Je... ne... suis... pas... votre... petite... fille !

Il soupira.

— C'est tout ce que vous avez retenu de ce que je viens de vous dire ? Janet, vous êtes en danger. Nous le sommes tous les deux.

— Mais qu'est-ce que vous me chantez ? En danger de quoi ? Et puis, nous devons voir le médecin pour signer vos papiers de sortie. Et il faut que je prévienne mon travail, les informer pour mes collègues dans l'avion, et... et...

Enzo posa ses grandes mains sur ses épaules, et adopta la même voix suave dont il avait gratifié l'hôtesse d'Air France.

— Déjà, faites-moi le plaisir de vous calmer et de parler moins fort, requit-il. Vous n'allez appeler personne, et je ne signerai aucun papier. L'urgence est de partir d'ici.

Solidement maintenue, elle sentit un instant le regard intense de cet homme la transpercer, comme s'il la sondait au plus profond d'elle-même. Sa colère, bouillonnante jusqu'alors, exacerbée par le traumatisme causé par la catastrophe, s'apaisa.

— Pourquoi ? bredouilla-t-elle à voix basse.

— Il est possible, je dis bien, possible, que cet avion ait sauté parce que je devais le prendre. Je comprends que cela semble délirant, et j'ai moi-même du mal à le croire, mais c'est une éventualité on ne peut plus sérieuse.

— Qui êtes-vous ?

La question fusa d'elle-même.

Enzo ne répondit pas d'emblée. L'air inquiet, il scrutait les environs.

— Quelqu'un qui a énervé beaucoup de monde, lâcha-t-il distraitement avant de se focaliser à nouveau sur elle. Si vous me faites confiance, je vous expliquerai toute l'histoire et je trouverai un moyen de nous sortir de ce mauvais pas. Êtes-vous prête à me faire confiance, Janet ?

Elle acquiesça d'un hochement de tête rigide, spectatrice de sa propre réaction, envoûtée par la voix grave et les yeux sombres d'Enzo.

— À la bonne heure. Laissez-moi vous aider.

Il agrippa la poignée de la valise et traça à travers la foule un sillon dans lequel Janet s'engouffra. Bien qu'incrédule et méfiante, elle le suivait désormais sans discuter. La force de conviction de ce parfait inconnu confinait à l'hypnose et, malgré le millier de questions qui l'assaillaient, son instinct lui enjoignait de ne pas le quitter d'un pouce. Un instinct dont elle s'était trop longtemps détournée. Une défiance qui lui avait gâché les plus belles années de sa vie...

Ils traversèrent plusieurs couloirs et rejoignirent le hall des urgences, bondé lui aussi, au point qu'un cordon de police en balisait l'accès pour dégager un chemin à l'usage du personnel. Si Janet avait jugé le trafic dense jusqu'ici, ce n'était rien comparé à l'attroupement auquel elle faisait face. Dans la vaste salle des admissions, des dizaines de blouses blanches coordonnaient tant bien que mal l'arrivée incessante d'ambulances et de nouvelles victimes. À l'extérieur, la foule des proches s'agglutinait au point de former une vague ivre qui ondulait, affluait et refluait dangereusement contre les portes vitrées de l'hôpital. Derrière, les envoyés spéciaux des différentes chaînes de télévision, alignés les uns à côté des autres tels de bons soldats à la parade, tournaient des plateaux en situation ou interviewaient les « bons clients » susceptibles d'apporter aux spectateurs la dose d'émotion requise.

Au cours de ses périples africains, Janet avait assisté à ce grand cirque médiatique. Le pire souvenir étant celui d'une mission à Sabah, en Libye, suivie par une cohorte de journalistes en quête de sensationnel.

Enzo Meazza rebroussa chemin devant l'embouteillage.

— Venez, cherchons une sortie plus discrète.

À nouveau, Janet lui emboîta le pas sans discuter.

Il héla une infirmière au visage sec et austère et lui demanda où se trouvait l'accès pour les livraisons.

D'abord réticente, elle finit par se radoucir grâce au sourire enjôleur dont Enzo semblait décidément être un spécialiste. Les joues de la femme s'empourprèrent et elle indiqua la direction sans plus se faire prier.

Chapitre 9

Éventré par le violent coup de rangers qui l'avait projeté dans les airs comme un ballon de football, le sac-poubelle percuta le mur de l'allée. Deux femmes âgées, cabas en main, sursautèrent au passage du projectile. Elles restèrent à bonne distance de l'auteur du shoot, un petit homme trapu dont les traits inspiraient à eux seuls la plus absolue des méfiances. Il avait un visage buriné et longiligne, surmonté par une épaisse tignasse poivre et sel dont une mèche retombait sur son front proéminent et plat. Ses petits yeux noirs ombragés par des sourcils broussailleux, ses lèvres charnues et son menton prognathe achevaient de lui donner un aspect simiesque.

Le genre de type à ne pas croiser dans une ruelle sombre…

Bien qu'il ne leur prêtât aucune attention, trop occupé à cracher des jurons dans un sabir incompréhensible, les deux septuagénaires détalèrent sitôt l'homme derrière elles. Elles s'éloignèrent à grand pas de la Lexus grise garée à quelques mètres dont le chauffeur obèse semblait attendre l'énergumène.

D'ordinaire, Goran Curkovic n'était pas homme à perdre son sang-froid et encore moins à se poser de questions.

Le doute, les hésitations, les colères même, il les avait laissés à ses ex-supérieurs. Du moins en était-il ainsi durant la guerre du Kosovo quand il officiait au sein de l'armée serbe. Les cerveaux désignaient les objectifs, lui les remplissait avec toute l'efficacité et le flegme dont ce soldat de haut vol était capable. Et peu de choses avaient changé depuis qu'il s'était installé à son compte, en tant que mercenaire, au début des années 2000. On lui assignait des missions, il les exécutait. Goran se considérait comme un épicier de la mort et de la terreur, ouvert vingt-quatre heures sur vingt-quatre, jamais à court de stock ou d'astuces pour contenter le chaland.

La principale différence avec son passé militaire, et elle était de taille, tenait à ce que le secteur privé regorgeait d'incompétents, de lâches et, globalement, de tarés congénitaux à qui soutirer de fortes sommes se révélait un jeu d'enfants. L'avantage de traiter avec de faux durs, engoncés dans leurs costumes étriqués, excités comme des gosses à l'idée de se confronter à de véritables hommes d'action…

Son client actuel, présenté par une connaissance commune au sein de l'agence de sécurité Blackwater, correspondait trait pour trait à cette définition. Pédant, grossier, voire vulgaire, ce type ne méritait même pas la corde pour le pendre, et la tentation première de Goran avait été de lui faire la peau, pour le plaisir, gratis. Deux raisons l'en avaient dissuadé : tuer les clients pour se détendre ne participait pas à la bonne marche du business, et le contrat proposé le passionnait, tant par sa rémunération pharaonique que par la complexité de sa mise en œuvre.

Après tout, combien de fois dans sa vie lui serait-il demandé de placer une bombe dans un avion de ligne au nez et à la barbe des services de sécurité américains ? Tuer deux cents personnes, dont quantité de femmes et d'enfants, ne l'avait pas freiné. Après dix années perdues à faire la guerre et à voir son pays réduit en miettes, la vie humaine n'avait pour lui qu'une valeur toute relative.

Pourtant, le dernier coup de fil de son commanditaire l'avait jeté dans une fureur incontrôlable. La mission n'aurait pas été menée à bien. L'Airbus visé avait certes explosé, mais sans que se trouve à son bord la cible de cette opération privée, qu'il avait camouflée en attentat terroriste.

Rien de tel pour détruire une réputation de « Monsieur Propre » forgée au fil des ans et à la force du poignet, à laquelle Goran tenait moins par orgueil que parce qu'elle déterminait le montant de ses émoluments. Lesquels pâtiraient à coup sûr d'un échec aussi retentissant.

Sans compter qu'il lui fallait désormais achever le boulot à ses frais et improviser, perspective insupportable pour un amoureux des planifications aux rouages bien huilés.

Pour couronner le tout, afin d'exécuter au mieux le contrat, il avait eu recours aux services d'un artificier dont les compétences en matière d'explosifs et de pilotage n'égalaient que le goût immodéré pour les hamburgers gras et dodus. Ce Sud-Africain, ancien membre des forces spéciales de la police de Johannesburg, vivait aux États-Unis depuis dix ans et s'était pris de passion pour la nourriture industrielle locale au point de peser aujourd'hui plus de cent vingt kilos pour à peine un mètre quatre-vingts. Bismarck, le prénom du « baril » comme Goran aimait à le surnommer, l'attendait dans la Lexus, avec, à la main, un épais sandwich dont un reliquat maculait sa veste de treillis kaki. Son cou flasque ballottait à chaque nouvelle bouchée. Ses épaisses narines palpitaient au rythme de sa respiration lourde, et de la sueur perlait depuis le sommet de son crâne chauve jusqu'à la commissure de ses lèvres.

Le Serbe s'approcha tout en rangeant son téléphone dans une poche de son bomber bleu nuit.

— Y a un problème ? articula péniblement le pachyderme, la bouche remplie d'une bouillie composée de pain au sésame, de viande cuite à la mode « semelle » et autres ingrédients trop mastiqués pour être identifiés.

Entre le spectacle peu ragoûtant et la transpiration malodorante de son complice, Goran retint un haut-le-cœur tandis qu'il ouvrait sa portière.

— On a raté la cible, répondit-il avec son fort accent slave dont il revendiquait chaque intonation.

— Chans déconner ? L'avion n'a pas chauté ? Ch'est pas pochible !

— Détends-toi, tes charges ont bien sauté, et elles ont foutu un sacré bordel. Dis, tu ne peux pas arrêter de parler la bouche pleine ? C'est vraiment dégueulasse.

Bismarck accéléra sa mastication et déglutit bruyamment avant d'exhiber un sourire satisfait et idiot. Goran haussa les épaules et s'installa sur le fauteuil passager après avoir épousseté les restes de nourriture qui y traînaient.

— Apparemment, l'objectif se trouve dans un hosto du patelin. Je vais le rentrer dans le GPS. Le client m'envoie par SMS sa photo et son nom. Démarre.

Bismarck obtempéra et pressa de son index boudiné le bouton d'allumage avant d'enclencher la première avec une dextérité et une souplesse inattendue. Ses paumes se posèrent en douceur sur le volant puis, d'un jeu de piston sur les pédales à la maîtrise parfaite, il fit démarrer la voiture et s'engouffra dans le trafic. Tout en accélérant graduellement, il naviguait entre les autres véhicules avec une aisance déconcertante.

Ce type mangeait comme un porc, en partageait les traits, empestait la sueur à des kilomètres. Pourtant, dès qu'il conduisait, ou pilotait un avion ou un hélicoptère, il accédait à un état de grâce confinant à la beauté. Un constat qui effarait Goran et le laissait songeur.

— Tu comptes t'y prendre comment ? demanda le conducteur en se curant les dents.

— À l'ancienne.

— Ça va encore être crade…

— Arrête de te plaindre. Une fois dans le désert, tu n'auras qu'à creuser le trou. Je découperai le corps à l'écart, ça te rassure ?

— Ouais. Non, parce qu'avec le dernier j'ai vraiment cru que j'allais gerber !

Goran observa Bismark avec des yeux ronds avant d'éclater de rire.

— Quoi ?

— Rien, c'est juste que je m'en voudrais de te couper l'appétit…

Chapitre 10

Le calme et le silence qui régnaient dans la vaste cour ombragée dévolue aux livraisons contrastaient avec l'agitation et le vacarme qui prévalaient dans l'hôpital universitaire William P. Clements. Cerné par les hauts bâtiments en forme de « W » qui conféraient à l'établissement une architecture unique, l'endroit semblait préservé du monde et des bruits de la ville. Les hurlements stridents des sirènes, encore omniprésents une poignée de minutes plus tôt, s'espaçaient désormais, signe d'une accalmie bienvenue aussi bien pour les équipes médicales que pour les nerfs des civils. À l'horizon, le soleil déclinait au milieu d'un ciel d'azur immaculé. L'heure bleue ne tarderait plus.

Après avoir traversé au pas de charge un nombre incalculable de couloirs, tous bondés, Janet et Enzo avaient enfin retrouvé l'air libre. Sitôt sorti, le ténébreux barbu, sa veste toujours posée sur son épaule, s'était délesté de la valise de la jeune femme sans un regard en arrière. D'un pas décidé, il s'approchait maintenant des trois camionnettes blanches garées à quelques encablures.

Quant à Janet, le passage des halls climatisés de l'établissement à la chaleur sèche et étouffante qui écrasait Dallas s'avéra trop brutal pour elle, déjà malmenée par l'enchaînement d'événements tous plus délirants les uns que les autres. Des nuées de papillons virevoltèrent soudain devant ses yeux et elle s'immobilisa au milieu de la cour, prise de vertiges. Elle lâcha sa mallette, s'assit sur son bagage, ferma ses paupières puis plaqua les paumes sur ses tempes qu'elle massa en cercles amples. Les températures élevées convenaient mal à cette Anglaise pure souche, plus à son aise sous le crachin des Midlands et de sa Birmingham natale. Ses missions en Afrique avaient été de véritables tortures dont elle ne s'était jamais plainte auprès de sa hiérarchie de peur de voir sa carrière en pâtir. En partant pour les États-Unis, elle ne s'était pas attendue à une canicule aussi rude que soudaine et elle regrettait ce voyage à plus d'un titre avant même la tragédie aérienne qui venait de coûter la vie à ses collègues.

Au milieu de l'épaisse couche de coton qui lui enserrait le crâne, elle perçut comme une série de claquements secs et répétés qui se firent plus clairs et insistants à mesure qu'elle recouvrait ses esprits. Il lui sembla même qu'on criait dans sa direction.

Quand elle rouvrit les yeux, Meazza se tenait penché vers elle et frappait dans ses mains en signe d'encouragement.

— Clochette a besoin d'applaudissements pour se réveiller ? lui demanda-t-il sur un ton ironique tout en sondant ses iris.

La remarque fit basculer Janet, en un clin d'œil, de l'épuisement à la colère noire.

— Vous allez arrêter avec vos petits noms, ça commence à m'échauffer sérieusement les oreilles ! protesta-t-elle avec une énergie retrouvée.

Une colère à laquelle, une nouvelle fois, il ne prêta aucune attention. Il poursuivit :

— Quand je dis qu'il faut partir d'ici, je veux dire « tout de suite », pas dans une heure.

— Je suis fatiguée, j'ai le droit, non ? Et puis, oh, ce n'est pas moi qui suis tombé dans les pommes pour une simple coupure à la tête, hein ! Donc : doucement !

— Charmante..., commenta Enzo en effleurant pour la dixième fois la cicatrice dissimulée par son épaisse chevelure.

Saluant la remarque d'un haut-le-corps, Janet ouvrit sa mallette et, après une fouille minutieuse, en retira un téléphone portable à la coque fuchsia frappée de deux « J » entremêlés.

— Qu'est-ce que vous faites ?

Le ton de la question ne laissa aucun doute sur l'effarement de Meazza.

— J'ai l'air de prendre de la poussière de fée ? Non ? Alors, j'appelle mon bureau pour les informer que je suis saine et sauve.

À peine sa phrase terminée, et avant même qu'elle ait le temps de parcourir son répertoire, la main d'Enzo fouetta l'air et envoya le mobile se fracasser en mille morceaux contre un mur.

— Voilà, comme ça, c'est réglé, se félicita celui qu'elle commençait à prendre sérieusement pour un forcené.

— Non, mais vous êtes un grand malade ! hurla-t-elle en bondissant sur ses pieds.

— Si des gens sont capables de faire sauter un avion rempli de passagers innocents dans le seul but de m'éliminer, tracer les appels d'un téléphone portable ne devrait pas leur poser de vrai souci.

— Vous êtes paranoïaque au dernier degré, mon pauvre ami...

— J'ai fait ça pour vous rendre service, se contenta-t-il de répondre en tournant les talons en direction des véhicules qu'il examinait une minute plus tôt.

— Allez-y, cassez le vôtre, alors, lui lança-t-elle sur un ton bravache, bras croisés sur sa poitrine.

— Je ne possède pas de téléphone. Et maintenant que j'y pense, je n'ai plus mon sac de voyage, il a dû rester à l'aéroport..., ajouta-t-il comme pour lui-même.

— Non, mais qui n'a pas de portable à notre époque ! Vous sortez d'une grotte ?

— Plutôt de prison, mais remarquez, les conséquences sont similaires.

La réponse désinvolte laissa Janet sans voix un court moment. Elle reprit en bégayant.

— Vous êtes un criminel ?

— En col blanc, rien de bien méchant. Je ne suis pas un assassin et encore moins un violeur. Votre petit corps n'a rien à craindre, rassurez-vous, lui lança Meazza avec un aplomb déroutant et un humour douteux que la Britannique ne goûta pas. Bon, maintenant que nous avons fait plus ample connaissance, je devrais pouvoir faire démarrer cette fourgonnette.

Sur cette promesse, il ouvrit la portière du véhicule blanc et s'immobilisa avant de s'y engouffrer.

— Vous venez ? lança-t-il à Janet.

— Je... ne... crois... pas..., bredouilla celle-ci en reculant à petits pas.

Devant le sourire crispé de la jeune femme, Enzo soupira puis s'avança dans sa direction. Elle l'en dissuada d'un geste de la main.

— Partez, je ne dirai rien à la police, promit-elle. Si vous avez besoin d'argent, je vous en donne.

— Janet, je vous assure que je suis un gentil dans cette histoire et que votre numéro devant les caméras vous met dans une situation compliquée.

— Une situation compliquée, répéta-t-elle d'une voix blanche avant de partir d'un rire nerveux proche de l'hystérie. En une journée, je me paie un accident de voiture, je rate un avion qui explose car ciblé par un attentat, j'y laisse quatre confrères et je me retrouve coincée avec un hors-la-loi qui veut voler un véhicule et m'affirme que je dois lui faire confiance sur sa seule bonne tête. Oui, on peut dire que la situation est compliquée, c'est certain !

Poings serrés, elle acheva sur un véritable hurlement.

Face à elle, Enzo demeurait imperturbable.

— Je comprends, mais si vous vouliez vous calmer…

— C'est la dernière chose à dire à quelqu'un qui a déjà perdu son calme ! s'écria-t-elle.

— Hé, vous savez quoi, s'emporta-t-il à son tour, si vous tenez absolument à vous débrouiller seule, grand bien vous fasse. Moi, je m'en lave les mains.

Pour la deuxième fois, il repartit en direction de la fourgonnette en ajoutant :

— J'ai bien assez à faire à me garder en vie, je ne vais pas perdre mon temps avec une tête de pioche hystérique.

Il ponctua son commentaire d'un mouvement dédaigneux de la main par-dessus son épaule.

Janet, toujours au comble de la colère, attrapa la poignée de sa valise et partit à son tour, mais en direction de l'hôpital, bien décidée à se présenter aux autorités et à en terminer avec cette histoire de fous.

Sans un regard en arrière, elle retourna dans le bâtiment.

*

* *

Penché sous le volant depuis cinq minutes, Enzo achevait de dénuder les fils électriques dévoilés après avoir cassé le cache les dissimulant. Il puisait dans ses souvenirs d'adolescence, quand ses camarades et lui s'offraient des virées nocturnes dans de confortables berlines dérobées sur les parkings des boîtes de nuit. Il constata avec plaisir qu'à l'instar du vélo certaines techniques ne s'oubliaient pas.

Il isola les câbles commandant phares et clignotants, ceux reliés aux essuie-glaces et au chauffage, puis se concentra sur les deux derniers, connectés au démarreur et à la batterie. Après avoir identifié les bonnes couleurs pour éviter de subir une violente décharge électrique, il frotta entre eux deux câbles d'un geste sec et rapide. Le vrombissement du moteur confirma la réussite de l'opération. Sans attendre, il se redressa sur son siège et pressa à trois reprises l'accélérateur. Un sourire aux lèvres, il posa ses grandes mains sur le volant et tourna de toutes ses forces. Tous ses muscles se contractèrent puis se relâchèrent au craquement qui annonçait la reddition du verrou de direction.

Pressé de prendre la tangente, il passa la marche arrière et recula vivement. Alors qu'il s'apprêtait à passer la première, un cri attira son attention.

Enzo jeta un coup d'œil dans le rétroviseur extérieur et demeura bouche bée.

— Attendez-moi ! ordonna une voix aiguë reconnaissable entre mille.

Dans le miroir, Janet, pieds nus, courait à perdre haleine avec sa lourde mallette dans les bras.

Plus loin derrière elle, un individu en jean et bomber gris jaillissait du bâtiment, pistolet en main…

Chapitre 11

— Foncez !

Janet aboya son ordre en s'engouffrant dans l'habitacle.

Face à la vigueur de l'injonction, Enzo démarra sans chercher à comprendre. Il passa la première, pressa à fond l'accélérateur, pour constater, dépité, qu'une camionnette, victime de son inertie, ne se montrait pas aussi réactive qu'une voiture de sport. Emporté par son poids, le van recula encore sur deux ou trois mètres avant de reprendre sa marche en avant. Le crissement de la gomme sur le bitume, chauffé à blanc par l'implacable soleil texan, souleva un nuage de fumée grise qui masqua, dans le rétroviseur, le reflet de l'homme armé lancé à ses trousses.

Tout en roulant, et en pestant intérieurement contre la faible puissance d'accélération dont bénéficiait son véhicule, Enzo tenta, sans succès, de distinguer les traits du poursuivant de Janet. Quand celui-ci réapparut avec un écart déjà considérable, il courait à une allure de marathonien, non plus pistolet au poing, mais avec un téléphone portable vissé à l'oreille.

— Qui est ce type ? demanda la jeune femme, le souffle court.

— Comment voulez-vous que je le sache ? répondit Enzo, le regard oscillant entre les rétroviseurs latéraux.

— Vous voulez me faire croire que vous ignorez qui en a après vous ? Et d'ailleurs, grâce à vous, après moi désormais. Mille mercis !

Janet ne lui laissa pas le temps de protester et continua tout de go.

— Pourquoi nous poursuit-il ? Il n'a aucune chance de nous rattraper, c'est complètement idiot !

— Soit ce type se croit dans *Terminator 2*[1], soit...

— Quoi ? s'impatienta-t-elle.

Soudain, un coupé Lexus gris déboula de la droite à pleine vitesse, se dirigea vers le poursuivant. Arrivé à sa hauteur, le bolide effectua un demi-tour au frein à main à la précision millimétrique. La manœuvre lui permit de se remettre dans le sens de la marche et au coureur de se précipiter à l'intérieur.

— Soit il a un comparse... Là, c'est la merde !

— Semez-les !

— Merci, je n'avais pas du tout en tête de le faire, ironisa Enzo.

— Ah, ne commencez pas à jouer au malin...

— Je ne joue pas au malin ! s'offusqua-t-il d'une voix dont le timbre aigu trahissait agacement et incompréhension.

— Roulez plus vite au lieu de vous chercher des excuses à la noix.

— Des ex... Je conduis une camionnette, pas une Ferrari !

1. Film américain de science-fiction réalisé par James Cameron en 1991. Arnold Schwarzenegger incarne le personnage principal, un cyborg tueur.

Il braqua sur sa gauche, longea de gigantesques entrepôts qui jouxtaient le centre hospitalier et dont les baies de chargement étaient prises d'assaut par une armada de semi-remorques gigantesques.

Une fois délestés de leur cargaison, les monstres d'acier s'ébrouaient sur une route étroite et arborée qui rejoignait une des multiples voies rapides desservant Dallas. Enzo espéra un moment que le flux des poids lourds calmerait les ardeurs de leurs agresseurs et que ceux-ci y réfléchiraient à deux fois avant de faire usage de leurs armes devant d'aussi nombreux témoins. Un court répit tant semer une voiture sportive sur la voie rapide s'avérait illusoire. Mais, au point où il en était, l'option « court répit » valait mieux que pas d'option du tout...

Le claquement d'une première détonation le fit aussitôt déchanter et arracha un cri à Janet qui s'affaissa en même temps que son conducteur rentrait la tête entre les épaules. Un concert de klaxons semblables à des cornes de brume répondit au coup de feu.

— Ces malades nous tirent dessus ! s'exclama la jeune femme, suffoquée. Il y a plein de monde sur la route, et ils nous tirent dessus...

— Pour une fois nous sommes d'accord, commenta sobrement Enzo, nous avons affaire à de vrais dingues !

Janet tournait nerveusement entre son index et son pouce droit le saphir monté sur un anneau doré ceignant l'annulaire de sa main gauche.

— Si vous n'aviez pas bousillé mon téléphone, j'aurais pu appeler la police ! ajouta-t-elle avec une agressivité palpable.

— Par pitié, gardez vos reproches pour plus tard et laissez-moi me concentrer. Au cas où vous ne l'auriez pas remarqué, j'essaie de nous sortir de là indemnes.

Focalisé sur sa conduite pour ne pas laisser la panique le submerger, Enzo entama une série de zigzags qui bringuebalèrent la camionnette autant que son irascible passagère. Si la manœuvre provoqua un nouveau concert de klaxons, elle eut au moins le mérite de faire taire Janet, ainsi que les coups de feu.

De dérapages en embardées, ils quittèrent les grands axes et prirent, poussés par la nécessité, la direction du centre-ville.

La fourgonnette se frayait maintenant un chemin au milieu d'une circulation de plus en plus dense sans réussir à semer la Lexus. Là ou Enzo s'employait à rester au maximum sur la route, le conducteur de la puissante sportive ne s'embarrassait pas de détails en empiétant sur les trottoirs. Hypnotisée par le spectacle qu'elle voyait dans le rétroviseur, Janet assistait, médusée, aux bonds des piétons contraints d'éviter le bolide. Les cris se mêlaient au vrombissement des moteurs en un vacarme d'apocalypse. Un adolescent en short gris et maillot de basket ample esquiva in extremis le missile mécanique qui déboulait dans son dos. Le gamin se déporta vers un couple de sexagénaires, les emportant dans son élan. Tous trois traversèrent la vitrine d'un magasin de prêt-à-porter. Profitant d'une accalmie dans le trafic, les poursuivants regagnèrent le bitume dans une embardée.

— Vous comptez les semer, à la fin ? s'emporta Janet.

— Je ne peux pas, répondit Enzo d'une voix posée. J'essaie de tenir le plus longtemps possible.

— Dans quel but ? s'écria-t-elle, moins par énervement que pour couvrir le bruit du moteur de leur véhicule, poussé dans ses derniers retranchements.

— Dans le but de laisser le temps à la cavalerie de se pointer, répondit-il tout à la gestion d'un slalom périlleux.

— Alors là, c'est un comble…

— Quoi encore ?

— Je croyais que vous ne vouliez pas de l'aide des policiers !

— Au cas où vous ne l'auriez pas remarqué, la situation a un peu évolué.

Enzo se pencha en avant et leva les yeux au ciel dans l'espoir d'y trouver un hélicoptère dédié à la traque des chauffards. Hélas, rien d'autre à l'horizon qu'un soleil déclinant vers l'ouest et une lune en filigrane.

— Mais qu'est-ce qu'ils foutent, ces cons-là… Je donnerais tout pour entendre une seule sirène de flic.

— Et moi donc ! Attention, ils doublent par la gauche !

L'ex-avocat réagit sans attendre à l'avertissement et asséna un brusque coup de volant vers la Lexus, dont il distinguait déjà le capot par sa vitre. Un bruit de tôle froissé se perdit au milieu d'une gerbe d'étincelles alors que les deux véhicules se poussaient mutuellement. Condamné à perdre au jeu de la vitesse pure, Enzo comptait transformer le handicap du poids de sa camionnette en avantage. Toujours pied au plancher, il observait les alentours à la recherche d'une opportunité. Celle-ci lui apparut sous la forme d'une petite rue en sens unique environ deux cents mètres plus loin, sur sa droite.

— Ces connards veulent se la jouer version *La Fureur de vivre*[1] ? Très peu pour moi. Accrochez-vous ! ordonna-t-il tout à coup, en plaquant le dos à son siège.

Sans poser de questions, Janet l'imita. Elle se cramponna d'une main au vide-poches central, de l'autre à la poignée de sa portière, et pressa ses pieds sur le tapis de sol.

Enzo relâcha l'accélérateur et écrasa à fond la pédale de frein. Les pneus gémirent et une traînée de gomme marqua l'asphalte dans un nuage de fumée grisâtre sur près d'une centaine de mètres. Avec dextérité, il rétrograda et, sitôt passé en première, accéléra à nouveau en s'engouffrant dans la rue repérée quelques instants plus tôt.

— Bien joué ! le félicita sa passagère, qui avait encaissé le choc sans broncher.

— Merci, la manœuvre nous donne un peu de mou, mais... et merde...

*

* *

« Mais qu'il est con, ce mec ! »

Goran luttait pour ne pas enfoncer la crosse de son Beretta dans la bouche de son pilote. Bismarck l'impressionnait par son aisance à mener une poursuite, poussant parfois le vice jusqu'à manier son

---

1. Film américain réalisé par Nicholas Ray et sorti en 1955. James Dean y incarne l'un de ses rôles les plus célèbres, celui d'un jeune à la dérive.

volant d'une main dans les situations les plus périlleuses, mais son habitude de saluer celles-ci de cris aigus et rauques l'insupportait. Les « Yeeha » succédaient aux « Woohooo » et vrillaient les nerfs du Serbe. Selon Goran, un vrai professionnel ne manifestait aucune émotion, ne s'encombrait d'aucun artifice et privilégiait en toutes circonstances la sobriété froide à l'exubérance enfiévrée glorifiée par les Yankees. Sans un débat passionné, le Sud-Africain aurait poussé le vice jusqu'à insérer un CD de musique métal, si tant est que l'adjonction des deux mots soit possible, pour agrémenter la traque.

Mais, l'honnêteté obligeait Goran à l'admettre, la résistance acharnée opposée par le conducteur de la camionnette l'énervait plus encore que son acolyte. Il avait espéré régler l'affaire en deux pressions sur la détente mais se retrouvait désormais lancé dans une équipée sauvage à travers Dallas. Au temps pour la sobriété…

Une portion d'autoroute avait succédé aux abords de l'hôpital, puis une zone résidentielle et enfin les avenues du centre-ville. Le tout sans espoir d'ajuster la mire sur les cibles désignées pour mourir. Alors quand, après s'être offert un détour par les trottoirs, et pris un plaisir ostensible à voir les passants déguerpir comme des lapins apeurés, Bismarck avait réussi à s'insinuer aux côtés de la fourgonnette, Goran avait retrouvé l'espoir de flinguer le conducteur une bonne fois pour toutes. Tout à son optimisme, il s'apprêtait à descendre sa vitre teintée pour lui loger une balle dans la tempe. Hélas, ce dernier avait surpris son monde par un freinage audacieux. Pris de court, et embarqué par la vitesse de sa Lexus, Bismarck s'était fendu d'un demi-tour au frein à main spectaculaire, mais toujours saisissant de maîtrise.

Si je ne le bute pas avant, il pourra toujours envisager une reconversion comme cascadeur à Hollywood, se dit Goran.

— Il se débrouille, ce fils de pute, commenta Bismarck, visiblement admiratif. Mais on ne sème pas ce vieux Bismarck du Plessis aussi facilement !

Et en prime, il est égomaniaque...

*

* *

— Qu'est-ce que vous pouvez être grossier, mon pauvre ami !

— Regardez dans votre rétro, lâcha Enzo d'une voix lasse.

Janet s'exécuta et constata que le répit ne serait que de courte durée. L'inquiétante voiture aux vitres teintées venait de réapparaître, certes très en retrait, mais toujours décidée à ne pas les lâcher.

— Je n'y crois pas. Ils sont toujours derrière nous ?

Enzo se contenta d'un haussement de sourcils dépité.

L'avance gagnée par sa ruse fondait à vue d'œil alors qu'il enchaînait les virages au plus parfait mépris du danger. À plusieurs reprises la fourgonnette brûla feux rouges et « stops », manquant percuter d'autres véhicules. Les trajectoires tendues se succédaient pour les chassés comme pour les chasseurs.

Le centre-ville s'éloignait quand, au loin, une sirène de police retentit, suivie de plusieurs autres.

— Il était temps..., soupira l'ex-avocat.

*

* *

Andrew Bryniarsky s'accrochait tant bien que mal. Depuis l'hôpital Clements, il filait, à défaut de pouvoir les rattraper, Enzo et Janet, eux-mêmes pris en chasse par un as du pilotage déterminé à en découdre. S'il ne comprenait rien aux tenants et aboutissants de la situation, l'agent fédéral n'en lâchait pas l'affaire pour autant. La puissance de la Dodge Avenger empruntée au loueur de voiture de l'aéroport suffisait à ne pas se faire larguer par les fous furieux. L'entraînement à la conduite offensive dispensé à Quantico l'avait doté des compétences nécessaires pour garder un œil sur les belligérants sans prendre autant de risques qu'eux. Et comme ils semblaient totalement focalisés l'un sur l'autre, il était peu probable qu'aucun d'eux n'ait remarqué qu'un troisième larron s'était invité à la fête. S'il la jouait fine, Andrew ne tarderait pas à découvrir enfin qui en avait après le si populaire Enzo Meazza et mettrait fin en héros au calvaire de la séduisante Janct.

*

* *

Les forces de police se faisaient toujours entendre mais ne pointaient pas le bout de leur nez. Pire, le trafic, allié des fuyards jusqu'ici, se fluidifiait en cette fin de journée dans le paisible faubourg pavillonnaire qu'ils venaient de rejoindre. Cet environnement entraînait deux conséquences fâcheuses. La première, évidente, tenait en l'impossibilité de maintenir à distance ceux que Janet appelait maintenant « les dingues » lors de ses rares saillies verbales, occupée qu'elle était à jouer nerveusement avec son anneau. La seconde se manifesta au moment où Enzo tournait sur sa droite. Les coups de feu, interrompus depuis la traversée périlleuse de l'autoroute, reprirent de plus belle. Mais, cette fois, le tireur ne rata pas sa cible.

En plein milieu du virage, le pneu arrière gauche de la fourgonnette éclata, puis peu après ce fut le droit. Le déséquilibre brutal, associé au frottement des jantes sur la route, déporta le véhicule. Enzo tenta un coup de volant désespéré pour éviter l'embardée. Initiative malheureuse. La camionnette se coucha sur le flanc, arracha au passage une bouche à incendie dont s'échappa un geyser d'eau, puis glissa sur une vingtaine de mètres avant de percuter un break familial garé devant une maison.

*

* *

— Jolis coups ! s'enflamma Bismarck.

Il positionna sa Lexus dans le sens de la rue dans laquelle la cible venait de basculer, et dont la portière avant droite s'ouvrait. Une mallette en jaillit, suivie de peu par une femme qui s'arracha de la carlingue avant de sauter au sol avec souplesse.

— Qu'est-ce que tu crois ? Moi aussi je connais mon boulot.

Les félicitations comptaient moins pour Goran que son impatience à clore le dossier. Plus tôt il serait débarrassé de son insupportable commanditaire, mieux il se porterait. Et puis, un autre contrat lucratif l'attendait sur le Vieux Continent. Pas d'exploit en vue mais une mission simple, rapide, en un mot : rentable.

— Attends-moi là, ordonna-t-il à son chauffeur, je termine le job et on se casse avant l'arrivée de la cavalerie.

— Grouille, le bruit se rapproche... Oh, putain ! s'écria Bismarck au moment où le Serbe ouvrait sa portière.

Celui-ci la referma aussitôt en avisant une Dodge noire lancée vers eux à pleine vitesse. Le Sud-Africain démarra, évitant de peu la tentative d'éperonnage. L'impact au niveau du pare-chocs déporta légèrement la Lexus, mais ne causa pas de dommage majeur.

— C'est qui celui-là ? s'interrogea le Sud-Africain. Et d'où il sort, ce con ? Putain, et v'là les flics maintenant !

En regardant d'où venait leur assaillant, il aperçut les lueurs d'un nombre indéterminé de voitures de police se dirigeant elles aussi vers eux.

— On s'en fout, répliqua Goran, on se casse. Roule sur la nana au passage, ça sera toujours ça de fait, décida-t-il.

Plantée au milieu de la route, la femme sortie de la camionnette avançait en titubant, pieds nus, vers sa sacoche. Elle se retourna au son du moteur de la voiture qui fonçait vers elle. Un sourire mauvais aux lèvres, Bismarck obtempérait à la consigne de son partenaire avec une jubilation évidente.

*
* *

Paniquée, Janet était statufiée. Son cerveau lui hurlait de tenter un pas de côté, un saut, n'importe quoi pour ne pas finir écrasée, mais son corps refusait obstinément d'obéir à l'injonction. Elle attendit la fin en se disant que, décidément, l'année écoulée avait été, et de loin, la plus pourrie de son existence.

Le choc se produisit au niveau de sa hanche droite et s'avéra moins douloureux que redouté. Elle se sentit partir sur la gauche, soulevée par une force considérable. La mort ne s'annonçait finalement pas si déplaisante. Elle tournoya dans les airs puis retomba au sol sur ce qui lui évoqua de l'herbe mouillée. Sans comprendre, elle se risqua à ouvrir une paupière. Elle se trouvait bien allongée sur une bande de gazon rendue humide par un jet d'eau projeté en tous sens sorti d'une bouche incendie. Au loin elle distinguait l'arrière de la Lexus qui aurait dû la tuer. À quelques mètres d'elle, Enzo Meazza, étendu sur le bitume, se relevait au prix d'un effort dont sa grimace révélait la violence. Comme poussé par une force supérieure, il s'approcha d'elle en boitant. Tout un pan de son pantalon pendait le long de sa jambe et il ne restait quasiment rien du côté droit de sa veste. Un gémissement de douleur lui échappa quand il attrapa Janet par le bras, la releva avec force mais sans brutalité, avant de l'entraîner entre deux maisons comme si le diable était à leurs trousses. Trop sonnée pour protester, ou simplement comprendre, elle suivit l'homme qui venait certainement de lui sauver la vie.

*

*   *

Andrew n'avait pas réfléchi. Pas le temps et, il l'admettait alors que les airbags se dégonflaient dans un long sifflement, pas l'envie. L'accident de la camionnette conduite par Enzo l'avait fait sortir de ses gonds au point de tenter n'importe quelle manœuvre pour le tirer, lui et Janet, de ce mauvais pas. Les sentiments mêlés qu'il nourrissait à l'égard de l'Italo-Américain auraient passionné un psychiatre, mais jamais, au grand jamais, il ne permettrait qu'une innocente pâtisse des conséquences d'une amitié trahie. Alors, sur le moment, l'idée de défoncer la bagnole de ces fumiers qui en avaient après l'improbable duo l'avait séduit. C'était sans compter l'habileté du pilote. Andrew avait tout juste réussi à dérouter la Lexus avant d'aller s'encastrer dans un poteau électrique, une cinquantaine de mètres plus loin.

À peine avait-il eu le temps d'apercevoir Meazza sauter de la fourgonnette couchée sur le côté avant, d'un bond héroïque, de pousser Janet à l'abri du danger. Au moment où les airbags l'enveloppaient, Andrew se répétait que cet enfoiré de Rital n'était vraiment pas simple à cerner.

Chapitre 12

Après s'être battu pour s'extraire de son véhicule, dont le capot défoncé et le pare-brise lézardé témoignaient de la violence de l'impact, Andrew Bryniarsky s'étira à plusieurs reprises pour s'assurer de n'avoir subi lui-même aucun dommage. Il s'en sortait avec des contusions mineures et une ribambelle d'interrogations au vu de la scène qui s'offrait à lui. Rassuré sur son propre sort, il observa les alentours un court instant. Des curieux se massaient aux fenêtres des pavillons. Les plus hardis se tenaient sur le perron de leurs habitations afin d'assister à l'arrivée du bataillon de policiers. Nulle trace d'Enzo ni de Janet dans les environs, mais qu'importait. Andrew préférait les savoir en fuite plutôt que flingués ou écrasés par les tueurs lancés à leurs trousses. Il accueillit les premières voitures de flics en exhibant à la ronde sa plaque d'agent spécial du FBI. La vue de cette dernière détendit à peine les gars en uniforme. Difficile de leur en vouloir de ne pas s'être élancés à la suite de la Lexus, ou du couple improvisé, tant, de leur point de vue, Andrew et sa Dodge faisaient figure de seuls agresseurs. À cran depuis l'attentat aérien survenu le midi même, ils s'approchèrent avec prudence et nervosité, les doigts crispés sur leurs armes de service replacées dans leurs étuis.

Sonné par la collision avec la voiture des poursuivants de Meazza et de sa passagère, autant que par l'enchaînement frénétique des événements, Andrew s'assit sur le capot noir et blanc d'une des voitures du Dallas Police Department. Un homme en civil, à la haute stature et aux épaules larges, fendit la meute des policiers en distribuant sourires et tapes amicales. Stetson blanc sur la tête, il s'approcha d'Andrew d'un pas conquérant, les mains solidement vissées dans les poches d'un pantalon de toile crème dont les revers caressaient des santiags noires ornées de bandes métalliques finement ouvragées. Les pans écartés de sa veste bleu clair révélaient des bretelles constellées d'étoiles perdues au milieu des couleurs du drapeau américain. Accrochée à une lourde chaîne dorée, son insigne rebondissait au rythme de sa démarche chaloupée sur des pectoraux dignes d'une superstar du catch ou d'un bloqueur de la NFL. Son épaisse moustache blonde et ses cheveux, courts sur les côtés et longs sur sa nuque, brillaient d'humidité.

L'armoire à glace dégaina un mouchoir en tissu et s'épongea énergiquement avant de pointer de grands yeux bruns malicieux sur Andrew.

— Lieutenant Jeb Cates.

Poignée de main virile, force herculéenne.

— Agent spécial Bryniarsky, bureau de New York. Dites, la ressemblance avec Nick Nolte dans *Extrême préjudice*[1], c'est travaillé ou naturel ? risqua-t-il dans

1. Film policier américain réalisé par Walter Hill (1987). Il met en scène un ranger texan aux prises avec un trafic de drogue, sur fond d'immigration clandestine mexicaine.

une tentative de briser la glace par une référence commune.

— Connais pas ce film. Disons que c'est naturel.

Loupé...

— Ah bon ? J'aurais pensé...

— Ne pensez pas, vous allez choper des maux de tête, l'interrompit Cates en s'étayant, bras croisés sur le torse, contre le véhicule. Alors, Bryniarsky, expliquez-moi ce qui me vaut une fusillade doublée d'une course-poursuite destructrice alors que nous devons déjà gérer le bordel causé par un attentat.

— Je n'en ai pas la moindre idée. Laissez-moi deux minutes pour rassembler mes esprits et appeler mon boss, ensuite je vous dirai ce que je sais et nous mettrons en place un plan d'action.

— M'est avis que vous êtes sincère, commenta Cates, laconique. Je vous accorde vos deux minutes, le temps pour moi de faire le point avec mes gars. Faites-moi signe quand vous serez prêt à causer.

La confiance et la solidarité du lieutenant le surprirent moins que la puissante bourrade qui manqua le projeter au sol. Cates s'éloigna puis se retourna.

— Bryniarsky ?

— Ouais ?

— Dans *Extrême préjudice*, j'ai toujours préféré Michael Ironside. Question de classe. Par contre, vous ressemblez plus à une version imberbe de *Magnum*[1], lança-t-il avec un clin d'œil complice.

Andrew répliqua par un sourire, satisfait de compter en Jeb Cates un allié doté du sens de l'humour plus qu'un adversaire borné. Un tel relais au sein de la police locale s'avérerait un atout de poids pour la

1. Série télévisée américaine ayant pour héros le détective Thomas Magnum (Tom Selleck).

suite des opérations. Mais pour le moment, la priorité se trouvait ailleurs. L'agent spécial avait dit vrai. Les questions se bousculaient dans son esprit sans qu'il puisse y répondre. Y avait-il un lien entre l'explosion de l'Airbus et le fait qu'Enzo devait se trouver à son bord ? Par quelle aberration lui et la Janet rencontrée par hasard quelques heures plus tôt fuyaient-ils ensemble des poursuivants armés jusqu'aux dents et clairement décidés à les éliminer ? Ces types étaient-ils à la solde du Griffon ? Et, si oui, pourquoi tuer un homme qui refusait obstinément de livrer le seul de ses clients dont il n'avait pas dénoncé les activités délictueuses aux autorités fédérales ?

Andrew croisait les hypothèses dans tous les sens mais les pièces du puzzle refusaient de s'emboîter. Pire, l'ensemble paraissait dépourvu de cohérence. Au milieu de ce chaos, une idée s'imposa soudain à son esprit. Une idée dont la mise en application dépendait du bon vouloir de son supérieur hiérarchique.

Basé dans le sud de Manhattan, Arturo Sanchez occupait la fonction de directeur exécutif et par là même exerçait son autorité sur les cinq quartiers composant la ville, huit comtés de l'État ainsi que sur les aéroports La Guardia et John Fitzgerald Kennedy. À la fin des années 1980, cet ancien instituteur s'était mis en tête de servir son pays en intégrant le FBI. Il se plaisait à raconter son histoire avec une pointe d'autodérision, et s'attardait rarement sur son passage par les SWAT et la lutte antidrogue. Derrière son apparente bonhomie transparaissait l'autorité tranquille des chefs-nés ainsi qu'une détermination sans faille à « faire le job », comme il le répétait sans cesse. Il citait à l'envi les trois piliers de l'organisation, *Fidélité, Bravoure, Intégrité*. Il s'employait chaque jour à donner un sens concret à ces trois principes. Sanchez suscitait respect et admiration, et pouvait compter sur l'indéfectible loyauté de ses troupes. Aussi prendre une décision sans l'en informer au préalable pouvait révéler une facette moins connue de sa personnalité : une propension aux colères froides...

Sanchez décrocha dès la première sonnerie. Les politesses d'usage furent de courte durée.

— Je vous croyais parti en famille au lac Tahoe. Vous avez opté pour le Texas, finalement ?

Question sèche. Le ton était donné.

— Pas vraiment, monsieur.

— Qu'est-ce que vous fichiez là-bas, alors ?

— J'étais venu pour la libération d'Enzo Meazza.

Silence pesant.

— Intéressant.

Un mot en apparence anodin, prononcé sur un ton plus tranchant qu'une lame de scalpel. La suite ne détonna pas.

— Toujours ce fameux Griffon ?

— Oui, monsieur.

— Bien sûr... Vous savez que vos obsessions passionneraient nos psychiatres ?

— Je suis convaincu qu'il existe, et Meazza peut nous conduire à lui.

— C'est très exactement cela, une obse... ne quittez pas, voulez-vous.

Andrew n'entendit plus que des paroles étouffées. Sanchez reprit le combiné.

— Où vous trouvez-vous au Texas ? demanda le directeur, glacial.

— À Dallas...

— Dites-moi que vous n'êtes pas impliqué dans la course-poursuite dont on vient de m'informer.

Le regard d'Andrew se posa au loin sur Cates, en pleine discussion avec des bleus en train d'interroger les riverains. Le lieutenant leva un pouce interrogateur auquel l'agent spécial répondit par le même geste, avec un manque de conviction flagrant confirmé par un sourire trop crispé.

— Un peu, si...

— Avant que je ne sévisse en vous traitant au passage de tous les noms, je vous laisse une chance de vous expliquer. Un conseil : soyez convaincant. Avec tous les aéroports en alerte, le trafic aérien interrompu et le département de la Justice qui met une pression d'enfer sur l'ensemble des services de renseignement, je pourrais vite me montrer irritable.

Andrew dressa le bilan de sa journée, sans omettre le moindre détail.

— Quand Meazza est sorti de taule, je l'ai trouvé déterminé à se rendre en Europe et plutôt en forme pour un type qui venait de passer cinq ans dans une prison réputée pour sa dureté. Je connais assez cet enfoiré pour savoir qu'il prépare quelque chose, monsieur. Et le fait que des tueurs l'aient pris en chasse me conforte dans mon idée que l'explosion de l'avion qui devait l'emmener à Paris n'est pas le seul fruit du hasard.

— Il pourrait très bien s'agir d'une vengeance pilotée depuis la prison par un de ses anciens clients.

— J'y ai pensé, mais alors, pourquoi faire feu en public et ne pas attendre de lui régler son compte en toute discrétion ? Soit ces mecs sont de parfaits idiots, soit ils sont pris par le temps. Je crois vraiment qu'on tient un truc, Arturo.

Le prénom de son chef avait échappé à Andrew. Preuve qu'il se sentait en position de force. Il poursuivit.

— L'affaire Meazza a débouché sur plus de quatre milliards de dollars d'actifs saisis, quarante condamnations dont une bonne dizaine à la perpétuité. Si j'ai raison, et que le Griffon existe bel et bien, il y a fort à parier que ce soit un énorme poisson et qu'il nous mène aux sommes encore perdues dans la nature, voire plus. Et même si je me goure, quelqu'un cherche à éliminer Meazza. Dans tous les cas, il y a matière à enquêter.

La réaction de Sanchez conforta Andrew.

— Je ne peux pas vous affecter de renforts pour l'instant, nos confrères de Dallas sont déjà débordés. Je vais passer un ou deux coups de fil pour que vous bénéficiiez du soutien logistique des autorités sur place. Je vous suis sur ce coup. Tant que nous n'avons pas de certitudes, n'évoquez à personne votre théorie sur le lien entre l'avion et Meazza.

— Trop farfelue ?

— Le fait que pour éliminer un individu on soit prêt à en tuer plusieurs centaines, y compris des femmes et des enfants, ne relève pas du farfelu, Bryniarsky, mais de la folie pure, quand bien même il ne s'agirait pas d'une première. Seuls des intérêts colossaux justifieraient une telle initiative, voilà pourquoi votre piste m'intéresse. Tenez-moi informé de vos avancées.

— Comptez sur moi.

La conversation s'acheva sans autre forme de procès. Andrew éprouvait désormais une pointe de fierté et un réel soulagement. Certes, le spectre d'une engueulade homérique susceptible de mener à une mutation disciplinaire, voire à un renvoi pur et simple, s'évanouissait. Mais surtout, et pour la première fois depuis cinq ans, l'idée défendue par l'agent fédéral que l'affaire Meazza s'apparentait à un iceberg n'ayant révélé que sa partie émergée trouvait enfin un écho favorable. Restait à définir un plan d'action pour retrouver la trace de l'avocat véreux et de ses mystérieux poursuivants.

Andrew alluma une cigarette tandis que Jeb Cates revenait vers lui. Chemin faisant, il retira son Stetson puis l'utilisa comme éventail avant de le recoiffer et d'en lisser soigneusement les bords.

— Prêt à vous mettre à table, Bryniarsky ?

— Ouais, répondit-il en tirant une bouffée, et vous n'allez pas être déçu du voyage.

Chapitre 13

Soutenu tant bien que mal par Janet, Enzo claudiquait un peu plus à chaque pas. Pieds nus, la jeune femme arrivait à peine aux pectoraux de son compagnon d'infortune et éprouvait les pires difficultés à le soutenir. Plus encore que l'impressionnante différence de taille – elle mesurait à peine un mètre soixante-cinq et lui presque une trentaine de centimètres de plus –, l'écart de poids entre les deux rendait toute progression difficile, et ce malgré les efforts déployés par le blessé pour peser le moins possible sur sa béquille humaine. La malheureuse souffrait d'autant plus qu'elle s'obstinait à conserver sa mallette malgré les invitations répétées d'Enzo à s'en séparer. Chaque tentative de convaincre l'Anglaise se heurtait immanquablement à un « j'en ai besoin pour mon travail », suivi d'un « il faut que j'appelle mon bureau dès que possible ». Face à tant d'obstination, Enzo avait fini par baisser pavillon.

Ils atteignirent une contre-allée reliant deux rues et longeant les arrière-cours de maisons individuelles. Un lieu idéal pour s'offrir un répit indispensable après l'équipée sauvage des dernières heures. D'ailleurs, aucun d'eux n'avait une idée précise du temps qui s'était écoulé depuis l'accident.

— Reposez-vous un moment, conseilla Janet avec une douceur nouvelle.

Enzo s'étaya contre un grillage, lequel s'incurva sous son poids, puis se laissa glisser au sol. La jeune femme se posta face à lui et posa timidement les mains sur les coudes du blessé pour l'accompagner dans sa descente. À s'affaisser de la sorte, il lui rappela ces immeubles dynamités s'effondrant sur eux-mêmes. À moitié groggy, il la suivit des yeux alors qu'elle s'accroupissait pour l'ausculter.

— Que donne le tour du propriétaire ? plaisanta-t-il, la voix cassée.

— Je ne suis pas certaine d'acheter en l'état, rétorqua-t-elle sur un ton pince-sans-rire. Votre plaie au crâne s'est rouverte, le pansement est imbibé de sang.

Elle poursuivit son examen sur les membres inférieurs. Du côté gauche, des lambeaux de tissus pendaient au niveau du genou. Déchiqueté sur toute la longueur de la cuisse, le pantalon révélait un quadriceps musclé à la peau brûlée par la glissade sur le bitume. Sur une dizaine de centimètres de long pour environ trois de large, l'épiderme avait laissé la place à des chairs boursouflées, mouchetées d'une multitude de petits points rouges sanguinolents. Janet culpabilisa de n'avoir pas remarqué plus tôt les blessures dont souffrait son compagnon.

— Merci, souffla-t-elle tout en continuant son auscultation.

— Vous avez échappé à une catastrophe aérienne, ce n'était pas pour finir sous les roues d'une voiture, tout de même. Avouez que cela aurait été idiot.

— J'avoue, répondit-elle d'une voix presque enjouée.

Elle se fit plus sérieuse.

— Il n'empêche, vous avez été très courageux.

Empreint d'une émotion contenue, le compliment ne trouva d'autre écho qu'une lourde expiration suivie d'un soubresaut puis d'un léger grognement au moment où Janet manipulait la cheville gauche d'Enzo.

— Ça donne quoi ? demanda-t-il, les dents serrées.

— Votre cuisse n'est pas belle à voir. Elle est comme brûlée. Il faut désinfecter et poser un bandage, sinon vous risquez une infection. Et si j'en crois l'inflammation de votre cheville et sa couleur violacée, vous souffrez d'une sérieuse entorse.

— C'est un coup, pas une entorse, corrigea Enzo. Le pare-chocs de la voiture m'a heurté au moment où je vous ceinturais pour vous pousser à l'abri. J'arrive à marcher, donc rien n'est cassé. Tout bien considéré, je m'en tire plutôt pas mal. Et vous aussi. Par contre, si vous pouviez éviter de trop me toucher, vous me rendriez service.

Janet retira ses mains d'un geste vif.

— Excusez-moi, je ne souhaitais pas vous faire mal.

— Ce n'est pas le problème. Je n'ai pas senti les mains d'une femme sur ma peau depuis plus de cinq ans et, pour tout vous dire, c'est un peu compliqué, là.

Elle recula délicatement.

— Pardon.

Enzo se fendit d'un sourire rassurant dans lequel elle décela une once de tristesse.

— J'imagine que cela a dû être difficile, la prison...

— C'était un passage obligatoire, murmura-t-il, énigmatique.

— Je ne vous suis pas...

Il ignora la remarque et grimaça de nouveau alors qu'il effectuait des moulinets du bras gauche.

— Vous avez encore un souci ?

— Quand la camionnette s'est couchée, mon épaule a violemment heurté la portière. Là encore, rien de grave, juste une vieille blessure musculaire qui se rappelle à mon bon souvenir. Si vous vouliez bien m'aider à me relever...

Coincée entre le désir de rendre service et la crainte de créer un malaise par une proximité trop grande, Janet se borna à saisir Enzo par le coude avant de tirer de toutes ses forces.

— Je m'étonne que vous ne me reprochiez pas de ne pas avoir attendu la police, lâcha-t-il tout de go tandis qu'il testait ses appuis.

— Je me suis vue mourir, alors je confesse n'avoir pas vraiment pris le temps de réfléchir. Mais maintenant que vous en parlez... Ne devrions-nous pas contacter l'agent fédéral qui vous accompagnait à l'aéroport ? Après tout, je l'ai aperçu à l'hôpital avant que l'autre malade ne se lance à mes trousses.

— Racontez-moi ça...

— Je suis retournée vers le hall. Le temps que je scrute la foule pour me présenter à un policier, j'ai aperçu votre ami au niveau de l'entrée. Alors que je m'apprêtais à me frayer un chemin dans sa direction, mon regard a croisé celui d'un type patibulaire qui s'est aussitôt précipité sur moi. J'ai lâché ma valise et pris mes jambes à mon cou.

— Et pour le semer vous avez balancé vos escarpins…

— Voilà. Vous n'avez pas répondu à ma question concernant votre ami. Ne serait-il pas sage de s'en remettre à lui ? Un agent du FBI doit être en mesure d'assurer notre protection, non ?

— Je vous ai déjà dit qu'il n'est pas mon ami, corrigea distraitement Enzo. Observez autour de vous. Rien ne vous étonne ?

Le ton employé était celui d'un professeur lançant une devinette à la cantonade devant un parterre d'écoliers, avec la ferme intention de les piéger. Une attitude que Janet jugea déplacée, et teintée d'une once de condescendance. Il ne manquait plus que le sempiternel « ma petite fille » à la fin de la question pour gommer le début de sympathie qu'Enzo lui avait inspiré ces dernières minutes. Elle joua cependant le jeu afin de ne pas s'incliner devant l'indécrottable macho.

— Une fois la course-poursuite achevée, la police aurait dû nous chercher et devrait déjà nous avoir mis le grappin dessus. Or il n'y a aucun signe de patrouilles à l'horizon. C'est bien cela que vous voulez dire ?

— Tout juste. Et maintenant, mettez-vous à la place des tueurs. Ils viennent de nous rater. L'arrivée des flics les a contraints à prendre la fuite et leur a fait perdre notre trace. Quel est le meilleur moyen pour eux de nous retrouver ?

— Je ne voudrais pas vous priver du plaisir de m'éblouir par votre connaissance du petit jeu des gendarmes et des voleurs, répondit Janet sans chercher à masquer un agacement qui remontait en flèche.

— Pourquoi vous énerver ?

— Pourquoi ? Parce que j'ai perdu des collègues que j'appréciais, échappé à deux reprises à la mort en une seule journée et croisé la route d'une catastrophe ambulante qui me parle comme si j'étais une débile profonde. Alors, j'aime autant vous dire que vos devinettes, hein...

Elle effectua un geste sec de la main par-dessus sa tête pour signifier l'étendue de son ras-le-bol avant de conclure :

— Et en plus, j'ai mal aux pieds. Là, vous comprenez pourquoi je m'énerve ?

La tirade achevée, Janet prit sa tête entre ses mains, secouée par d'incontrôlables sanglots. Elle s'accroupit à côté de sa mallette et pleura à chaudes larmes.

— Pitié, pas ça... soupira Enzo.

— Si, ça ! hurla-t-elle.

Décontenancé, il tenta une approche plus diplomate.

— Janet, je comprends que vous soyez secouée, et je vous assure que je le suis aussi.

— Vous n'en avez pas l'air.

— M'effondrer est un luxe dont je ne dispose pas.

— Quoi ?

— Rien, j'essayais juste de vous faire comprendre qu'il serait logique que les tueurs attendent que nous nous présentions aux autorités pour nous retrouver. Quant à mon « ami » Bryniarsky, je sais ce que je ferais à sa place.

— Je sens venir une autre bonne nouvelle...

— Si j'étais lui, je nous utiliserais comme appâts, au cas où il y aurait un lien entre nos assaillants et l'explosion de notre avion...

— Super, ajouta-t-elle, désabusée.

— Je crains que ce ne soit pas tout... risqua Enzo. Je vous aurais volontiers proposé de vous rendre, vous. Vous auriez expliqué à la presse que, dans la précipitation, les journalistes avaient commis une erreur en vous présentant comme mon épouse. Sauf que...

— ... j'ai vu le visage du timbré qui nous a tiré dessus...

— Vous ne vous en sortez pas si mal au jeu des gendarmes et des voleurs, sourit Enzo tandis que Janet levait vers lui de grands yeux rougis et incrédules. Soyez gentille et relevez-vous, je voudrais vous aider comme vous l'avez fait pour moi, mais je ne suis pas en état de me baisser.

Le trait d'humour ne se heurta à aucune hostilité, mais plutôt à une incompréhension tant il paraissait hors de propos. D'un revers du poignet, l'Anglaise essuya les larmes qui roulaient sur ses joues. Elle saisit la main que le barbu lui tendait et retrouva la sensation d'envol éprouvée lors du placage salvateur. Une fois debout, elle épousseta sa jupe puis passa une main dans ses cheveux.

— Je ne ressemble plus à rien, geignit-elle en constatant le désordre dans sa coiffure ainsi que les multiples taches grises et noires qui maculaient ses vêtements.

— Vous êtes très jolie, la rassura Enzo.

— Mais bien sûr...

— Le compliment est sincère.

Janet retrouva le sourire et son aplomb.

— Pardon d'avoir craqué, mais ça m'a fait du bien.

— Ne vous excusez pas, c'est parfaitement normal.

— C'est une impression ou vous n'avez plus d'accent ?

— Pardon ?

— À l'aéroport, quand vous avez fait votre numéro de charme à l'hôtesse, vous parliez avec une pointe d'accent italien qui a miraculeusement disparu depuis.

— Vous aurez mal entendu, répondit Enzo en fuyant le regard inquisiteur de la jeune femme. Bon, puisque je n'arriverai pas à vous convaincre de lâcher votre mallette, prenez-la et partons d'ici.

— Non, affirma Janet, bras croisés, solidement campée sur ses jambes.

Elle précisa sa revendication devant l'air ahuri de son compagnon.

— Je n'irai nulle part tant que vous ne m'aurez pas expliqué qui vous êtes et pourquoi on essaie de vous… nous tuer.

Il se posta face à elle, les poings sur les hanches.

— L'instant vous paraît vraiment judicieux pour le chantage ?

— N'inversez pas la situation. Ma demande est légitime après tout !

— Je vois, maugréa Enzo. Si je promets de tout vous raconter une fois que nous aurons acheté de quoi me soigner, vous avancerez ?

Janet s'était préparée à des protestations, une dispute, voire à se faire rabrouer, mais certainement pas à la proposition d'un compromis aussi rapide.

— Promis ? bégaya-t-elle.

— Oui, et en gage de bonne volonté, je vais déjà répondre à une de vos questions.

— Laquelle ?

— Celle concernant les gens qui cherchent à attenter à nos jours.

— Alors ?

— Je n'ai pas la moindre idée de qui ils peuvent être, et, pire, de qui peut bien les avoir engagés.

Chapitre 14

Le dispositif de sécurité déployé autour de l'immeuble du FBI à Dallas effarait Andrew. Il mesurait le fossé existant entre connaître les procédures d'alerte maximum et devenir le témoin de leur mise en application. Une dizaine de 4 × 4 de la Sécurité intérieure barrait les rues adjacentes au bâtiment, et des hommes, cramponnés à leurs armes automatiques, montaient la garde à l'affût du moindre danger. Comme si cela ne suffisait pas, deux véhicules de transport légers de la Garde nationale crachaient des soldats qui, deux par deux et M16 au poing, achevaient le bouclage du quartier. Sur le chemin qui séparait le lieu de l'accident des locaux de ses services, Andrew avait compté pas moins d'une trentaine d'Humvee. Cette armée, qui n'avait de réserve que le nom, prenait position autour des lieux jugés « à risque » de la ville.

« Dix-neuf mille, c'est l'effectif du Texas. Aucun État n'en compte autant », avait commenté Jeb Cates, la mine fière et le regard illuminé par ce que l'agent spécial assimila à une forme de jouissance. L'imposant policier ressemblait maintenant à un gosse émerveillé devant une armée de soldats de plomb. Son excitation s'accrut lorsque la radio de sa voiture annonça l'extension de l'état d'alerte à toutes les grandes institutions du pays. Pour un peu, il aurait entonné l'hymne américain avec des trémolos dans la voix. Loin de partager cette exaltation patriotique, Andrew voyait dans la démonstration de force une mascarade chargée d'impressionner la population et les médias, mais dénuée du moindre effet dissuasif sur d'éventuels terroristes. Une réflexion renforcée par sa certitude que l'attentat dont avait été victime le vol à destination de Paris n'avait rien de terroriste...

Une fois les cordons de sécurité franchis à grand renfort d'exhibition de plaques et de coups de fil à leurs hiérarchies respectives, les deux hommes accédèrent enfin au parking de l'immeuble. Sitôt garés, une jeune femme approcha de leur véhicule. Vêtue d'un pantalon à pinces gris et d'une veste cintrée assortie, elle darda sur eux des yeux verts perçants. Un carré plongeant soulignait l'ovale d'un visage dont les joues rondes et les lèvres fines accentuaient le côté enfantin.

Elle jaugea les arrivants et réserva sa première poignée de main au moins cow-boy des deux.

« La reconnaissance de l'espèce », se félicita intérieurement Andrew. Sans savoir pourquoi, il percevait quelque chose de rassurant chez ce petit bout de femme.

— Agent Shark, j'effectue la liaison entre nos deux bureaux et je pourvoirai au mieux à vos demandes. Agent Bryniarsky, je suppose ?

Ce dernier acquiesça.

— C'est une plaisanterie ? Shark, vraiment ? demanda Cates.

— Je n'ai pas choisi mon nom, mais je le porte avec fierté, répondit la jeune femme d'une voix ferme et assurée qui démentait la fragilité apparente de son sourire.

— Je me demande si elle mord, insista-t-il à destination d'Andrew.

L'agent Shark passa une carte magnétique dans le lecteur optique d'un sas vitré donnant sur une guérite dans laquelle se tenait un garde en uniforme.

— J'aime autant le sang que mes homonymes, et je vous invite à refréner votre humour avant que vous ne teniez des propos susceptibles de tomber sous le coup des lois contre le harcèlement sexuel.

La réplique claqua, cinglante.

— Cates, vous êtes au FBI, pas dans une boîte à strip-tease, prévint Andrew.

— Compris. Navré si je vous ai offensé, m'dame. Lieutenant Jeb Cates, à votre service.

Il inclina la tête et prit le rebord de son chapeau entre ses doigts.

Le Stetson érigé en mode de communication, s'amusa Andrew.

Le planton, visiblement amusé par l'échange, pressa le bouton ouvrant la porte du sas donnant sur les bureaux.

— J'ai le droit de garder mon arme et mon téléphone ? s'étonna le lieutenant du DPD.

— En temps normal, non, mais vous bénéficiez d'une dérogation puisque vous collaborez avec nous. Par contre, vous ne pourrez vous déplacer qu'en ma compagnie ou celle de l'agent Bryniarsky et il vous faudra notre autorisation pour utiliser votre mobile, ne serait-ce que pour le sortir de votre poche. Dégainez votre pistolet et vous serez abattu sur place. Suis-je claire ?

— C'est peu de le dire…

— Bien, alors épinglez ce badge à votre veste, ordonna Shark en lui tendant l'objet.

Cates s'exécuta aussitôt.

Quelques instants plus tard, les trois arrivants remontaient dans un long couloir étroit dont on distinguait à peine l'extrémité. Les néons au plafond projetaient une lumière blafarde sur une moquette à la couleur indéfinissable tant elle était délavée et usée jusqu'à la corde. Aux murs, des dizaines d'affiches, notes de service et tableaux d'honneur cachaient péniblement une peinture terne. De chaque côté du couloir, des pièces minuscules recélaient un mobilier sommaire – plan de travail et classeur de métal gris – et offraient un espace à peine suffisant pour se lever et s'asseoir. Des sonneries de téléphone résonnaient dans tous les coins et se mêlaient au brouhaha des conversations. Des agents surgissaient de nulle part, s'engouffraient tête baissée dans la première salle venue puis en ressortaient aussitôt pour retourner d'où ils venaient.

— Je ne m'attendais pas à ça, osa Cates. Même chez nous, c'est moins pourri.

— Vous n'étiez jamais venu ? s'étonna Andrew.

— Négatif. On bosse avec vos services, mais ce sont eux qui se déplacent. Ils ne nous invitent jamais, mais il faut avouer qu'au Texas l'État fédéral n'est pas forcément bien vu. Donc on ne pousse pas non plus à la roue, si vous voyez ce que je veux dire.

— Cette aile du bâtiment n'a pas encore été rénovée, précisa Shark.

Andrew crut déceler une pointe de vexation dans l'intonation de sa collègue.

— Vous savez, nos locaux du 290 Broadway à New York ressemblent beaucoup à cet endroit et, jusqu'à présent, cela ne nous empêche en rien de faire du bon boulot.

— Je vous crois, simplement...

— ... vous êtes une victime de plus de la propagande cinématographique, ou littéraire. Rassurez-vous, nous avons aussi des installations ultramodernes, intervint Shark.

Elle bifurqua vers une double porte blanche qu'elle ouvrit à la volée sur une salle assez vaste pour accueillir une cinquantaine de personnes. Au mur, un écran géant composé de quatre moniteurs plats assemblés affichait le logo du FBI. À côté trônait un pupitre semblable à celui utilisé lors des conférences de presse de la Maison Blanche. Contre chacun des murs de la pièce aveugle, des tables en mélaminé blanc s'entassaient près d'imposants empilages de sièges en plastique. À chaque angle, une colonne d'enceintes montait la garde. Tout ici respirait le neuf, le propre, l'impeccable.

— Monsieur Bryniarsky, l'ordinateur sous le pupitre est connecté au dossier auquel vous avez demandé l'accès. Je vous laisse en prendre possession et préparer votre présentation. Lieutenant Cates, prenez une table et une chaise. Souhaitez-vous des boissons, un snack ?

Les demandes convergèrent vers un sandwich et un café serré que l'agent Shark s'empressa d'aller chercher.

— Elle a l'air d'avoir du caractère. J'aime ça.

— Sur le fond, je partage votre point de vue, mais sur la forme, je ne fricote pas avec mes collègues.

— Sage principe, mais elle n'est pas ma collègue, déclara Cates en tombant la veste.

Il adressa un nouveau clin d'œil à Andrew puis retroussa ses manches. Il empoigna ensuite une table et l'installa face aux écrans, cinq mètres en retrait. Quelques instants plus tard, il se tenait assis sur une chaise inclinée vers l'arrière en un équilibre précaire, jambes tendues, bottes croisées sur ladite table. Il scrutait consciencieusement l'intérieur de son chapeau en sifflotant pendant qu'Andrew achevait la sélection des fichiers qui illustreraient son exposé.

— Surtout, faites comme chez vous ! tempêta l'agent Shark en pénétrant dans la pièce, plateau en main.

Si Andrew sursauta, Cates demeura impassible et, sans changer de posture, se borna à rechausser son couvre-chef. Sans masquer sa contrariété, la jeune femme apporta boisson et nourriture à Andrew. Elle ignora son « merci » puis déposa sans ménagement, et sans un regard, la commande du Texan devant lui avant de se diriger vers un mur contre lequel elle s'adossa.

— Vous restez avec nous, agent Shark ? demanda Andrew.

— Le directeur Sanchez est un vieil ami, il m'a demandé de travailler avec vous. En d'autres termes, je suis votre équipière. Je ne connais pas le fond de l'affaire, mais il m'a brièvement exposé vos... théories..., conclut-elle, sibylline.

— Je vois.

— Moi pas, intervint Cates. Et je suis curieux de savoir pourquoi une bagnole course une camionnette dans ma ville, pourquoi un fédéral new-yorkais se trouve impliqué, pourquoi il me demande de rechercher les mecs dans la bagnole sus-citée et pourquoi il fait tout un mystère sur les passagers de la camionnette elle aussi sus-citée. Pour faire simple, j'aimerais bien savoir ce que je fous ici. Sauf votre respect à tous les deux, évidemment...

Loin de s'exprimer de manière agressive et autoritaire, le lieutenant avait accompagné ses propos de mimiques blasées dignes d'un comique de stand-up. Le mini-sketch arracha à Shark un éclat de rire fugace et adoucit l'ambiance. Les bottes, elles, n'avaient pas quitté la table, mais plus personne ne s'en souciait.

— Vous allez comprendre, assura Andrew en cliquant sur la souris posée sur son pupitre.

Deux photographies apparurent sur les écrans. À gauche, celle d'un homme à l'élégance racée, grand et large d'épaules, cheveux bruns courts, visage taillé à la serpe, vêtu d'un costume trois-pièces dont la coupe suggérait le prix exorbitant. Le cliché le montrait aux côtés d'une Aston Martin bleu clair, avec, en toile de fond, le Trump Plaza de New York. À droite, le même homme, barbu et hirsute, portant une combinaison orange et, entre ses mains menottées, un panneau blanc frappé de son nom.

— Je vous présente Enzo Meazza. Né à Palerme, en Sicile. À l'âge de dix-sept ans, il obtient une bourse internationale pour étudier à Yale. En échange, il intègre l'équipe de basket de l'université en tant que meneur de jeu. Passeur et tireur hors pair, il se blesse à l'épaule à la fin de la deuxième année et dit adieu à la carrière NBA que lui promettaient ses entraîneurs. Il décroche ensuite haut la main des diplômes de droit et de commerce international. Les grands cabinets juridiques rivalisent d'efforts pour le recruter mais il entame sa carrière dans une petite firme new-yorkaise au sein de laquelle il va connaître une ascension fulgurante au point d'en prendre la direction moins de dix ans après son entrée.

— Il a tout du golden boy, votre beau ténébreux, commenta Shark.

— Comment s'est-il retrouvé en cabane ? lança Cates.

— Patience, je vais y venir. Donc, Meazza développe l'activité de son entreprise par une montée en gamme de la clientèle. Son physique avantageux et sa verve lui donnent rapidement accès au sommet de la pyramide.

Nouveau clic, nouveaux clichés. Cette fois, des articles de magazine people se succédèrent à l'écran.

Tapis rouge, villa de luxe, piscines, événements sportifs prestigieux constituaient la toile de fond d'instants volés ou posés. L'avocat y apparaissait systématiquement, entouré de jeunes femmes toutes plus séduisantes et sexy les unes que les autres.

— Ah mais oui, s'enthousiasma Cates, là, au Madison Center. Ce n'est pas l'acteur… Comment s'appelle-t-il déjà… il a reçu un Oscar il y a deux ou trois ans…

— C'est bien lui, oui.

— Mazette !

— Meazza côtoyait les vedettes en tout genre. On se bousculait pour figurer sur la liste des invités à ses fêtes somptueuses. Et quand il se pointait aux fiestas des autres, il arrivait toujours avec, à son bras, une starlette ou un mannequin en vogue.

— Je vois le tableau. Le genre de type qui éclipse tous les autres aux yeux des femmes. Un mec lourdingue, quoi.

— Erreur ! Il n'était pas du genre à tirer la couverture à lui, au contraire. Il mettait les autres en valeur, servait d'entremetteur, et se montrait particulièrement généreux, voire dispendieux avec ses proches. Meazza était certes un homme à femmes, mais c'était aussi un excellent camarade. Croyez-moi, la guerre faisait rage pour faire partie de ses proches.

— Vous connaissez rudement bien son dossier, se félicita Cates.

Andrew lâcha un long soupir et pointa sur elle des yeux tristes.

— Je connais bien plus que son dossier, lieutenant. Jusqu'à ce qu'il soit au cœur d'un des plus grands systèmes d'évasion fiscale jamais démantelés, Enzo Meazza était mon meilleur ami.

Un silence gêné envahit la salle de conférences. Shark et Cates échangèrent des regards en coin comme pour décider lequel des deux risquerait la première question. Andrew s'attendait à voir le lieutenant mettre les pieds dans le plat mais, à sa grande surprise, sa collègue prit les devants.

— Cela ne vous a pas posé de problèmes au sein de nos services ?

— J'ai fait l'objet d'une enquête interne, si telle est votre question, mais j'en suis sorti blanchi de tout soupçon. Cela étant dit, je ne souhaite cette épreuve à personne.

— Être pote avec un criminel, ce n'est pas l'idéal, à moins de vouloir flinguer sa carrière, commenta Cates.

— Vous avez parfaitement raison, à ceci près que Meazza n'a pas « flingué ma carrière ». Bien au contraire, il me l'a offerte sur un plateau d'argent.

— Comprends pas…

— Vous allez comprendre, car c'est l'un des multiples aspects surprenants de cette affaire.

Chapitre 15

New York, siège du FBI,
six ans plus tôt.

— Veuillez approcher lentement et écarter les bras.

La plantureuse femme en uniforme récita son ordre, répété quotidiennement. Elle demeura indifférente au sourire enjôleur que lui adressait le visiteur dont le passage sous le portique de sécurité venait de déclencher une série de couinements métalliques.

— Peut-être aurais-je dû vous signaler la présence d'une vis stabilisante dans mon épaule gauche, précisa l'homme de haute stature sur lequel convergeaient les regards de la dizaine de personnes composant la file d'attente derrière lui.

À peine plus petite que lui, l'agent de sécurité procéda à la fouille avec application et une mine imperturbable.

Adossé à l'un des poteaux du grand hall vitré, inondé de la lumière d'un soleil éclatant, Andrew Bryniarsky observait la scène d'un œil amusé. L'efficacité habituelle des numéros de charme de Meazza le fascinait autant qu'elle l'agaçait. Alors le voir se prendre un vent – ce qui se produisait rarement, il fallait l'admettre – était un réel bonheur. D'autant plus que l'artiste lui-même s'amusait de sa déconvenue avec un sens de l'autodérision exacerbé qui, dans l'esprit d'Andrew, séparait le connard imbu de sa personne du bon copain déconneur. Une nuance sans laquelle l'amitié que l'agent vouait à l'avocat aurait été tout bonnement inenvisageable.

« Superbe râteau », articula Meazza à destination de son ami, hilare, tandis que le détecteur de métal glissait avec célérité le long de ses vêtements. Quelques palpations énergiques plus tard, il reçut l'autorisation de récupérer le smartphone, le trousseau de clefs et la ceinture disposés dans la panière qui venait de passer dans l'appareil à rayons X.

— Merci, sourit-il en rangeant ses affaires dans les poches de sa veste et en replaçant sa ceinture dans les passants de son pantalon.

— Tout le plaisir était pour moi, répondit la vigile d'un ton badin avant de retrouver son sérieux martial.

Gagné !

— Si tu savais à quel point tu es gonflant…

— Oh, mais rassure-toi, je sais ! La vie est injuste, n'est-ce pas ?

— Je ne cesse de me le répéter depuis que je te connais. Alors, ce voyage en Europe ?

— Studieux et productif. Réunions, rendez-vous, déjeuners, dîners, la routine. Et de ton côté, comment se portent Carrie et les enfants ?

— Carrie est épuisée par son travail. Quant aux mouflets, ils nous en font voir de toutes les couleurs, donc ils sont en pleine forme. Si tu trouves un créneau dans ton agenda de ministre, nous aimerions t'inviter à dîner un de ces soirs.

— C'eût été avec plaisir, mais il y a fort à parier que je ne sois pas libre avant un bon moment. Quelles nouvelles de ta mère ? Elle se remet ?

— L'opération de la hanche s'est bien déroulée. Et vu comment elle peste après mon père depuis qu'il s'est remarié, je dirai qu'elle va bien.

— Tu comptes me recevoir dans l'entrée ?

— Non, évidemment. Suis-moi, nous allons monter à l'étage où je bosse.

Sans cesser de deviser, ils gagnèrent les ascenseurs dans un renfoncement situé à droite du hall.

Alors qu'ils patientaient, un groupe d'une vingtaine de personnes, toutes équipées d'un bloc-notes, jaillit d'une double porte à la suite d'une quinquagénaire au chignon strict et à la mise élégante. Sa démarche décidée et l'air fasciné de ses ouailles suggéraient la visite guidée.

— Et merde, soupira Andrew en hochant la tête.

— Qu'y a-t-il ?

— Tu vas comprendre…

Un sourire se figea sur son visage au moment où la meneuse de troupe bifurqua vers lui.

— Vous avez la chance de rencontrer l'agent spécial Andrew Bryniarsky, tonna-t-elle.

Avalanche de sourires, regards impressionnés, et déferlante de poignées de main au son des « enchanté » et autres « c'est un honneur ». Seuls manquaient les crépitements des flashs pour donner l'impression d'une avant-première de blockbuster.

Dieu merci, les appareils photo sont interdits dans le bâtiment, pensa Andrew tout en se dévouant à l'exercice de séduction imposé par les circonstances. Légèrement en retrait, Enzo avait droit à de furtifs coups d'œil, mais le badge « visiteur » qu'il arborait sur la poitrine le rendait transparent.

— L'agent spécial Bryniarsky vient de démanteler un réseau terroriste qui fomentait un attentat ici, à Manhattan.

Andrew tenta d'éteindre l'incendie, en pure perte.

— Attendez, c'est beaucoup moins drama...

Les visiteurs l'applaudirent à tout rompre avant qu'il pût terminer sa dénégation. Les plus exaltés sifflèrent à l'unisson. Cette fois, Enzo se détourna pour masquer le fou rire qui s'emparait de lui devant l'air ahuri de son ami, incapable de se dépêtrer de ses nouveaux admirateurs. La meneuse de bande laissa le calvaire se poursuivre une interminable minute avant d'y mettre un terme, non sans avoir enregistré plusieurs demandes d'entretiens privés avec le héros du moment.

La nuée se rassembla puis, semblable à un vol d'étourneaux en panique, reprit sa course folle vers un nouveau couloir, laissant derrière elle un avocat hilare et un agent spécial penaud.

— Arrête de te marrer. Y a rien de drôle.

— Ah si, pardon ! C'était quoi, ça ? demanda Enzo.

— Un groupe d'écrivains. Ils participent à une conférence toute la journée. Mes malheureux collègues vont devoir répondre à des questions toutes plus débiles les unes que les autres, type « Où sont rangés les *X-Files*[1] ? » ou « *Les Experts*[2], ils existent vraiment ? ». Pathétique, soupira Andrew en pressant derechef le bouton de l'ascenseur dont les portes s'ouvrirent sur-le-champ.

D'un hochement de tête, il pressa son invité d'y pénétrer en premier. Il entra à sa suite et passa son

1. Série télévisée américano-canadienne décrivant les enquêtes du FBI concernant des phénomènes paranormaux.

2. Série télévisée américano-canadienne relatant les enquêtes de la police scientifique de Las Vegas.

badge devant un capteur avant d'appuyer sur le neuvième étage.

— Sérieusement ?

— Hélas…

— Et que répondez-vous ?

— Nous usons d'un panel de répliques ironiques mais jamais blessantes pour éviter de leur faire comprendre à quel point nous les prenons pour des cons. Après tout, nous avons besoin d'eux pour faire notre pub.

— Tu veux dire que vous organisez des séminaires avec des écrivains afin qu'ils véhiculent l'image la plus sérieuse et la plus vendeuse du FBI dans leurs romans ?

— C'est ça, mais pas exclusivement. Il ne se passe pas un mois sans que nous recevions des producteurs ou des scénaristes. Nous disposons même d'un programme de formation pour les comédiens, à Quantico.

— Je vois. La réputation sulfureuse de John Edgar Hoover ou l'affaire Waco vous ont valu mauvaise presse au fil du temps, et je ne parle même pas des cafouillages avec les autres services en amont du 11 Septembre. Vous confiez à d'autres le soin de redorer votre blason. Pas bête.

— Tu as tout compris, mon pote. Regarde à la télé aujourd'hui. Nous n'incarnons plus les méchants mais des héros au service du bon peuple. Combine cela avec les mythes entretenus par les conspirationnistes de tout poil, et tu sauras pourquoi certains suspects se mettent à table rien qu'en voyant nos insignes.

— Amusant.

— Phénoménal, même ! Je t'offre un café avant de te faire les honneurs des lieux ?

— Volontiers. Je souffre encore un peu du décalage horaire et… j'ai besoin de te parler en privé.

— Tu es bien sérieux tout à coup. Tu as des ennuis ?

— Pas encore, mais ça ne saurait tarder.

— Tu vas me raconter. Tu sais que tu peux compter sur moi.

— Je n'en doute pas une seconde…

Les portes de la cabine s'ouvrirent sur une vaste surface divisée en postes de travail exigus, séparés les uns des autres par des parois grises. Des dizaines de personnes en costume-cravate se tenaient sagement assises devant des écrans d'ordinateurs, affairées à pianoter sur des claviers dont n'émanait aucun son. Microcasque sur le crâne, au milieu d'un silence irréel, ceux qu'Andrew surnommait « la Brigade des clones » provoquaient chez lui de véritables crises d'angoisse. Comme à son habitude, il ne leur accorda pas l'ombre d'un regard et entraîna Enzo vers son antre, situé dans une aile – heureusement – éloignée de ce lieu de mort.

Chemin faisant, les deux hommes croisèrent de nombreux collègues. Après plusieurs salutations et présentations expresses, ils pénétrèrent enfin dans la grande pièce dévolue à Andrew Bryniarsky. Deux grands cadres présentaient des photos du sud de Manhattan dans les années 1930, prises depuis les quais de Brooklyn. Le mobilier se limitait à des range-documents et à un large bureau partagé en deux parties distinctes. D'un côté, un capharnaüm invraisemblable de chemises cartonnées ouvertes et de feuilles volantes empilées sous lesquelles étouffaient un ordinateur portable frappé du logo FBI ainsi qu'un téléphone. De l'autre, rien, hormis une plaque de cuivre tournée vers une fenêtre aux stores baissés. Deux fauteuils de tissu bleu complétaient le tableau.

— Normalement, je partage les lieux avec un collègue, mais il enquête actuellement sur une énorme affaire de jeux illégaux et de détournements de fonds. Assieds-toi, je t'en prie.

Enzo prit place sur un siège, face à son ami. D'une pression de l'index, il fit pivoter la plaque face à lui.

— John Penza, dit-il. Le fameux collègue ?

— Eh oui, soupira Andrew.

— Percevrais-je une pointe de jalousie ?

— Plus qu'une pointe. Le cas sur lequel travaille Penza peut influer sur le cours d'une carrière. Elle peut même le rendre célèbre. Bon, tu voulais me parler d'un truc sérieux. Dis-moi qui cherche à te nuire.

— Toi.

Andrew manqua partir d'un nouvel éclat de rire mais la mine sombre d'Enzo l'en dissuada.

— Je ne connais pas l'ampleur de l'affaire traitée par ton collègue, mais c'est une plaisanterie à côté du crime que je viens de commettre.

— Ne m'en veux pas, mais je ne comprends rien à ce que tu me chantes.

Enzo consulta sa montre.

— Un mail vient de t'être envoyé. À ta place, je l'ouvrirai.

Évanoui le ton enjoué. L'avocat venait de s'exprimer avec une froideur et une distance inconnues d'Andrew jusqu'alors. Une peur sourde lui vrilla les entrailles. Intrigué par cette soudaine transformation, il ouvrit sa boîte de réception avec l'espoir de n'y rien trouver. L'alerte sonore doucha le peu de jovialité qui l'animait encore. L'objet du message émanant du secrétariat d'Enzo l'acheva.

— C'est quoi cette connerie ?

— Tu ne comprends pas le titre ? Pourtant « Évasion fiscale et recel de blanchiment de fraude fiscale : mécanismes exhaustifs mis en place par Enzo Meazza pour le compte de ses clients », ça me semblait assez clair. J'aurai peut-être dû faire plus court...

Les deux hommes naviguaient maintenant sur des eaux hostiles. Andrew parcourait le volumineux fichier PDF en pièce jointe sans pouvoir articuler le moindre mot.

— Tu as tout le descriptif de l'opération. Deux cent quatre-vingts sociétés écrans réparties dans vingt-sept pays. Douze mille comptes bancaires pour brouiller les pistes. Tout est listé, décortiqué, explicité. J'ai également inclus l'historique complet des transferts de fonds et des achats boursiers réalisés. Au cas où vous n'auriez pas assez d'éléments à charge, vous trouverez toutes les fausses factures pour les achats bidons justifiant les mouvements financiers entre les différentes sociétés du montage. Vous verrez, je n'ai pas inventé l'eau chaude et le fonctionnement de la fraude est tristement classique. En revanche, le montant, lui, ne l'est pas.

— Le montant..., répéta Andrew, hagard.

Les graphiques à l'écran, les listes interminables de chiffres, pourcentages, même l'homme assis face à lui, tout paraissait irréel. Tel un boxeur K-O, debout après un uppercut, il se sentait acculé dans les cordes, inapte à se protéger de l'inévitable crochet au foie qui l'enverrait au tapis pour le compte.

— Cinq milliards de dollars. Un poil faiblard comparé aux soixante-cinq milliards de Madoff, mais tout de même.

Souffle coupé. L'arbitre entama le décompte.

1, 2...

— Deux cents clients sont concernés.

... 3, 4...

— J'en dévoilerai la liste une fois ma peine négociée avec le procureur. Pour m'assurer votre mansuétude, il manque trois informations clés pour démonter tout l'édifice et procéder aux arrestations. Je les livrerai une fois la négociation conclue.

... 5, 6...

— Mes employés n'étaient au courant de rien.

... 7... 8...

— J'ai agi seul, de mon propre chef et en pleine conscience.

... 9...

— Naturellement, je ne me montrerai coopératif que si tu mènes l'enquête.

... 10...

— Et au cas où l'idée t'aurait effleuré d'étouffer l'affaire ou de me convaincre de renoncer à me constituer prisonnier, le même mail a été envoyé à ton patron. Je t'offre de force ton statut de légende du FBI. Mon ultime geste en tant qu'ami.

Out !

Andrew recula son fauteuil et passa la main dans ses cheveux. Fixant le plafond, il chercha un second souffle. Il pointa ensuite vers Enzo un regard empli de tristesse et d'incompréhension. À la détresse de l'un se heurta la détermination inflexible de l'autre. Tout ce qui avait rapproché les deux hommes au cours de ces dernières années s'était dissous, désintégré en une fraction de seconde.

— Pourquoi ? demanda Andrew, s'adressant plus à lui-même qu'à l'inconnu assis face à lui.

— L'amour du fric.

— Ce n'est pas ce que je te demande. Pourquoi te livrer spontanément, et à moi de surcroît ?

Par cette simple question, les rôles s'inversèrent. L'inflexibilité changea de camp. La confrontation tourna court. Enzo détourna la tête. Pour la première fois depuis le début de sa « confession », il montrait un semblant d'émotion.

— J'ai mes raisons. Quant au dernier point...

— Oui, particulièrement le dernier point.

— Rien... laisse tomber...

Deux petits coups secs retentirent contre la porte du bureau. Un homme l'ouvrit sans attendre d'y être invité. De taille moyenne, son visage rond, son teint hâlé, ses yeux sombres légèrement bridés et ses courts cheveux noirs gominés vers l'arrière trahissaient des origines sud-américaines. Sa veste foncée, ouverte sur une chemise pâle et une cravate orange, soulignait sa solide carrure. Mains dans les poches de son pantalon de flanelle, il se campa dans l'encadrement de la porte et fixa Enzo droit dans les yeux. Par réflexe plus que par un acte délibéré, Andrew se leva devant son supérieur et rajusta son costume.

— Enzo Meazza ? demanda l'homme, poliment mais avec gravité.

— Lui-même. Directeur Arturo Sanchez ?

— Lui-même.

— Enchanté.

— Idem. Entre gens civilisés, je suppose que vous accepterez de me suivre sans me contraindre à recourir à la force ou à la pose de menottes ?

Un signe de tête valida l'offre.

Avenant en apparence, toujours d'une politesse impeccable, Sanchez n'éprouvait aucune pitié pour les criminels. Encore moins s'ils officiaient en col blanc. Andrew connaissait le sourire avec lequel son supérieur venait de prononcer ses paroles. Il promettait la destruction totale et systématique de son destinataire.

Enzo abandonna son siège puis se dirigea vers Sanchez, lequel s'écarta pour laisser passer le désormais suspect. Andrew espéra un signe, un geste, n'importe quoi pourvu qu'en suinte ne serait-ce qu'une once d'émotion. Mais rien ne vint. Enzo s'avança dans le couloir. Sanchez posa une main sur son épaule.

— Nous avons beaucoup à nous dire, monsieur Meazza. Il semblerait même que nous ayons cinq milliards de motifs de conversation.

Chapitre 16

Dans un silence de cathédrale, Andrew déroulait in extenso le fil de son récit agrémenté par la présentation de photos et graphiques sur les écrans géants. Désormais assis côte à côte, le lieutenant Cates et l'agent Shark écoutaient, absorbés, les explications du narrateur. Tout juste échangèrent-ils de rares coups d'œil parfois interrogateurs, souvent stupéfaits, au gré des informations distillées avec un sens consommé du suspens.

Bryniarsky enchaîna.

— Ce que nous avons intitulé le « système Meazza » fonctionnait de la manière suivante. Ses clients investissaient dans un maillage de sociétés situées partout dans le monde et dans lesquelles ils injectaient les capitaux destinés à échapper au fisc. Lesdites sociétés procédaient entre elles à des achats de biens ou de services fictifs. Le génie de l'opération consistait à faire circuler l'argent sans arrêt, d'un compte à l'autre, d'une banque à une autre, pour l'éloigner au maximum de son propriétaire. Au bout de quelques transactions, il devenait quasiment impossible de remonter à la source. Une recette appliquée à la somme de cinq milliards de dollars.

Jeb Cates lissa sa moustache avec la pulpe de son pouce.

— Je ne comprends pas comment on peut perdre la trace d'un pareil magot alors que tout est informatisé. Ça me dépasse.

— Vous avez raison, mais encore faut-il accéder aux informations. Imaginez un instant que les services fiscaux contrôlent une entreprise. Il faut éplucher les livres de comptes, les factures clients et fournisseurs, les bons de commande, prendre contact avec les sociétés vers lesquelles l'argent a été transféré, puis rééplucher les comptes, les factures, et ainsi de suite. Multipliez cela par des centaines de boîtes et vous comprendrez l'ampleur de la tâche.

— Je commence à piger.

— Attendez, il y a pire. En plus des centaines de sociétés écrans, vous devez traquer des milliers de comptes disséminés dans des centaines de banques à travers le monde. La tâche devient titanesque. Et au cas où les mécanismes de brouillage des pistes ne seraient pas suffisants, parachevez le tout en vous appuyant sur des paradis fiscaux érigeant le secret bancaire en principe immuable. Le suivi devient tout bonnement impossible. En bout de chaîne, l'argent a été lavé, essoré, rincé.

Le Stetson reprit du service. Cette fois, Cates le retira vivement et le fit tourner autour de son index.

— Là encore ça me paraît dément. Il existe bien des règles, des organismes de régulation…

Shark sortit soudain de son mutisme.

— Le système financier a effectué un lobbying énorme auprès des législateurs des plus grandes puissances pour conserver des marges de manœuvre au nom du libre marché. Il existe autant de règles que de moyens de les contourner. Par exemple, des entreprises, situées dans des pays avec lesquels n'existe aucun accord de collaboration juridique se spécialisent dans la création des sociétés écrans évoquées par l'agent Bryniarsky. Elles fournissent des adresses postales, parfois même des locaux, vides mais peu importe, qui irait vérifier de toute façon. Elles facturent leurs bons offices et prélèvent de surcroît des commissions sur les sommes qui transitent chez elles. Croyez-moi sur parole, cela coûte encore nettement moins cher que de s'acquitter de ses impôts. Nous pourrions aussi parler de banquiers conciliants, des paradis fiscaux et j'en passe.

— D'accord, pas besoin de me faire un cours, je vois en gros le tableau. Alors, je sais qu'à vos yeux je dois passer pour un ignare, mais je lis la presse et pas seulement les pages Sport. Par conséquent, je m'interroge : comment se fait-il que je n'aie jamais entendu parler de cette putain d'affaire ?

Andrew reprit la main.

— Une des particularités du « système Meazza » réside dans sa clientèle. Je ne suis pas autorisé à divulguer de noms, mais si nous avions dû coffrer tous les bénéficiaires du montage, vous n'auriez plus grand-chose à aller voir au cinéma ou à la télévision. De la même manière, bon nombre de patrons de grandes entreprises des secteurs agroalimentaires, automobiles, informatiques, énergétiques, et bien d'autres, croupiraient derrière les barreaux.

» Révéler l'affaire au grand jour aurait pesé lourdement sur notre économie. Imaginez un peu les conséquences sur les cotations boursières des boîtes dont les dirigeants étaient impliqués. Épidermiques comme le sont les marchés, nous aurions été confrontés à un véritable tsunami. Après la crise des "subprimes", nous ne pouvions assumer une nouvelle débâcle. Ce point m'amène à une autre... disons, "étrangeté" de l'affaire Meazza. Plus les bénéficiaires du système étaient exposés, médiatiquement ou économiquement, moins les sommes que l'avocat avait détournées à leur profit étaient importantes. C'est même cela qui nous a permis, non pas d'étouffer l'histoire, mais de lui conserver une certaine discrétion.

— Vous m'avez encore paumé…

— Faites un effort de concentration, Cates ! Pour de petites sommes détournées, le procureur général a négocié le rapatriement des fonds et, en échange, infligé de faibles amendes. Pas de procès, pas de prison, un mea culpa en bonne et due forme, un chèque raisonnable en guise d'excuses et basta, Oncle Sam passe l'éponge.

— Et c'est tout ? Une série de négociations et d'amendes et on n'en parle plus ?

— Pour l'essentiel, oui. Certains bénéficiaires du système ont été condamnés à de lourdes peines. Principalement des hauts cadres dirigeants à la retraite. La plupart d'entre eux finiront leurs jours en prison. Il en va de même pour quelques banquiers et intermédiaires véreux.

Jeb Cates replaça son chapeau puis recula son siège et déplia sa carcasse. Il effectua quelques pas et s'étira mollement le bas du dos. Avisant ses gestes lents et son imposante masse musculaire, Andrew imagina l'effet dévastateur d'une gifle infligée par un tel mastodonte. Shark, dont les yeux s'écarquillaient un peu plus à chaque mouvement, semblait partager cette pensée.

— Encore une question, et ce ne sera certainement pas la dernière. Comment votre type a-t-il réussi à se constituer une clientèle aussi « select » ?

— En tant que représentante de la gent féminine, l'agent Shark devrait nous confirmer qu'Enzo Meazza est particulièrement séduisant.

— Je suis peu sensible à son côté grand brun ténébreux mais, d'un point de vue purement objectif, oui, force est de reconnaître que c'est un très bel homme.

— Et vous n'êtes pas la seule à le penser, renchérit Andrew. Beau, comme vous dites mais aussi charmeur et flambeur. Meazza organisait des fêtes somptuaires, courues de tout le show-biz, et ne sortait jamais sans une starlette à son bras. Il enchaînait les conquêtes autant que les voitures de sport. Deux sésames indispensables pour ouvrir les portes de la jet-set.

Stephanie Shark eut une mimique de dégoût.

— Si je résume bien, vous vous liez d'amitié avec un avocat séducteur et mondain au dernier degré, à la tête d'un réseau international de fraude fiscale et de blanchiment d'argent. Sans raison apparente, il vous balance tout, clients, intermédiaires, montage, la totale, et il vous livre même une notice explicative pour faciliter l'enquête. Plus les clients sont connus ou occupent des postes importants, moins ils sont impliqués et ils s'en sortent sans bobo. Jusque-là, j'ai bon ?

— Oui, répondit Andrew.

— Une autre partie de ses commanditaires, nettement plus mouillée, se fait désosser par le procureur et termine en taule. Principalement des personnes âgées, style retraite dorée. Au passage, les aveux de Meazza font aussi tomber des pourris qui alimentent son système en servant de prête-noms et en fermant les yeux sur certaines transactions. Toujours bon ?

— Toujours.

Cates cessa ses assouplissements. Il se pencha, s'accouda contre la table à laquelle Shark se tenait encore assise et tourna la tête de droite et de gauche vers les deux agents.

— Parfait. Alors maintenant, la question clé : pourquoi ? Pourquoi ce mec décide-t-il tout à coup de tuer la poule aux œufs d'or ?

Andrew claqua des doigts et quitta son pupitre pour se rapprocher de son auditoire.

— Vous pointez le fond du problème : nous n'en avons aucune idée. Le Trésor a fait main basse sur l'essentiel de l'argent et une partie de la mécanique mise en place a été démantelée. Grâce aux documents remis par Meazza, et à son étroite collaboration, nous n'avons eu qu'à nous baisser pour empocher le jackpot.

— Et j'imagine que votre escroc d'élite a obtenu quelque chose en retour...

— Le procureur et nos services lui ont proposé d'intégrer le programme de protection des témoins. Pas de condamnation, un changement de nom, un travail dans un patelin paumé, bref un nouveau départ.

— Bien payé pour une ordu...

— ... il a refusé.

— Quoi ?

— Meazza a refusé. Ne m'en demandez pas la raison, je l'ignore. Il a préféré négocier une peine de cinq ans d'emprisonnement.

Jeb Cates se releva, glissa les pouces dans sa ceinture de cuir, et lâcha un long sifflement.

— En vingt ans de carrière, j'ai vu un paquet de tordus, mais là, votre client bat tous les records.

— À qui le dites-vous...

— En tout cas, merci pour vos explications. Je suis bon pour une aspirine, mais au moins je connais les tenants et les aboutissants. Donc, cet Enzo Meazza était la cible de la poursuite et de la fusillade ?

— Oui. Lui, et une dénommée...

Andrew sortit une feuille de papier d'une des poches de son bermuda. Il réalisa à cet instant le ridicule de sa tenue. Embarqué dans une folle épopée depuis l'annonce de l'explosion de l'avion, l'agent spécial en avait oublié son apparence de vacancier à destination des plages de Waikiki. Il nota mentalement la nécessité d'enfiler le costume idoine soigneusement rangé dans sa petite valise stockée dans le coffre de la voiture de Cates et déplia le constat dressé lors de l'accident survenu dans le parking de l'aéroport.

— ... Janet Livingston-Pierce. Elle se trouve par hasard en compagnie de Meazza, j'en atteste.

— OK. Mes gars sont déjà en chasse de la Dodge Avenger noire. Fournissez-moi une photo de vos guignols et je lance l'avis de recherche. Nous avons déjà perdu une bonne heure sur eux.

— Je ne souhaite pas que vous les interpelliez. Émettez une simple fiche de signalement. S'ils sont repérés, vous mettrez en place une surveillance discrète et, à partir de là, Shark et moi prendrons le relais.

— Allons bon...

— Ceux qui les poursuivaient constituent notre priorité absolue.

— Merci, j'avais pigé l'idée. Vous comptez utiliser Meazza comme appât. Je vous demanderais bien pourquoi, comme je pourrais vous demander ce qu'un fédéral de New York vient foutre ici. Si je tenais vraiment à être désagréable, je pousserais la grossièreté jusqu'à vous demander pourquoi j'ai la sensation un peu irritante que vous me cachez des trucs. Mais voilà, je suis un garçon bien élevé, et, accessoirement, un gentil flic de province au service des méchants agents du gouvernement. Je me contente de souligner mes doutes pour que vous sachiez qu'il ne faut pas trop me prendre pour un con… Ce point étant clarifié, à quoi ils ressemblent, ces poursuivants ?

Inattendue, la saillie de Cates sonna plus aux oreilles d'Andrew comme un avertissement que comme une révolte. Elle lui confirma surtout que, si brut de décoffrage qu'il parût, le policier possédait un esprit affûté et un instinct somme toute assez juste. Habitué à ne révéler qu'une partie de ses informations et à affronter l'hostilité qui en découlait chez ceux qui en prenaient conscience, Andrew ne se laissa pas déstabiliser.

— Tout ce que je sais, c'est qu'ils sont au moins deux. Un pilote et un passager. Je ne peux vous fournir de description, je n'ai pu voir que le bras du tireur quand il a fait feu à cause des vitres teintées de leur voiture, je ne sais pas s'ils transportaient du monde à l'arrière.

Plusieurs vibrations émanèrent de la veste de Cates.

— Je peux ? demanda-t-il à Shark.

La jeune femme opina du chef. S'ensuivit une série d'onomatopées : un « mouais » succéda à des « Uhuh » répétés, eux-mêmes conclus par un « OK, j'arrive » autoritaire. L'appel s'acheva sans autre forme de politesse.

— Bryniarsky, soupira le policier en rengainant son téléphone, je n'ai pas encore décidé si votre affaire m'emmerde ou me passionne, mais j'ai au moins une bonne nouvelle. Une Dodge Avenger noire vient d'être repérée par une patrouille dans une zone industrielle.

— Nous sommes partis ! s'enthousiasma Andrew. Shark, pouvons-nous utiliser une voiture du bureau, avec ordinateur embarqué ? J'aurais des recherches à faire durant le trajet.

— J'avais prévu cette éventualité. Je vous ai également fait préparer un Glock .22 ainsi qu'un chargeur et un holster. Nous les récupérerons à la guérite située à l'entrée du parking.

— Merci ! Vous pensez à tout.

— J'aime l'efficacité.

— Je vois ça. Si vous pouviez me laisser deux minutes, le temps que je me change…

Quelques instants plus tard, Andrew retrouva Shark et Cates en pleine discussion au milieu du couloir. Ils s'interrompirent en le voyant sortir de la salle de conférences, la démarche assurée. Décontracté et débonnaire en tenue ordinaire, Andrew se métamorphosait dès qu'il enfilait son immuable costume noir taillé sur mesure. Ce cadeau de son épouse recélait l'indispensable charisme requis par ses fonctions et investissait son porteur de l'autorité du gouvernement des États-Unis d'Amérique. Du moins les enfants d'Andrew l'affirmaient-ils, et c'était bien l'essentiel aux yeux de leur père.

— Je vous préférais en Magnum, ironisa Cates sur le chemin menant le trio vers le parking.

Shark pouffa.

Autorité et charisme…, se lamenta intérieurement Bryniarsky.

Chapitre 17

Épuisés par une demi-journée infernale, Enzo et Janet avaient marché un long moment à la recherche d'un refuge pour la nuit. D'un commun accord, ils avaient décidé que le premier hôtel venu ferait l'affaire pour peu qu'il proposât une douche chaude et une literie moelleuse. Une trêve, puis une mise à plat de la situation, s'imposait avant d'échafauder, à tête reposée, un plan de conduite pour le lendemain.

Retranché dans une ruelle à l'abri des lumières de la ville, Enzo, amoindri par ses blessures, s'impatientait. Depuis une dizaine de minutes, il attendait le retour de Janet partie au ravitaillement dans une épicerie ouverte vingt-quatre heures sur vingt-quatre.

Lui confier cette mission avait provoqué un nouvel échange houleux. Elle était aussi affamée que son compagnon d'infortune – mais elle estimait « scandaleux de devoir laisser sa mallette en otage », selon ses propres termes. Enzo lui avait objecté qu'il ne s'agissait en rien d'une prise d'otage, mais que, dans la mesure où elle reviendrait les mains pleines, emporter « cette saleté de mallette n'avait aucun sens ». Il argua, en outre, du fait qu'elle était plus présentable que lui, même décoiffée et pieds nus.

La convaincre de libérer ses longs cheveux châtains afin de masquer au mieux ses traits ne posa pas de problème majeur. La discussion aurait pu s'achever sur une accalmie si l'ex-avocat, passablement énervé par un débat stérile à ses yeux, n'avait laissé échapper un « Maintenant, si Sa Majesté daignait aller nous chercher à manger et à boire, elle rendrait service à la Couronne ». Il récolta un regard noir et vindicatif tandis que la jeune femme se dirigeait vers le commerce d'une démarche tonique.

Sur l'instant, il regretta un commentaire aussi inutile que le dialogue de sourds qui l'avait amené à le prononcer. S'agissait-il d'une réaction épidermique aux frayeurs de la journée ? Une manifestation de l'épuisement, ou des multiples et répétées poussées d'adrénaline ? À moins que Janet ne soit tout simplement la femme la plus agaçante qu'il lui avait été donné de rencontrer. Ou, pensée dérangeante, la plus attirante...

Il rejeta cette dernière hypothèse, conséquence probable de l'hypoglycémie qui le guettait. Cinq années d'abstinence forcée n'arrangeaient certainement rien à l'affaire...

Au fond, ce qui agaçait vraiment Enzo tenait en ce qu'il ne cessait de penser à cette femme au lieu de s'intéresser à la seule vraie question essentielle : qui pouvait bien montrer autant d'acharnement à l'éliminer ?

Dire qu'il ne manquait pas d'ennemis était un doux euphémisme. Pourtant, le paramètre « incapacité à la vengeance » avait présidé au choix de ses victimes, au même titre que leur rang social, leur exposition économique, politique et médiatique, et, forcément, l'épaisseur de leur portefeuille. Se pouvait-il que les milliers de dollars et les centaines d'heures investis dans l'établissement du profil de ses cibles l'eussent été en pure perte ? Se pouvait-il qu'au milieu de cette bande de lâches pleins aux as se cachât le potentiel commanditaire d'actes aussi extrêmes que ceux survenus depuis le milieu de cette invraisemblable journée ?

— Le plan ne comportait aucune faille, se dit-il à voix haute, comme pour mieux s'en convaincre.

Un froissement de sacs plastique le tira de sa réflexion.

Revenue dans les mêmes dispositions belliqueuses, Janet lui saisit une main, la retourna sans ménagement puis déposa dans sa paume vingt-trois dollars en billets et petite monnaie sur les cinquante qu'il lui avait confiés pour régler les courses.

Elle déposa négligemment un des trois lourds sacs qu'elle transportait aux pieds d'Enzo et fouilla dans l'un de ceux qu'elle tenait encore. Elle en sortit une bouteille d'eau minérale dont elle dévissa le bouchon.

— Vous ne me lâcherez pas, n'est-ce pas ?

Elle engloutit la moitié de la boisson en une série de gorgées sonores.

— C'est probable, en effet.

— Même si je vous présente des excuses en bonne et due forme ?

— Essayez toujours.

— Je suis désolé de vous avoir appelé « Majesté ».

— D'accord. Et ?

— Comment ça, « et » ? Et… ben… voilà, quoi.

— Vous n'avez pas insulté que ma personne.

— Je ne comprends… attendez, vous ne voulez tout de même pas que je vous demande pardon pour avoir mentionné la Couronne ?

La seconde moitié fut engloutie avec encore plus d'avidité

— Ça devient carrément débile, soupira Enzo, mais s'il faut en passer par là pour avoir la paix... Pardonnez-moi d'avoir manqué de respect à la Couronne britannique...

Désaltérée, Janet fixa Enzo droit dans les yeux. Ses lèvres dessinèrent un sourire en coin à la fois moqueur et triomphal.

— Je vois. Je me suis fait avoir comme un bleu.

La jeune femme broya sa bouteille entre ses doigts puis la rangea dans l'un de ses sacs.

— Vous m'avez prise en grippe à la seconde ou nous nous sommes rencontrés. Vous avez fait montre d'impatience, d'exaspération, à plusieurs reprises vous avez même versé dans la condescendance, voire le sexisme, avec vos « petite fille » et j'en passe. Mon agacement n'est pas grand-chose comparé à votre goujaterie.

Enzo resta coi devant ce portrait sans concession. Une apathie dont profita Janet pour enfoncer le clou.

— Je comprends, remarquez. Un séducteur-né de votre acabit doit faire sensation auprès des minettes en mal de grands ténébreux. Musculature digne d'un chippendale, voix caverneuse, accent latin à la demande, plus, j'en jurerais, les voitures de sport et le bling-bling. Le vrai play-boy, quoi.

— Vous êtes un peu sévè...

— Mais non, voyons. Admettez-le, à force de fréquenter des dindes, vous ne supportez pas qu'une femme, une vraie, fasse preuve de caractère, d'indépendance, et soit douée de raison. Du coup, quand vous n'incarnez plus le mâle dominant, vous devenez irascible, limite agressif. CQFD.

Enzo inspira profondément.

— Eh bien, me voilà habillé pour l'hiver...

— Osez dire que je me trompe.

— Évidemment que vous vous trompez ! s'insurgea-t-il.

Moue dubitative.

— Enfin, un peu... bon, d'accord, il y a de ça, mais reconnaissez que vous n'êtes pas simple non plus. Toujours à chercher la petite bête, à protester, à se plaindre, je vous jure qu'il y a de quoi perdre son sang-froid.

— Je suis un peu maniaque, je le reconnais sans honte, mais je vous rappelle que ma vie est en danger à cause de vous et que, depuis l'hôpital, vous exigez de moi une obéissance aveugle. Je ne vous connais pas et je suis supposée vous suivre sans poser de questions ? Vous m'avez sauvée et je vous en suis reconnaissante, vraiment, mais montrez-vous un peu compréhensif aussi et cessez de croire que vous contrarier serait la seule raison de mon existence !

La fin de la diatribe laissa Enzo pantois. S'il percevait une pointe de mauvaise foi dans l'argumentation de la jeune femme, il n'arrivait pas à la réfuter tant elle était ténue et se dissimulait au cœur d'une logique imparable. Par sa charge implacable, Janet stigmatisait l'obsession qui animait Enzo depuis sa sortie de prison. Non, autant se l'avouer, pas depuis sa sortie de prison, depuis plus d'un quart de siècle. Une obsession qui l'avait façonné, déformé même, au point de ne plus savoir qui de Hyde ou de Jekyll avait créé l'autre. Quant à envisager un acte de pure bonté désintéressée à son égard...

Il mesura l'isolement qui était le sien, la défiance qui le dévorait. Au cours de ses années d'immersion dans un monde d'argent, de vanité et de vacuité, Enzo s'était souvent reproché la honte que sa conduite inspirerait. Une pensée on ne peut plus vraie en cet instant précis. Seul l'accomplissement de son projet l'absoudrait de ses fautes, lui permettrait de retrouver dignité et estime de soi. Pas aux yeux des autres, ils ne comprendraient pas, mais au fond de son cœur. Cependant, victime innocente de SA vengeance aveugle, Janet ne devait pas subir les conséquences de son règlement de comptes.

Un claquement de doigts interrompit l'introspection.

— Oh, vous êtes avec moi ?

— Hmmm ? Oui, oui. Vous avez raison, je me suis montré peu compréhensif envers vous. Je vous prie de m'excuser.

— Nous remettons les compteurs à zéro ?

— Ça ne coûte rien d'essayer.

— Début de la période d'essai ! Venez, l'hôtel est juste à côté. Par contre, je préfère vous prévenir, ce n'est pas le grand luxe, loin s'en faut. Et une fois là-bas, vous honorerez votre promesse de tout m'expliquer.

— Je n'ai qu'une parole. Par contre, je préfère vous prévenir, prendre une seule chambre me paraît la meilleure idée. D'un côté je pense qu'il vaut mieux ne pas nous séparer, et de l'autre, ma fortune personnelle se limite à cinq cents dollars en liquide, moins la somme nécessaire à l'achat des vivres.

— L'idée ne m'enchante pas mais votre raisonnement se tient. Privilégions la sécurité et les économies.

— À ce propos, je m'en voudrais de jouer les radins, et je sais que j'ai un peu perdu pied avec la réalité quand je croupissais en prison, mais vingt-sept dollars pour quatre bouteilles d'eau, deux sandwichs et autant de barres chocolatées, ne serait-ce pas un peu excessif ?

— Ce ne serait pas « un peu excessif », ce serait du vol.

— Puis-je demander…

— J'ai acheté de quoi soigner vos blessures, l'interrompit Janet en agitant un de ses sacs. Bombe désinfectante, ciseaux et bandages.

— Ah… merci, c'est gentil.

— Vous vous apprêtiez à vous montrer désagréable, encore une fois, avouez ?

— En toute franchise ? Oui.

Désarçonné par une initiative bienveillante Enzo rit de bon cœur. Un rire expiatoire auquel se joignit celui de Janet.

Deux minutes plus tard, le couple pénétra dans un hall minuscule, faiblement éclairé par des appliques violettes. La moquette élimée par endroits dévoilait un parquet en triste état. L'ascenseur format « boîte de conserve » accolé à l'escalier en fer étroit n'inspirait pas plus confiance que le type accoudé avec nonchalance au guichet d'accueil. Barbe de trois jours, visage rond adipeux, pantalon noir maintenu par une paire de bretelles aussi crasseuses que son débardeur, il ne prêtait aucune attention aux arrivants. Cigarette pendante au coin de lèvres charnues et gercées, il tournait les pages du cahier « sport » du *Dallas Morning News*. Attirer son attention demanda à Janet trois raclements de gorge dont le dernier, plus bruyant que les autres, lui provoqua une quinte de toux. Sans se détourner de sa lecture, il saisit sa cigarette entre ses doigts aux ongles jaunis et désigna un panneau situé derrière les arrivants.

— Ici on paie d'avance, et en liquide. On a des tarifs à l'heure, la demi-journée et même la nuit si ça vous chante. Ils sont affichés derrière vous.

Enzo se tourna dans la direction indiquée en se penchant à l'oreille de Janet.

— Pas le grand luxe, hein ? Votre sens de la litote force l'admiration. Nous naviguons entre le bouge et le lupanar, murmura-t-il.

— Oui, bon, on va dire que ce sera toujours plus confortable que la prison.

— Ça reste à voir...

— Nous prendrons la nuit, affirma Janet.

— Bien, chef.

Enzo déposa sur le comptoir le compte juste.

L'homme se fendit d'un soupir las, fouilla son comptoir et en sortit une clef métallique. Cette fois, il daigna regarder ses clients et s'arrêta sur la Britannique qu'il détailla depuis ses cheveux châtains ébouriffés jusqu'à ses pieds nus. Ses yeux se posèrent ensuite sur la mallette et les sacs qu'elle portait.

— Je vois que la petite dame a apporté son matériel. Troisième étage gauche. Amusez-vous bien !

Sourire édenté, rire gras, pouce levé en direction d'Enzo qui imita le geste, la mort dans l'âme. Atterrée mais résignée, Janet rafla la clef puis s'engagea la première dans l'escalier qu'elle gravit avec le pas lourd du condamné montant à l'échafaud.

Ils ne croisèrent âme qui vive jusqu'à leur chambre dont Janet ouvrit la porte en lançant un regard inquiet à son compagnon de route.

— Surprise..., souffla-t-elle comme pour accentuer le suspense.

Elle s'avança, inquiète de ce qui l'attendait. Un claquement d'interrupteur dissipa ses craintes.

Spacieuse et décorée avec goût, la chambre proposait un confort et une propreté aux antipodes du reste de l'établissement. Un lit king-size trônait contre le mur d'en face, épaulé de chaque côté par des tables de chevet en plastique transparent aux lignes épurées. Des petites diodes LED constellaient la tête de lit et prodiguaient un éclairage bleuté, tamisé sans être vulgaire. Deux fauteuils club en velours offraient leurs larges accoudoirs comme autant de bras ouverts de part et d'autre de la pièce. Janet y déposa ses sacs et sa mallette avant de se précipiter vers la salle de bains. Douche à l'italienne en béton ciré, vasque en porcelaine design, mitigeur dernier cri, tout suggérait une rénovation récente jusqu'à un relent de peinture dans l'air. Même les toilettes paraissaient neuves.

— Comme quoi, les apparences…

Enzo recourait au stoïcisme pour masquer sa surprise, et un soulagement certainement supérieur à celui de Janet. Après cinq années de promiscuité sordide et de précarité, il aspirait aux commodités de la vie.

— Déshabillez-vous, ordonna Janet.

— Plaît-il ?

— Avant toute autre chose, il faut soigner vos plaies.

— Ah…

Rassuré ou déçu, lui-même ignorait le sens réel de son exclamation.

Il retira son pantalon et se retrouva vêtu de sa chemise blanche et d'un boxer noir. Départi du peu de prestance qu'il lui restait, une sensation de vulnérabilité désagréable s'empara de lui. Il prit place dans le fauteuil, une main sur l'accoudoir, l'autre crispée sur sa veste, roulée en boule contre son bas-ventre.

Il leva ensuite la jambe blessée et posa le pied sur le lit sur lequel Janet se tenait prête à lui dispenser des soins.

Il évita soigneusement son regard, concentré sur sa cuisse tuméfiée. Elle versa le liquide désinfectant sur un morceau de coton puis l'approcha des chairs à vif.

— Ça risque de vous secouer.

— Je sais et j'appréhende.

— Détendez-vous.

Donné d'une voix douce, le conseil atteint son objectif. En une profonde expiration, Enzo lâcha prise et s'abandonna au savoir-faire de Janet. S'il ressentit effectivement une douleur, elle ne ressemblait en rien à la torture promise. Janet nettoya la plaie par petites touches avec une précision chirurgicale. Une maîtrise qui trahissait une pratique régulière. Formidable opportunité de lancer la conversation.

— Vous êtes médecin ?

— Pas du tout. Mon mari pratiquait le rugby. Il avait beau jouer à l'arrière, il rentrait toujours avec des blessures. Je me suis muée en infirmière par pure nécessité.

— Veuve ou séparée ?

— Pardon ?

— Votre bague. Diamant magnifique, anneau en or, je gage qu'il s'agit d'une alliance.

— Votre question me surprend. Si je porte une alliance, je dois être mariée, pourtant vous me demandez si je suis veuve ou séparée. Pourquoi opter pour l'une ou l'autre de ces hypothèses ?

— Vous avez exprimé à plusieurs reprises le besoin impérieux d'appeler votre employeur. Pas votre époux, et encore moins vos ou votre enfant. Par ailleurs, vous avez passé votre temps à triturer ce bijou quand nous étions pris en chasse. J'en déduis qu'a priori il est important à vos yeux et qu'une page de votre vie n'est pas totalement tournée. D'autant plus que vous venez de parler de votre mari au passé. La déduction est… élémentaire.

— Félicitations, Sherlock, brillante analyse.

— Donc pas veuve, sans quoi vous n'accepteriez pas la discussion.

— Si douloureux que ce soit pour moi de l'admettre, vous êtes très fort.

— Merci. Mon métier exigeait un sens aigu de l'observation. Vous me racontez ?

— Il n'y a pas grand-chose à en dire. Je l'ai rencontré à Oxford durant ma dernière année d'études. J'envisageais un simple flirt et puis…

— … le perfide Cupidon vous a transpercé de ses flèches !

Janet jeta le coton dans la poubelle située sous la table de chevet et vissa le bouchon de la bouteille d'antiseptique. Elle déballa un rouleau de bande et approcha les ciseaux.

— J'étais jeune, je rêvais du prince charmant, et Tom Pierce en possédait de nombreux traits. Il se démarquait de la masse par sa beauté animale. Un peu comme… disons qu'il était carrément canon. Musclé, pas vraiment une belle gueule, mais une gueule et une forte personnalité. Il possédait une assurance à toute épreuve qui lui conférait énormément de charme. Il faisait rêver une bonne partie du contingent féminin de l'université. Je me suis lancée par défi, comme on s'inscrit à une tombola pour gagner le gros lot.

— Vous le voyiez comme un trophée ?

— Je mentirais en affirmant le contraire, mais très vite la situation m'a échappé. Il était prévenant, attentionné, galant, un vrai gentleman. Je suis tombée éperdument amoureuse. Mal m'en a pris.

— Le prince charmant cachait-il un tyran domestique ?

— Rien d'aussi dramatique. L'année dernière, il a simplement opté pour un modèle plus récent, plus sexy… et fécond. Contrairement à moi.

Enzo nota une légère crispation des lèvres de Janet. Elle baissa la tête pour mieux s'appliquer à la pose du bandage autant que pour masquer la tristesse qui se lisait dans ses yeux et démentait son sourire. Il savait d'expérience que les souffrances les plus pudiques étaient souvent les plus profondes et opta pour la réserve afin de ne pas tourner le couteau dans une plaie béante.

— Je ne suis pas exempte de reproches. Je n'ai pas su dialoguer, détecter le mal ni désamorcer la crise avant qu'elle prenne plus d'ampleur. La gangrène a dévoré notre couple, insidieusement, jusqu'à exiger une amputation. Et pour répondre à votre question initiale, nous sommes séparés. Je ne me résous pas à accepter le divorce et je porte encore son nom accolé au mien. Pourtant je ne l'aime plus. Pathétique, n'est-ce pas ?

— Pathétique ? Je ne vois pas pourquoi. Combien de temps a duré votre relation ?

— Cela aurait fait quinze ans le mois prochain.

— On n'efface pas tant d'années à deux d'un simple coup de gomme, Janet. Ne soyez pas trop dure avec vous-même. Vous avez un deuil à faire, et cela demande du temps. Un jour il vous faudra franchir ce cap. Pour l'instant il vous effraie mais vous le franchirez. Attendez simplement d'y être prête.

— Je ne vous imaginais pas si compréhensif. Je m'attendais à plus... comment dire...

— Gros lourd ? Dur ?

Janet éclata de rire.

— Oui, c'est ça.

— Ne vous fiez pas aux apparences. Je suis plus sensible qu'il n'y paraît, en dépit du portrait peu flatteur que vous avez dressé de ma personne.

— J'y suis allée un peu fort. Depuis... vous voyez, la défection de mon mari, j'ai tendance à m'enflammer assez vite. Quand vous m'avez interrogé pour savoir si j'étais séparée ou veuve, j'ai cru que vous alliez vous moquer de moi.

— Ah, là, vous n'attendiez pas un homme dur, mais un immense salopard. Je souhaitais en savoir plus sur vous, ni plus ni moins. Et je suis sincèrement désolé que vous traversiez une telle épreuve. Sans compter votre...

— ... stérilité ? vous pouvez prononcer le mot. Et vous ? Ni femme ni enfant, je présume ?

— Non.

— Volonté ? Vice caché ?

— Volonté. Dites, il est peut-être temps que je m'acquitte de ma promesse et que je vous raconte pourquoi nous en sommes là, non ?

Le changement de sujet de conversation manquait de subtilité, mais Enzo ne souhaitait à aucun prix s'embarquer sur un terrain glissant. La confession de Janet rencontrait chez lui un écho insoupçonné, et s'il se laissait aller lui-même à se confesser, il en dirait certainement plus qu'il ne le souhaitait. Garder le contrôle des mots, pour conserver celui des émotions. Un précepte auquel il s'était accroché pour mener à bien son projet, et qui s'avérait d'autant plus d'actualité que cette femme l'irritait, le touchait

– au sens propre comme au sens figuré – et, pire, l'attirait. Une nuée de sentiments confus et contradictoires à dissiper de toute urgence. Tout comme le désir ardent de voir les mains fines et délicates de Janet abandonner la bande de crêpe pour venir caresser son visage avant de se poser sur son torse.

Un élancement au plus profond de sa chair dissipa les fantasmes d'Enzo.

— Aurais-je trop serré ?

— Non, c'est parfait, merci.

Sans le crissement de dents, le compliment eût été crédible. Comme elle ignora, ou choisit d'ignorer, la maladroite diversion de son patient, Janet ne releva pas son mensonge. Une preuve supplémentaire qu'elle n'était pas la teigne envisagée par Enzo.

Erreur de jugement inhabituelle. Elle me trouble. Je dois absolument me ressaisir.

Elle se leva d'un bond pour se diriger vers la salle de bains. Le robinet du lavabo expulsa plusieurs jets d'eau sporadiques avant que celle-ci ne s'écoule en continu.

— On dirait mon hôtel à Tripoli, maugréa la jeune femme. Je me lave les mains, mais que cela ne vous empêche surtout pas d'honorer votre engagement.

Enzo grimaça en enfilant son pantalon.

— Vous allez souvent en Libye ? demanda-t-il.

— Pour mon travail, oui. Ne changez pas de sujet !

Il commença à défroisser sa veste, maltraitée durant les soins.

— Ma digression était involontaire. Je viens de purger cinq ans de prison pour organisation d'un système de blanchiment d'évasion fiscale.

Janet passa la tête par la porte tout en s'essuyant les mains.

— Et en langage courant, cela signifie ?

— En langage courant ? J'ai baisé un bataillon de connards, le FBI et le département de la Justice dans leur intégralité.

Chapitre 18

Au même moment,
à quelques kilomètres.

Perché au sommet d'un immeuble d'habitation haut d'une trentaine d'étages, Goran achevait d'installer son poste d'observation. Il vérifia pour la troisième fois en deux minutes l'équilibre du trépied calé contre la rambarde de sécurité. Il sortit ensuite du grand sac de sport noir déposé à ses pieds de volumineuses jumelles binoculaires protégées par deux épais morceaux de polystyrène. Malgré son impatience à utiliser cette merveille technologique, il la manipula avec une méticulosité chirurgicale et la fixa sur son support comme un démineur dévisserait un obus pour en extraire la charge. Un dernier test de résistance confirma la bonne mise en place et l'absence de risque de briser son nouveau jouet. Un parfait exutoire à la rage causée par un deuxième échec consécutif.

Goran releva en douceur l'écran LED placé entre les deux optiques puis alluma l'appareil. Il brancha ensuite les écouteurs du talkie-walkie accroché à sa ceinture.

— C'est tellement beau… J'en chialerais.

— Je te savais pas aussi sentimental, répondit Bismarck.

Installé au volant d'une voiture de secours, un coupé Subaru racé et surpuissant, prévu à l'origine pour quitter la ville, le Sud-Africain poireautait depuis près de dix minutes. Il trompait son ennui en s'adonnant à son passe-temps favori : engloutir à la chaîne des beignets nappés de sucre glace. L'émetteur amplifiait les bruits de sa mastication, mais Goran choisit de ne pas y prêter attention, sous peine d'être pris de nausées.

— Attends, des jumelles numériques avec caméra intégrée et diffusion en temps réel, ça coûte une blinde, mais putain, quelle merveille..., s'enthousiasme le Serbe.

— Je confirme, l'image est magnifique sur ma tablette.

— Le contraire me ferait mal, full HD, le bestiau ! Tu es sûr de ton coup ?

— Eh, tu bosses avec un pro, mec. Et puis, c'est pas comme si on avait pas prévu le coup à l'origine.

— Ne m'appelle pas « mec », je ne suis pas un rappeur à la con.

— Comme tu veux.

— En attendant, t'as pas intérêt à te rater, sinon on aura de sérieux problèmes. Déjà qu'on est pas à la fête...

— J'ai mitonné le truc aux petits oignons. Tu vas adorer. Je pourrais garder la vidéo ? Pour ma promo, tu piges ?

— Comme tu veux, mais l'avion ne te suffit pas ?

— Y a des vidéos prises au téléphone portable qui circulent à la télé et sur Internet, mais la qualité n'est pas terrible et c'est cadré avec les pieds. Tu sais, je suis un peu comme ceux qui tirent des feux d'artifice, j'aime admirer mes œuvres.

— Ah, parce que maintenant tu es un artiste ?

— Un peu, mon n'veu.

— Arrête avec les petits noms, sinon je te jure que je te colle une bastos. Sérieux, je vais le faire.

— Mollo, Goran. Je comprends que tu sois sur les nerfs, mais vas-y cool. Moi aussi, je peux montrer les dents, OK ?

— Sur les nerfs ? Eh, je chope celui qui nous a percutés avec sa caisse alors qu'on tenait les deux connards, je le dépèce centimètre par centimètre avec un couteau à beurre avant de le découper en rondelles. En plus, l'autre grand barbu qui se la joue « Superman » au moment où tu allais régler son compte à la pétasse… Putain, je hais les Ricains !

— Tu vas finir par te provoquer un ulcère avec ton agressivité.

Toi, ce n'est pas un ulcère qui va trouer ton gros bide…

— On attend quoi, au juste ? insista Bismarck.

— Alors, pour la troisième fois, on attend l'arrivée des mecs en charge de l'enquête. On ne va pas perdre notre temps à filer des glandus en uniforme et encore moins l'équipe scientifique qui effectue les relevés.

— Ah oui, c'est vrai.

Ce mec a de la flotte à la place du cerveau !

*

* *

La Ford Crown Victoria II banalisée couleur bordeaux conduite par l'agent Shark ne lâchait pas d'une semelle sa jumelle, noire celle-ci, pilotée par le lieutenant Cates. Après un long trajet sans embûche en plein cœur du centre-ville, ce dernier guida les fédéraux vers une huit voies sur laquelle il s'autorisa une accélération brutale à laquelle la petite brune répliqua sans frémir.

— Les hommes et l'affirmation de leur virilité au volant, soupira-t-elle. Ridicule.

— Merci d'éviter les généralités, s'amusa Andrew, assis à ses côtés. Il est évident que Cates aime tester les gens, ça doit être inscrit dans le manuel des cow-boys du coin.

— Les cow-boys de Dallas... s'il n'y avait que l'équipe de football de la ville à mériter ce nom, ça nous ferait des vacances, croyez-moi.

— C'est-à-dire ?

— La démonstration de force, disons plutôt la « bavure », est la marque de fabrique des flics texans. La logique du « on tire d'abord, on réfléchit ensuite » l'emporte haut la main ici. Quand on a de la chance, ils se contentent de cogner, c'est vous dire où nous sommes tombés. Au service juridique, je vois passer un nombre délirant de dossiers et la tendance est à la hausse. Quelques affaires ont défrayé la chronique et entraîné des réactions sporadiques de la presse et de l'opinion publique, mais le fond du problème reste entier.

— Ouais, soupira Andrew. Dieu merci, nous sommes nettement moins confrontés à cela avec le NYPD.

— C'est, entre autres raisons, pour cela que j'ai demandé ma mutation au bureau de New York.

— Vous êtes ici depuis longtemps ?

— Depuis mes débuts. Trois ans. La ville propose de merveilleux musées et des spectacles à foison.

Culturellement, et c'est tout le paradoxe de l'endroit, j'adore. Professionnellement, par contre, ça commence à faire long.

— Vous m'aviez dit que vous connaissiez bien Arturo Sanchez. Il ne peut rien pour vous ?

— Si, mais les passe-droits ne m'intéressent pas. Ce que j'obtiens, j'aime le devoir à mon seul mérite.

— Félicitations, agent Shark, vous finirez donc ici, mais intègre. C'est important, de mourir avec ses valeurs.

— Vous êtes sérieux ou le cynisme vous amuse ?

— Un peu des deux. Combien de temps avez-vous passé sur le terrain ?

— C'est la première fois que je quitte mon bureau, admit-elle, penaude.

— Je le pressentais. Écoutez-moi bien, une écrasante majorité des cas résolus par nos services le sont pour la seule raison que les criminels sont des abrutis. Pas des génies du mal coincés par des génies du bien et leurs gadgets technologiques, juste des abrutis. À un moment ou à un autre, ils commettent inévitablement des erreurs grossières. Tout ce que l'on nous demande, c'est d'être là au bon moment pour leur tomber dessus et les renvoyer devant un grand jury. À moins de sortir vivant d'une mission d'infiltration, ou de recevoir un cadeau comme celui que m'a fait Meazza, vous pouvez vous brosser pour espérer une mutation ou une promotion autrement que par piston. Et ce que je vous dis est particulièrement vrai si vous croupissez dans un bureau.

— Vous ne me vendez pas du rêve…

— Si vous vouliez rêver, Shark, il ne fallait pas entrer au FBI.

Andrew récolta un regard en coin un brin moqueur. Il répondit par une grimace gênée.

— Ça sonnait un peu sentencieux, non ?

— En effet, sourit-elle.

— Je l'ai ressenti en le disant... Sans rire, laissez vos principes de côté, ça ne fera pas de vous une ordure. Et qui sait, si vous vous avérez efficace, je glisserai peut-être un mot en votre faveur.

— Je comptais faire de mon mieux, sans autre arrière-pensée. D'ailleurs, si vous ouvrez la boîte à gants, vous y trouverez le Glock et le holster dont je vous parlais.

— Mon matos préféré. Merci, vous avez fait vos devoirs à ce que je constate.

— J'essaie.

Andrew enfila l'équipement remis par Shark.

— Monsieur, pour revenir à Meazza, je connais le dossier par cœur et je me demandais...

— Appelez-moi Andrew, s'il vous plaît. Comment se fait-il que vous vous intéressiez à cette affaire ?

— Je l'ai étudiée dans le détail durant ma formation à Quantico. L'étrangeté de l'histoire, tout comme les zones d'ombre qu'elle recèle, m'a toujours fascinée. Du coup, je me pose énormément de questions. La première étant : pourquoi n'avez-vous pas tout raconté à Cates ?

— Il a reçu suffisamment d'informations pour nous accorder sa confiance et sa collaboration. C'est tout ce que je lui demande. Et puis, je lui ai dit que nous avions récupéré l'essentiel de la somme, ce qui est vrai. Le reste ne le concerne pas.

Cates quitta la voie rapide, talonné par les deux agents. Les deux voitures longèrent à faible vitesse une voie ferrée, véritable ligne de démarcation entre un ensemble d'immeubles résidentiels et une zone industrielle dont les bâtiments s'étendaient à perte de vue. Ils empruntèrent ensuite un chemin de terre avant de serpenter entre des trains de fret à l'arrêt.

— Quatre milliards sur cinq, ça laisse un milliard dans la nature, une paille, poursuivit Shark. Vous n'avez pas plus évoqué le très mystérieux Griffon. Tout ce que nous avons sur lui, ce sont des SMS sibyllins impossibles à tracer. Et si, comme je suis persuadée que vous le pensez, il a lancé des tueurs aux trousses de Meazza, je trouverais convenable d'en avertir le lieutenant. Imaginez jusqu'où certains iraient pour mettre le grappin sur mille millions de dollars...

Léger jusqu'à présent, Andrew se ferma à l'évocation des risques encourus.

— J'imagine, Stephanie, au-delà même de ce que vous pourriez envisager dans vos rêves les plus fous.

— Que voulez-vous dire ?

Après un ultime zigzag entre des wagons de transport de marchandises aux portes ouvertes, le lieutenant du DPD immobilisa son véhicule à proximité d'une voiture de patrouille de son service.

— Plus tard, la Dodge est là. Garez-vous derrière Cates, s'il vous plaît.

Shark obéit sans broncher, même si la frustration de devoir attendre pour en savoir plus se lisait sur son visage. Sitôt leur voiture à l'arrêt, Andrew ouvrit sa portière avant de se raviser.

— Quoi qu'il arrive, dehors, je vous interdis de vous éloigner de moi et je ne veux pas entendre le son de votre voix. Quoi qu'il arrive, insista-t-il en la fixant droit dans les yeux. Compris ?

Stephanie Shark acquiesça d'un hochement de tête.

— Et si vous en êtes capable, restez sur vos gardes tout en ayant l'air parfaitement détendue. Vous saurez faire ?

— Je… vais essayer.

— OK, alors les choses sérieuses peuvent commencer.

*

* *

— Ils sont arrivés. Tu les vois ?

— Cinq sur cinq. Donc, nous avons les deux flics avec leur voiture de patrouille qui ont trouvé notre bagnole, une armoire à glace fringuée à la mode western, une petite nana mimi comme tout et… Ah merde. Le mec à côté d'elle !

— Quoi « le mec à côté d'elle » ?

— C'est lui qui nous a percutés tout à l'heure.

— Tu es sûr de toi ?

— Ah ouais, nettement. Il portait une chemise hawaïenne à la con, mais je reconnais sa tronche.

— Attends, je vais zoomer sur son torse, il a une plaque.

Goran zooma au maximum.

Il jeta un œil à l'image qui s'affichait à l'écran puis se prit la tête à deux mains.

— Fait chier, gronda-t-il.

— C'est quoi ce délire ? demanda Bismarck en recevant l'image. Tu peux me dire pourquoi un agent du FBI nous courrait après ?

— J'en sais foutre rien, mais décidément ce contrat pue la merde.

— On fait quoi alors ?

— J'en parlerai avec le client. On change rien, on s'en tient au plan. Les fédéraux retrouveront sans doute nos blaireaux plus vite que les keufs.

*

* *

Lampes torches en main, deux policiers en uniforme sortirent de leur voiture, encore une Ford Crown Victoria II, accueillirent Jeb Cates, puis Stephanie Shark et Andrew Bryniarsky. Les présentations expédiées, le lieutenant se retourna vers les derniers arrivants et pointa du menton les trois véhicules garés à proximité de la Dodge Avenger. Celle-ci se trouvait quelques mètres plus loin, soigneusement garée entre deux wagons.

— Je ne sais même pas pourquoi les services de l'équipement s'emmerdent à banaliser nos bagnoles tant elles sont reconnaissables. Vous parlez d'une discrétion. Trois fois le même modèle. On passe vraiment pour des cons.

— Inutile de se demander pourquoi les suspects vous voient venir à quinze bornes, abonda Andrew.

Le plus âgé des deux fonctionnaires, un quinquagénaire au physique sec, s'immisça dans la discussion.

— Nous faisons avec ce que l'on nous donne. Deux cent cinquante chevaux sous le capot, ce n'est pas du luxe quand nous devons coincer des criminels souvent mieux équipés que nous. Et comme le réseau autoroutier est énorme ici, ça aide. Vous faites comment, chez les civilisés ?

— Nous disposons d'un parc hétéroclite. Pour votre défense, nous sommes rarement confrontés à des courses-poursuites. Je ne sais pas si vous avez déjà essayé de conduire à Manhattan, mais ce n'est pas un terrain de jeu propice aux excès de vitesse. À moto, peut-être, et encore, faut être animé par une sévère pulsion de mort.

Médusée par son incongruité, Stephanie suivait l'échange à la lumière des projecteurs et de la pleine lune. La requête de son collègue en tête, elle fit mine de s'intéresser à la discussion, mais en profita pour détailler les différents interlocuteurs. De fines gouttes de sueur perlaient le long des favoris et de la moustache de Cates. Pourtant, à la faveur de la nuit, la chaleur n'avait plus rien d'écrasant. Bryniarsky, lui, jouait la carte de la décontraction et du détachement. Mais tout en parlant, il balayait les alentours d'une multitude de coups d'œil aussi rapides que fugaces. Soudain, dans un éclair de lucidité, elle comprit le lien entre les consignes transmises avant de quitter le siège du FBI et celles reçues avant de sortir de la voiture. La Dodge était le premier appât d'une longue série dans le jeu de dupes qui s'annonçait. Quant au trio, il venait de se coller, sciemment, une cible dans le dos.

Le second officier, une jeune recrue d'une vingtaine d'années à la voix fluette et mal assurée, jugea bon de revenir à l'essentiel.

— Nous n'avons touché à rien, lieutenant, risqua-t-il. Nous vous attendions pour procéder aux relevés. L'équipe scientifique ne devrait pas tarder, mais ils sont débordés à cause de l'attentat à l'aéroport.

— Vous avez bien fait, le rassura Cates.

— Par contre, y a un truc qui me paraît bizarre, lieutenant.

— Laissez-moi deviner. Que les fugitifs n'aient pas brûlé leur voiture ?

— Oui.

Regards croisés entre Cates et Bryniarsky. Inquiétude tangible. Mue par un instinct inédit, Stephanie recula.

Dans la seconde qui suivit, la voiture décolla sur plus de deux mètres en hauteur, son toit projeté dans la nuit étoilée au milieu d'un geyser de flammes. À la détonation assourdissante se mêla le bruit rauque de la carcasse embrasée retombant lourdement au sol. Canalisé et amplifié par la proximité des deux wagons, le souffle créa une onde de choc qui balaya les cinq témoins de la scène.

Chapitre 19

Projetée à terre par la violente déflagration, Stephanie Shark toussa à s'en décrocher les poumons. En appui sur les mains, elle cracha un filet de salive ocre avant de vomir. La nausée la laissa haletante. Au prix d'un terrible effort, elle parvint à se relever, chancela un instant puis observa le chaos autour d'elle.

Les deux officiers en uniforme semblaient aussi désorientés qu'elle. Retombés à proximité l'un de l'autre, ils se soutenaient et s'examinaient mutuellement à la recherche de blessures. S'ils paraissaient tous deux indemnes, la couche de terre qui les recouvrait de la tête aux pieds leur conférait l'allure de guerriers après l'assaut. Dans le blanc de leurs yeux dansaient les reflets de la colonne de flamme qui achevait de consumer la Dodge.

Plus proche de celle-ci, Andrew Bryniarsky se tenait adossé à l'un des wagons et, penché en avant, secouait frénétiquement ses cheveux, soulevant d'épais nuages de poussière.

Face à lui, mais au pied de l'autre wagon qui encadrait la voiture, Jeb Cates achevait de se relever. À peine debout, il s'approcha des deux policiers et s'enquit de leur état. Tout le monde semblait désorienté, sauf lui. Gestes précis, regard clair, démarche assurée, il agissait comme s'il venait d'arriver sur les lieux. Il adressa à Stephanie un signe du menton auquel elle répondit en levant le pouce.

Cela fait, il se dirigea vers Bryniarsky et se posta devant lui.

— Pas de bobo ? demanda l'agent.

— Moi ? Non. Mes gars et Shark non plus. Vous, par contre...

— Ah bon ? Où ça ?

— Là.

Cates asséna à Bryniarsky un puissant crochet au foie qui le sécha net.

Les mains crispées sur son ventre, la victime bascula vers l'avant avant de s'écrouler sur le flanc en position fœtale.

— Bougez pas, on n'a pas fini de causer, l'avertit Cates.

Il s'adressa ensuite à ses hommes.

— Vous rameutez tout le monde. Les pompiers m'éteignent cet incendie, les scientifiques ramènent leur cul toutes affaires cessantes pour examiner la carcasse et je veux une chiée d'enquêteurs pour passer la zone au peigne fin. Et pas dans une heure.

Les policiers rejoignirent leur véhicule pour satisfaire aux exigences de leur supérieur. Le lieutenant s'attela ensuite à la recherche de son chapeau, emporté lui aussi par le souffle.

Stephanie en profita pour se rendre au chevet d'Andrew. Après la compassion éprouvée de prime abord, elle sentit monter en elle un fou rire incontrôlable. Incapable de masquer son hilarité, elle aida son collègue à s'asseoir.

— Y... a... rien... de... drôle..., gémit-il.

— Excusez-moi, c'est nerveux.

Le retour de Jeb Cates apaisa Stephanie. Il souffla sur son chapeau, l'essuya du revers de sa manche et le replaça sur son crâne.

— Il faut vous relever, sinon la douleur persistera plus longtemps.

Joignant le geste à la parole, la brute se pencha vers Andrew. Celui-ci leva une main pour se protéger. En lieu et place d'un nouveau coup en traître, les bras de Cates l'enveloppèrent sous les aisselles puis le soulevèrent avec une aisance déconcertante.

— Et voilà, ça va tout de suite mieux.

Une longue inspiration attesta de la validité du conseil. Andrew Bryniarsky retrouvait peu à peu une respiration normale.

— Faites-vous soigner, articula péniblement ce dernier.

— Vous me manquez de respect, je cogne. Vous me respectez, je discute. Inutile d'être un génie pour comprendre mon mode de fonctionnement.

— De quoi parlez-vous ?

— Je n'en ai peut-être pas l'air mais je réfléchis, Bryniarsky. J'ai même parfois des fulgurances. Prenez la voiture qui vient de nous péter à la gueule, par exemple. Je pourrais me dire qu'il s'agit d'un hasard, que les criminels ont voulu nettoyer leurs traces. Je pourrais aussi me dire que si vous voulez utiliser Meazza comme appât, c'est que vous avez vos raisons. Seulement voilà, je ne me dis pas ça du tout.

— Mais encore ? demanda Stephanie.

— J'imagine des choses, j'envisage des possibilités, comme : « un avion et une voiture qui explosent le même jour dans la même ville, voilà une curieuse coïncidence ». Et comme je ne crois pas aux coïncidences, je pousse ma réflexion. Je me demande s'il n'existe pas un lien direct entre Meazza et la catastrophe de l'Airbus. L'hypothèse m'agace car je ne dois pas être le seul à l'envisager. L'esprit supérieur d'un fédéral ne peut avoir raté des éléments aussi troublants. Pire, ledit fédéral pourrait avoir établi un lien avant même que la bagnole ne nous pète à la gueule, n'est-ce pas, agent spécial de mes deux ?

Andrew se contenta d'un regard contrit à l'intention de Stephanie. Encouragé par le silence de son auditoire, Cates poursuivit sa diatribe.

— Seul un artificier chevronné peut maîtriser une explosion comme celle qui vient de se produire. Un artificier tout à fait susceptible de faire péter un avion. S'il avait voulu nous tuer, nous jouerions aux confettis dans la nuit texane. Nous n'avons pas affaire à de vulgaires criminels, mais à au moins un militaire entraîné et compétent. Vos cachotteries ont failli me coûter la vie et celle de mes gars. Ça m'énerve. Et quand on m'énerve, je cogne.

— Vous aviez vraiment en tête un lien entre l'avion et Meazza ? demanda Stephanie à Andrew.

La confirmation vint par un hochement de tête.

— Cates a raison, vous auriez dû tout nous raconter, lui reprocha-t-elle.

— Tiens donc... Vous seriez bien avisé d'écouter votre jeune collègue, sous peine de manger une nouvelle pêche, mais en pleine poire cette fois, si je puis filer la métaphore fruitière...

Andrew acheva de reprendre son souffle tout en massant son ventre endolori. Il leva le voile sur le milliard toujours dans la nature, et évoqua le fameux Griffon qui l'obsédait depuis des années.

— Alors que nous procédions à l'étude des mails et des multiples téléphones mobiles de Meazza, nos analystes ont découvert un texto que l'autre enflure pensait avoir effacé mais qui était resté dans la mémoire de l'appareil. Nous n'avons pas pu tracer l'émetteur. Tout ce que nous savons, c'est que le message a transité par des serveurs européens pour parvenir à Meazza la veille de sa reddition.

— Et il disait quoi, ce message ?

— Je le connais par cœur : « Le temps vous est désormais compté. Le Griffon veille... »

— C'est tout ?

— Oui.

— Je ne vois pas de quoi s'énerver...

Devant la mine dubitative de Cates, Stephanie intervint.

— Dans de nombreuses mythologies, le Griffon est le monstre mythique, mi-aigle, mi-lion, qui veille sur les trésors. Le lien avec les crimes financiers commis par Meazza s'explique.

La précision rehaussa l'intérêt du lieutenant et offrit une parfaite transition à Andrew Bryniarsky.

— C'est ça. Tel que je vois les choses, on peut interpréter le message comme un avertissement ou une menace. Dans les deux cas, celui ou celle qui se cache derrière ce pseudonyme a un lien avec le milliard manquant, et forcément, il m'intéresse.

— Compte tenu du fait que l'avion dans lequel Meazza devait embarquer pour l'Europe a sauté, vous penchez pour la menace...

— Exactement.

Cates glissa les pouces sous sa ceinture de cuir et releva son pantalon.

— Dramatiquement légère, votre piste.

— D'où ma réticence à en faire part. Et autant je m'attendais à ce que nous soyons observés, autant je n'ai pas imaginé un instant que nos adversaires nous visent à l'explosif.

— Anticiper n'est pas votre fort, à ce qu'il semble... Il y a dix minutes, j'aurais trouvé votre histoire farfelue. Plus maintenant. Je vais dégoter les ressources pour dénicher votre Meazza et nous allons jouer au chat et à la souris avec les petits malins qui lui courent après. Par contre, et je ne le répéterai pas, encore une cachotterie, ne serait-ce qu'une omission, et vous connaîtrez le même sort qu'eux.

Stephanie ne décela pas dans la mise en garde du lieutenant le second degré sous-jacent perceptible dans les propos qu'il avait tenus jusqu'alors. Pour la première fois, elle le trouva réellement inquiétant. Une intuition qu'elle voulut vérifier par elle-même en maniant le même humour que lui.

— Vous ne comptez tout de même pas interpeller l'agent Bryniarsky ?

Cates se tourna vers elle, le visage fermé, et la fixa de ses yeux devenus durs.

— Soyez assurée, Shark, que si je mets la main sur ces hommes, je ne gaspillerai pas mon temps à les arrêter.

La métamorphose se confirmait. L'explosion de la Dodge Avenger, couplée aux révélations d'Andrew, venait de changer la règle du jeu.

*

* *

Du haut de son poste d'observation, Goran savourait le pow wow improvisé par les représentants de l'ordre. Il les visualisa en pleine discussion autour d'un barbecue, sauf qu'en l'occurrence il leur faudrait griller leur viande à l'aide d'une voiture en flammes. L'image l'amusa d'autant plus quand le cow-boy de la bande lança un crochet au foie de l'agent du FBI. Même au travers des jumelles, le Serbe éprouva la puissance de l'impact. Le « pourquoi » de la situation lui échappait mais, même muet, le spectacle se suffisait à lui-même. Pendant que le trio s'expliquait, les grouillots appelaient les renforts. Pour la première fois de l'après-midi, les événements semblaient sourire à Goran. Mais voilà, il est un principe invariable de l'univers : quand tout va bien, un emmerdeur se pointe inexorablement pour gâcher la fête.

— C'est qui le plus fort ? hurla Bismarck dans l'oreillette.

— Toi…

— Parfait contrôle de la déflagration et du souffle. Je suis un monstre !

— Bravo, tu recevras une médaille.

En chocolat, tu pourras t'étouffer en la bouffant, pensa Goran avant d'enchaîner :

— Ils se doutaient que notre meilleure chance de retrouver la cible consistait à les laisser la retrouver pour nous. Maintenant, ils en sont encore un peu plus convaincus.

— Tu m'excuses mais je ne vois pas l'intérêt pour nous.

— Tu sais comment on gagne une guerre ?

— En étant dix fois mieux équipé et cent fois plus nombreux que l'ennemi ?

— C'est une solution, admit le Serbe à contrecœur, mais pas toujours applicable. Non, ce qu'il faut, c'est connaître par avance la stratégie de l'adversaire. Par chance, on ne fait pas plus prévisible que le FBI.

— Si tu le dis. Après tout, c'est toi le cerveau. Et maintenant ?

— Tu décroches, le quartier ne va tarder à grouiller de keufs.

— D'acc, et toi ?

— Moi, mon Bismarck, je m'apprête à exécuter un magnifique coup de billard à trois bandes.

Et figure-toi que tu es l'une d'elle...

Chapitre 20

Washington, au même moment.

Un verre de vin rouge calé entre l'index et le majeur, Nick Taggert, admirait l'immeuble du Watergate depuis la terrasse de sa suite. Avec sa forme en trois quarts de cercle, le bâtiment ressemblait à un crabe échoué sur les berges du Potomac. Si l'hôtel éponyme n'avait été fermé pour travaux, sans doute y aurait-il élu domicile pour humer le parfum sulfureux de l'Histoire. Que Bernstein et Woodward, deux journalistes du *Washington Post*, aient eu la peau du président Nixon en révélant les liens entre un casse mineur au siège du Parti démocrate et le patron de la Maison Blanche, l'effarait depuis sa plus tendre enfance. Il n'avait guère plus de quinze ans quand il comprit les tenants et les aboutissants de l'affaire, grâce au film de Pakula *Les Hommes du Président* mettant en scène Dustin Hoffman et Robert Redford[1]. Il réalisa alors à quel point la dénomination d'« homme le plus puissant du monde libre » n'était qu'une mascarade, et les dirigeants élus, des baudruches manipulables à l'envi. Les grands idéaux politiques martelés lors

1. Film américain sorti en 1976.

des meetings de campagne devant des foules hystériques ? Du théâtre. Les discours passionnés et poignants sur la grandeur de la patrie ? Une tartuferie.

Le seul idéal qui valait, l'unique vrai fondement de la politique n'était pas une philosophie, et moins encore une conviction. Non, l'alpha et l'oméga de cette sacro-sainte politique, la clef du pouvoir, se palpait, se manipulait avec fièvre, s'empilait en liasses dodues et portait un nom à faire saliver les légions tombées en son nom : le dollar.

Nick plongea sa main libre dans la poche de son peignoir et froissa de la pulpe de ses doigts les billets qu'il y avait rangés avant de se doucher.

Le contact sensuel du précieux papier lui procura un frisson orgasmique.

Les poches pleines de pognon, un vent de sud balayant ses cheveux, l'excitation procurée par l'attente de ses invités, le moment ressemblait à un aboutissement.

Comble de l'extase, le jingle de la chaîne d'information continue diffusée sur le téléviseur géant du salon retentit. Dramatique, anxiogène en diable, il se répétait en boucle depuis le milieu de journée suivi par une batterie de vidéos tremblantes filmées au téléphone portable. Le bonheur n'aurait pas été complet sans la voix off grave et solennelle du journaliste relatant pour la centième fois les circonstances de la catastrophe.

Incapable de résister à la tentation, Nick abandonna son poste d'observation et rentra dans la suite pour profiter d'un autre spectacle : témoignages bouleversants, images d'apocalypse de l'avion se désagrégeant dans les airs et de l'aérogare dévastée par la chute d'un moteur. Sur le plateau, une présentatrice coordonnait les duplex avec divers experts en terrorisme, aéronautique ou procédures de police. Au sommet de la pyramide du grand show de l'actu, une allocution du président lui-même. Imprégné par sa fonction, il lut un communiqué selon lequel tout était mis en œuvre, blablabla, que rien ne permettait de privilégier une piste, blablabla, et que Dieu bénisse les États-Unis d'Amérique. Amen.

Trente minutes de mots, d'images, d'émotion brute et de patriotisme dégoulinant avant d'en arriver au reste des nouvelles du jour, réduites à une peau de chagrin.

Au final, pas un mot sur l'accident dans la centrale nucléaire ni sur l'audition de Nick devant la commission sénatoriale du lendemain matin. À la une hier encore, l'information était aujourd'hui balayée. Le pied total.

Goran Curkovic n'avait plus qu'à parachever son œuvre mais, en l'état, l'opération pouvait d'ores et déjà être qualifiée de franc succès. L'ombre d'un remords avait survolé Nick lorsqu'il avait appris le décompte des victimes innocentes, mais elle s'était vite dissipée. Après tout, que pesaient deux cents vies face à des milliers d'emplois et plusieurs dizaines de milliards de dollars ? Rien, à l'évidence.

Les vibrations de son téléphone portable professionnel le rappelèrent à ses obligations.

— Angela ? Qu'est-ce que vous foutez encore au bureau ?

— Je termine de préparer les dossiers pour votre intervention au Sénat demain matin, monsieur, comme vous l'avez demandé.

— Je vous ai demandé ça, moi ? M'en rappelle pas.

La respiration lourde d'Angela Baron trahit son agacement. Nick adorait la sentir monter dans les tours. Énervée, elle dégageait une puissance érotique irrésistible qui donnait l'envie de la plaquer contre un mur et de relever brutalement sa jupe pour la prendre à la hussarde. Issue inéluctable à leur collaboration, simple question de patience…

— À quelle heure souhaitez-vous que votre chauffeur et moi venions vous chercher ?

— Ça dépend. Je passe quand devant les guignols ?

Nouveau silence, plus court. Nick en profita pour finir son verre.

— Onze heures.

— Soyez à mon hôtel pour 8 h 30, je potasserai le tout au petit-déjeuner.

On frappa trois coups secs à la porte.

— Angela, je vous laisse, ma dernière réunion de la journée va démarrer.

— Aussi tard ? Je n'ai pourtant rien d'inscrit à votre agenda.

— C'est ça, la vie de grand capitaine d'industrie !

Nick interrompit la conversation. Il saisit les deux télécommandes posées sur la table ronde en acajou jouxtant le canapé. Avec la première, il éteint le téléviseur. La seconde alluma la chaîne hi-fi. La voix mélodieuse et fluide de Michael Jackson entonna son hymne, *Thriller*.

Un immense sourire aux lèvres, Nick traversa le couloir tout en exécutant quelques pas de danse, puis il jeta un œil à travers le judas.

Dans le couloir de l'hôtel, une blonde filiforme aux longs cheveux raides poireautait à côté d'une petite brune frisée pulpeuse. Une beauté froide typée scandinave et une bombe latine « *muy caliente* » alliées pour satisfaire aux plaisirs d'un seul homme, Nick.

Le constat provoqua en lui une brutale poussée d'adrénaline.

Il ouvrit la porte et se fendit d'un « bonsoir » suave auquel elles répondirent en chœur de leurs voix juvéniles.

Nick sortit de sa poche la liasse de billets et la présenta aux deux jeunes femmes alternativement. Rompue à l'exercice, la blonde s'en empara afin de vérifier le montant. Elle en remit la moitié à sa camarade. La décontraction se lut sur le visage des filles.

Même les sourires s'achètent, pensa Nick en les invitant à entrer.

Plastique athlétique soulignée par des robes fourreau, jambes longues juchées sur des escarpins de dix centimètres de talons, maquillage excessif apportant juste ce qu'il fallait de vulgarité, vingt-cinq ans chacune à tout casser : produits conformes à la commande.

Il leur ordonna de s'embrasser tout en se déshabillant mutuellement. Elles obéirent, le vice dans l'œil. Spectacle délectable que ces deux jeunettes, inconnues une minute plus tôt, oubliées dans deux heures, sélectionnées sur un catalogue en ligne, prêtes à s'offrir sans retenue aucune.

Nick défit la ceinture de son peignoir. Enjoué, il admira son entrejambe pour constater, une nouvelle fois, que pognon et érection ne rimaient pas par hasard.

Chapitre 21

Passé la joie de bénéficier d'une chambre cosy et propre, ses douleurs soulagées par les soins prodigués par sa comparse, Enzo s'emporta contre l'absence de téléviseur. Il pesta contre l'impossibilité de suivre l'évolution d'une actualité explosive qui les concernait, Janet et lui, au premier chef. À cette légitime préoccupation, la jeune femme opposa l'absolue nécessité de pallier un autre besoin, certes prosaïque : se doucher ! La canicule, la poussière de l'aérogare dévastées et la marche forcée dans des ruelles sordides les avaient transformés en épaves crasseuses et sentant la sueur.

Galant, Enzo abandonna le premier tour à l'Anglaise qui ne se fit pas prier. Elle s'octroya dix minutes de pure détente sous un revigorant jet d'eau chaude. Elle ressortit de la salle de bains avec le moral regonflé et une sensation de fraîcheur et de propreté jouissive. Le peignoir moelleux de coton beige mis à disposition par l'hôtel acheva de la réconforter.

Enzo prit sa suite sitôt la place libérée. Toujours assis sur la moquette, il se releva avec les pires difficultés du monde. En chemin, il gémit, grogna, expira lourdement. Janet lui rappela de ne pas mouiller le bandage sur sa cuisse sous peine d'avoir à le refaire.

Il accepta poliment le conseil tout en déplorant que sa première douche en solitaire depuis cinq ans se vît gâcher par ses blessures.

Janet trouva touchantes ses attitudes d'ours mal dégrossi. Un sourire indulgent aux lèvres, elle sortit un petit sac à main pourpre de sa mallette, s'agenouilla sur le lit, puis entreprit d'évaluer le pécule dont ils disposaient. Une fois fixée sur la somme, un peu plus de mille dollars en additionnant les cinq cents du grand et beau barbu, elle s'allongea, mains derrière la nuque, et sombra rapidement.

Une litanie de jurons prononcés dans la langue de Machiavel tira Janet de son sommeil. L'esprit embrumé, elle ne pouvait dire si elle s'était assoupie cinq minutes ou cinq heures. Elle s'étira et promena son regard sur la pièce. Enzo était là, assis dans un fauteuil, dévorant un des sandwichs qu'elle avait achetés quelques heures plus tôt. Elle partit dans un fou rire en le regardant.

— Je sais, ce peignoir est un peu juste, constata-t-il en s'esclaffant à son tour.

Il tira sur les pans du vêtement pour essayer de l'agrandir, sans succès. Il lui tombait aux genoux, dévoilant des mollets poilus. Les manches, elles, s'arrêtaient à la moitié des avant-bras. Ainsi accoutré, même le plus séduisant des hommes perdrait toute sa superbe. Janet ne résista pas à cette vision. Loin de s'en vexer, il joignit ses rires à ceux de l'Anglaise, désormais parfaitement réveillée.

— Maintenant que j'ai gâché votre somme, peut-être puis-je m'en faire pardonner en m'acquittant de ma promesse ?

— Mais faites, mon cher.

Ainsi débuta un spectacle digne de la commedia dell'arte.

Enzo décrivit avec drôlerie et éloquence les circonstances qui l'avaient mené en prison, en agrémentant ses explications de grands gestes. Par moments, l'accent italien à la présence aléatoire réapparaissait.

Si la forme s'avérait passionnante à suivre, le fond éveillait en Janet des sentiments mitigés. D'un côté, elle admirait la passion avec laquelle Enzo exposait ses montages financiers complexes, trop sans doute pour qu'elle les comprenne totalement. D'un autre, l'homme qui se tenait face à elle décrivait une sombre escroquerie exclusivement sauvée du sordide par les montants en jeu. Au moins brisait-il l'armure, ne cherchant ni à séduire ni à plaire mais simplement à la divertir et à l'informer. Ce changement d'attitude infléchit encore un peu plus le regard qu'elle portait sur lui. Débarrassé des atours de séducteur qui le rendaient insupportable, cet homme s'exposait en toute simplicité. Et, en dépit de son apparence grotesque, Janet le trouva irrésistible.

— En gros, vous êtes une sorte de Madoff ? résuma-t-elle à la faveur d'une pause, décidée à lutter contre l'attirance qui croissait en elle.

— Pas du tout. Bernard Madoff a monté une escroquerie dite « Ponzi » du nom du créateur de l'arnaque, ça n'a aucun rapport avec ce que j'ai fait.

— Éclairez-moi parce que j'ai du mal à vous suivre.

— Au début du XXe siècle, un dénommé Charles Ponzi a utilisé et donné son nom au système. Vous allez voir, c'est très simple. Vous vendez à des investisseurs un placement en leur assurant une rentabilité énorme, mettons 10 % dans le cas Madoff. Mieux, ces 10 % sont garantis, quelle que soit la tendance des marchés financiers. Ils baissent ? 10 %. Ils montent ? 10 %.

— Je ne connais pas grand-chose à la finance, mais... ce n'est pas un peu absurde comme promesse ?

— Ah si, totalement. Vous apprendrez, ma chère Janet, que la cupidité a une certaine tendance à brouiller le jugement et à faire perdre le sens commun. Pour asseoir votre crédibilité, vous payez les premiers investisseurs comme promis. La rumeur de la bonne affaire se répand par le bouche-à-oreille et attire de nouveaux clients. À ce moment-là, vous commencez à refuser certains postulants.

— Dans quel but ?

— Pour donner la sensation à ceux qui bénéficient du système qu'ils appartiennent à un groupe de privilégiés. Quand vous avez tout, la seule chose que vous puissiez encore développer, c'est votre importance au sein d'un groupe social, gonfler votre ego en somme. Pour quelqu'un qui peut tout acheter, se voir refuser l'accès à un bien n'est pas une simple insulte, mais un levier d'accroissement du désir. Au bout d'un moment, cela devient carrément obsessionnel.

— Comme un mécanisme de séduction ? Plus vous vous refusez à quelqu'un, plus il a envie de vous ?

Enzo écarquilla les yeux et affecta d'être choqué. Il ajouta à la comédie un ton outré.

— Janet ? Quelle surprise ! Sous vos dehors austères, je ne vous imaginais pas...

La jeune femme sentit le rouge lui monter aux joues mais balaya sa réserve et releva le gant. Non par fierté, mais par envie d'explorer un terrain qui la terrifiait et l'attirait à la fois.

— ... au fait des règles du jeu de l'amour ? Comme tout le monde, j'ai un cœur, une libido, et j'aime sentir que je plais. Il n'y rien d'anormal là-dedans, et je n'ai aucune honte à le reconnaître.

Enzo cessa de faire le pitre. Il ne s'attendait visiblement pas à ce que Janet rebondisse sur sa boutade, et moins encore à une réponse aussi directe. La gêne changea de camp.

— Je vous imaginais... plutôt prude.

— Un pavé de plus sur la longue route de vos préjugés à mon égard. Ne pas se comporter comme une dinde ne signifie pas qu'on soit frigide, mon cher ami.

Pourquoi suis-je en train de lui dire tout ça ? se reprocha-t-elle, incapable de se refréner. Cet homme fleurait bon l'interdit, et, elle n'arrivait pas à y résister.

— Je ne sous-entendais rien de tel.

Et voilà le provocateur passé, sans prévenir, en mode « coffre-fort », visage verrouillé.

Janet ne sut comment interpréter ce brusque changement de comportement. Pourquoi amorcer une joute et s'en retirer à la première riposte ? Sans doute ne lui plaisait-elle pas. Peut-être, au contraire, lui plaisait-elle, théorie renforcée par le malaise perceptible d'Enzo quand Janet avait examiné puis soigné ses blessures. Un malaise largement partagé. Quand il avait invoqué ses cinq années d'abstinence, elle s'était bien gardée de l'informer qu'elle-même n'avait connu aucun rapport au cours des vingt-quatre derniers mois. Si lui ne s'en doutait pas, elle était pleinement consciente que deux bombes hormonales à retardement se trouvaient dans la même chambre après avoir échappé à la mort à plusieurs reprises en l'espace d'une demi-journée. De quoi déchaîner des pulsions qu'il s'empressa de refroidir.

— Je peux reprendre ?

À la recherche d'une contenance, Janet lissa son propre peignoir, s'éclaircit la gorge puis invita Enzo à continuer.

— Bien. Vous connaissez maintenant les prérequis pour lancer l'arnaque. Madoff s'est appuyé sur sa réputation immaculée et son parcours exemplaire pour mystifier un paquet de gogos. Pensez donc, quand le fondateur de Security LLC, le plus grand Hedge Fund du monde, ancien dirigeant du Nasdaq qu'il a contribué à développer dans les années 1990, impliqué dans les organismes de régulation de la Bourse, vous garantit 10 % de rentabilité, vous l'écoutez. Et maintenant, le cœur du système. Dans une chaîne de Ponzi, vous payez les souscripteurs originels grâce aux fonds apportés par les nouveaux clients. Au passage, vous prélevez une commission que personne ne vous reproche puisque, même votre rémunération déduite, les clients reçoivent encore 9 ou 9,5 % nets.

— Jusqu'au jour où il n'y a plus assez de nouveaux clients pour payer les anciens, c'est ça ?

— En effet, mais l'histoire peut durer longtemps avec une gestion prudente, en espérant qu'aucun imprévu ne provoque l'emballement de la machine.

— Mais voilà, la grande histoire l'a prouvé à maintes reprises, il y a toujours un imprévu.

— Eh oui, Janet. Dans le cas de ce cher Bernie, la crise des subprimes. Quand, dans la panique ambiante, ses clients ont voulu récupérer leurs capitaux, il ne pouvait faire face aux montants exorbitants des retraits. Jusqu'à sept milliards par jour alors qu'il ne disposait que d'un milliard dans ses caisses. Le château de cartes s'écroule d'un souffle. Au final, il aurait escroqué soixante-cinq milliards de dollars, principalement à des particuliers richissimes ou des sociétés d'investissement... Si vous voulez du croustillant, Steven Spielberg, Kevin Bacon, John Malkovich font partie de ses victimes.

— Je n'ai rien contre ces gens, mais je ne vais pas pleurer sur leur sort.

— Et que dire des multiples fonds de pension chargés de placer l'argent des retraites et qui ont acheté du Madoff en masse pour leurs clients ? Des gens qui ont travaillé toute leur vie ont vu l'intégralité de leur épargne se désintégrer. Les conséquences ont été dramatiques pour beaucoup de petits épargnants. Des associations caritatives en ont également fait les frais, à l'instar de celle d'Elie Wiesel.

— Et donc vous n'avez rien fait d'aussi abject ?

— Janet, vous avez écouté ce que je vous ai raconté au début ?

J'ai surtout observé vos mains et profité des inflexions hypnotiques de votre voix.

— Oui, mais j'ai perdu le fil.

— J'ai utilisé toutes les astuces de Madoff, de la réputation irréprochable et rassurante, jusqu'à la sensation donnée à mes clients que bénéficier de mes services était un privilège. Mais je ne m'en suis pris qu'à des gens riches, et surtout, désireux d'échapper au fisc, donc peu scrupuleux.

— C'est supposé faire de vous un héros ?

— Je ne prétends pas à ce titre.

— À part cinq ans derrière des barreaux, que vous a rapporté votre combine ? demanda-t-elle.

La réponse arriva après un long silence qu'elle interpréta comme une hésitation.

— Rien. Le ministère de la Justice a récupéré la totalité des sommes, avec de jolies amendes en bonus. Quant à mes biens personnels, ils ont été saisis jusqu'au dernier cent.

— Pardon si ma question vous semble naïve, mais si le gouvernement a tout récupéré et que vous n'y avez rien gagné, pourquoi avez-vous...

Un nuage de tristesse voila le regard d'Enzo. Il parut hésiter à nouveau, prêt à se livrer, mais se ravisa et balaya la question d'un revers de manche.

— J'ai mes raisons. Il est temps de dormir, une grosse journée nous attend demain.

Janet n'insista pas.

— Comment voyez-vous la suite des événements ? Une idée pour nous sortir de cette ornière ?

— Nous devons compter sur l'agent Bryniarsky pour nous protéger, mais il n'est pas question de mettre tous nos œufs dans le même panier. Le seul ami qui me reste pourrait nous aider. Je préfère vous prévenir, il est un peu spécial, et un rien caractériel, mais son assistance pourrait nous être précieuse.

— Vous piquez ma curiosité. Et il habite Dallas, cet ami ?

— New York. Nous prendrons un train demain matin.

— Ah oui, quand même.

— Eh oui, d'où la grosse journée que j'évoquais. Je vous laisse le lit. Si vous le permettez, je vous emprunte un oreiller.

— Vous dormez dans le fauteuil ? Parce que si vous préférez, le lit est assez grand pour...

— Merci, je vais m'installer par terre. En fait... si j'osais...
— Osez donc, supplia Janet, sentant son cœur s'emballer.

Chapitre 22

Quartier général de la police de Dallas,
au même moment.

L'immeuble abritant les services de police de la métropole texane grouillait d'une activité frénétique. En uniforme ou en civil, agents et officiers s'agitaient dans tous les sens et le pas de charge s'imposait comme l'unique mode de déplacement. De toute part, les téléphones sonnaient, les questions fusaient, les réponses claquaient. Le calme nocturne qui régnait dans la ville se brisait contre les remparts de l'énergie déployée par des centaines de femmes et d'hommes lancés dans une course contre la montre.

Habitués à l'atmosphère feutrée, pour ne pas dire monacale, du FBI, les deux agents avaient suivi Jeb Cates en se faisant les plus discrets possibles. La démarche chaloupée du lieutenant détonnait dans le chaos ambiant et lui conférait l'assurance tranquille de ceux que rien n'arrête. Droit dans ses bottes, il ressemblait aux shérifs campés par les John Wayne et autres Burt Lancaster, impavides sous la mitraille. Il était de la race de ceux qui n'expriment ni peur ni colère. Pour preuve, son calme olympien après l'explosion et l'absolue décontraction avec laquelle il avait séché Andrew dans la foulée, se fendant au passage d'un trait d'esprit au moment de le frapper. D'ailleurs, depuis cet épisode, et plus spécifiquement l'explication des gravures qui s'était ensuivie, il avait retrouvé calme et tempérance comme si rien ne s'était produit. Cates appartenait à une espèce en voie d'extinction : le « frontal ». On s'engueule, on se cogne, on se serre la main, on avance et on n'en parle plus. Une attitude brutale en apparence, mais finalement plus saine que les sourires de façade et les ronds de jambe générateurs de rancœurs larvées et qui finissent souvent par des coups de poignard dans le dos.

Andrew l'observait et voyait en lui l'antithèse d'un Meazza. Franc quand l'autre n'était qu'hypocrisie. Droit quand l'autre louvoyait sans cesse à la manière des couleuvres, ses congénères. Des pensées douloureuses et un ressentiment proportionnel à l'amour qu'il avait porté à son ami. Ce qui le torturait d'autant plus était que, malgré l'épreuve des faits, Andrew aimait toujours Enzo. Pas la caricature de séducteur qu'il jouait en public, mais l'homme réservé et drôle, à l'écoute de l'autre qu'il avait connu dans le privé. Un comportement proche du trouble dissociatif de la personnalité tant l'écart entre les deux aspects était grand.

Andrew lui-même s'interrogeait sur ses propres motivations. Souhaitait-il mettre la main sur le Griffon et découvrir le fin mot de l'affaire Meazza, secourir ce dernier ou… un peu des deux ? La réponse attendrait. Dans l'immédiat, seule primait l'impérieuse nécessité de retrouver sa trace et de stopper la folie destructrice qui, depuis maintenant dix heures, s'abattait sur Dallas. Le tout avec la désagréable intuition d'avoir été suivi sur la route qui avait mené le policier et les deux agents fédéraux jusqu'au Quartier général de la police...

*

* *

Andrew faisait les cent pas dans le vaste bureau dévolu à Jeb Cates. Celui-ci les y avait parqués, Stephanie Shark et lui, dix minutes plus tôt. Il s'était ensuite éclipsé, non sans leur avoir adressé un « Assis, pas bouger » péremptoire et méprisant. L'ordre similaire à celui d'un maître envers son chien n'avait suscité aucune protestation mais, au contraire, une acceptation silencieuse, de peur de subir à nouveau ses foudres.

Assise dans le fauteuil du lieutenant, tête penchée en arrière, Shark appliquait des cotons imbibés d'eau sur ses yeux rougis par la poussière projetée durant l'explosion de la Dodge. Pendant ce temps, Andrew marchait et enchaînait les étirements et autres exercices respiratoires. Les effets du coup de masse reçu en plein ventre perduraient et la douleur demeurait vivace.

— Vous souffrez toujours ? demanda la jeune femme.

— Cette montagne de muscles possède des boules de démolition en guise de poings. Je n'ai jamais eu peur d'une bonne bagarre et j'encaisse plutôt bien, mais en l'occurrence, oui, j'ai encore mal.

Stephanie se redressa sur son siège, cligna des yeux à plusieurs reprises, jeta les cotons salis dans une corbeille grise puis examina le bureau de leur hôte. Son regard s'attarda sur trois cadres disposés en triangle autour du téléphone. Elle saisit le plus petit d'entre eux et le tendit à Andrew.

— Tenez, de quoi soulager votre ego de mâle dominant.

L'agent spécial attrapa la photographie et émit un sifflement admiratif.

Le cliché montrait cinq hommes au garde-à-vous en file indienne avec, en arrière-plan, un bâtiment de brique rouge frappé du logo de l'US Army. Cadré à partir du plexus, les soldats portaient des vestes de treillis au motif camouflage couvertes de médailles, sur un tee-shirt moulant gris ras du cou. Le regard perdu à l'horizon, la mine sévère, ils exhibaient tous une musculature saillante. Le béret vissé sur leur crâne, dont un bord souple tombait sur le côté droit de leur visage, confirmait leur appartenance à un corps d'élite. Sur leur poitrine, leur nom brodé : Kurt, Brody, Radoksy, Walcott et... Cates.

La voix du lieutenant résonna soudain dans la pièce, arrachant un cri peu viril à Andrew, pour le plus grand amusement de Stephanie Shark.

— 75e rangers. J'y ai servi jusqu'à une mauvaise réception en parachute. Ligaments croisés du genou HS. Adieu l'armée, bonjour la police. Tant que j'y pense, et pour vous rassurer, Bryniarsky, j'ai remporté deux années consécutives le titre de champion poids lourds des armées.

— Ça ne me rassure pas, mais ça explique des choses, commenta Andrew, laconique, en se massant le foie.

Shark se montra plus pragmatique et concentrée sur l'affaire en cours.

— Ça explique surtout pourquoi vous savez reconnaître un artificier professionnel.

Cates salua le constat en inclinant la tête et en caressant le rebord de son Stetson.

— Correct, m'dame. J'ai vu suffisamment d'explosions pour savoir quand j'ai affaire à un amateur, un pro ou un expert. En l'occurrence, nous nous frottons à un maître en la matière. Au minimum, armée régulière, mais je pencherais pour un ancien des forces spéciales. Lesquelles, c'est toute la question. Dans le doute, j'ai demandé une recherche sur les mecs fichés dont le profil pourrait coller. Une bouteille à la mer, mais sait-on jamais. Et maintenant, la bonne nouvelle : la surveillance vidéo a localisé votre Meazza et sa petite copine. Ils sont entrés dans un hôtel à quelques blocks de l'accident et n'en sont pas ressortis pour l'instant.

— Et tout ça en dix minutes ? Efficace, dites donc.

Aux regards durs que lui renvoyèrent les deux hommes, Stephanie Shark réalisa la naïveté de sa remarque.

— On sent que vous n'avez jamais mené une enquête sur le terrain, jugea Cates sans indulgence. En définissant un périmètre dont le point central serait le lieu de l'accident on vérifie les images et c'est parti. Pas besoin de s'appeler Einstein.

— Je n'ai pas encore suivi ce module…, s'excusa-t-elle.

— C'est pourquoi vous resterez dans la seconde voiture, décida Andrew. Reste à savoir qui nous affectons à la première.

Le sourire niais qui barra de part en part le visage de Jeb Cates ne laissa aucun doute quant à la réponse.

Chapitre 23

Dallas, 4 heures du matin.

— J'ai l'impression d'être un lapin mis en joue par un chasseur…

— Gueuler ne changera pas la donne, Bryniarsky. La place du blaireau, c'est la place du blaireau !

Allongé sur le siège passager au dossier rabattu, santiags croisées sur le tableau de bord, Stetson posé sur le ventre, Jeb Cates s'amusait à rabrouer le fédéral pour le grand amusement de Stephanie Shark.

Elle montait la garde au volant de la voiture de surveillance secondaire qu'elle partageait avec le massif lieutenant tandis qu'Andrew Bryniarsky occupait le véhicule principal.

La tactique adoptée était d'une simplicité enfantine : un premier véhicule se chargeait de repérer, surveiller et suivre Enzo Meazza et Janet Livingston-Pierce. Il constituait ainsi un appât pour les tueurs à gages. Le second véhicule assurait la couverture du premier et tomberait à bras raccourcis sur lesdits tueurs sitôt ceux-ci démasqués. Suite à l'épisode explosif de la voie ferrée, le lieutenant avait préféré ne pas recourir à des renforts, peu disponibles tant les mesures de sécurité à l'échelle locale et nationale se montraient gourmandes en hommes. Par ailleurs, il jugeait Bryniarsky coupable de leur avoir fait prendre des risques et, s'il acceptait désormais de les partager, il se refusait à mettre en péril la vie de policiers peu préparés à une intervention aussi hasardeuse. Quant à Shark, elle s'était jointe à eux de son propre chef, trop excitée par la perspective de mener une affaire à son terme.

Avec son sens de l'humour sans concession, Jeb Cates avait donc intitulé la première unité « la place du blaireau » et la seconde « les gardiens du blaireau ». Et, en l'occurrence, le blaireau n'était autre que l'agent spécial du FBI Andrew Bryniarsky.

Depuis bientôt trois heures, ce dernier pestait à intervalles réguliers dans le radio émetteur qui reliait les deux équipes. Et Cates le renvoyait systématiquement à ses chères études en le bombardant de sarcasmes tous plus humiliants les uns que les autres. Des échanges stériles qui avaient au moins le mérite de distraire Shark et de tromper la fatigue d'une nuit blanche. Dans deux heures trente arriveraient les premières lueurs du jour, et avec elle l'inéluctable baisse d'attention causée par la privation de sommeil. Une aurore de tous les dangers.

Sous l'impulsion de Jeb Cates, les trois représentants de l'ordre transportaient un arsenal guerrier digne d'une troupe d'assaut. Deux fusils à pompe Remington 870P – l'inexpérience de Shark lui interdisait, selon ses coéquipiers, l'usage d'une telle arme –, grenades fumigènes, grenades aveuglantes, matraques télescopiques, et, « parce qu'on n'est jamais trop prudents », des boîtes entières bourrées de munitions. La tentation d'emprunter au SWAT quelques armes automatiques avait traversé l'esprit du lieutenant. Stephanie Shark s'y était opposée avec véhémence, arguant du fait qu'ils menaient une opération de police de leur propre initiative, sans autorisation hiérarchique et ne pouvaient donc justifier de l'emploi d'armes de ce type en cas de bavure. Ce rappel à l'ordre et à la raison n'avait pas reçu le soutien d'Andrew Bryniarsky, peu enclin à subir à nouveau les foudres de l'ancien champion poids lourds des armées, mais rencontra un écho favorable auprès de Cates. Il se rangea aux arguments déployés par la juriste mais confessa au passage un goût réel, à la limite du ludique, pour le surarmement.

« Si je me laissais aller, je dégommerais ces fumiers au lance-roquettes ! » avait-il claironné.

L'absence de second degré dans le ton de sa voix glaça ses camarades...

*

* *

Assis sur sa moto à plus d'une centaine de mètres en retrait de la voiture depuis laquelle Bismarck montait la garde, Goran patientait, casque intégral noir entre les jambes. Il profitait de la brise nocturne et maudissait par avance l'écrasante chaleur annoncée pour la journée à venir. Caché par une fourgonnette garée devant un magasin de sous-vêtements féminins, il alternait entre la surveillance des deux flics supposés couvrir leur appât de collègue et l'observation triste des bodies en dentelles et autres soutiens-gorge exposés sur des mannequins aux formes généreuses.

Dans son autre vie, avant la guerre, sa compagne raffolait de lingerie et il n'aimait rien plus que lui en offrir. Bianka aurait adoré cette boutique. Ils auraient pu en arpenter les rayons ensemble, mais l'Otan en avait décidé autrement. Un obus à l'uranium appauvri qui explose à proximité de son aimée. La leucémie qui se déclare quelques mois plus tard. Un combat acharné mais perdu d'avance. La mort comme une libération tant l'agonie est horrible. L'extinction des sentiments, l'abattement puis la haine, indicible, inextinguible.

Aujourd'hui, Goran ne s'intéressait plus guère aux femmes. Tout juste leur trouvait-il une vague nécessité hygiénique. Parfois, il les considérait comme un moyen de tromper la tristesse qui se rappelait à lui chaque jour de son existence.

La vision de la lingerie s'effaça au profit de son propre reflet dans la vitrine. Le reflet d'un homme aigri, sans rêves, sans avenir, porteur de mort pour qui se dresserait sur sa route ou figurerait sur son ordre de mission.

Goran saisit son casque avec la ferme intention de le projeter dans la vitre comme s'il pouvait briser son funeste destin et tout reprendre à zéro.

— Foutue nostalgie…

— Tu dis quoi ?

Emporté par son émotion, Goran avait oublié de couper le micro qui le reliait à son associé. Une opportunité idéale de retrouver concentration et contrôle de soi. À défaut d'être humain, autant rester professionnel.

— Rien. Tout va bien de ton côté ?

— Bof, ouais. Je ne comprends pas trop pourquoi je ne peux pas simplement entrer, trouver leur piaule, et les dégommer vite fait, bien fait.

— Parce que si tu mets un pied dans cet hôtel, le fédéral qui en surveille l'entrée va t'exploser la tête, Bismarck. C'est pourtant simple à comprendre.

— Je ne vois pas le problème ! Je passe à côté de sa caisse, je lui fous une grenade dans sa grosse gueule et on n'en parle plus.

— J'imagine que les entraînements à la subtilité sont facultatifs pour les flics sud-africains...

— Très drôle, le Yougo.

— À ta place, j'éviterais les paroles inconsidérées.

— OK, mais arrête de te foutre de ma gueule, alors ! Et pour ce qui est de la subtilité, je te garantis que dans certains quartiers de Johannesburg il vaut mieux tirer d'abord et parler ensuite. Aujourd'hui le coin est plus calme mais, à la grande époque, on ne rigolait pas, tu peux me croire. Quand j'ai tout plaqué pour me mettre à mon compte en 2010, on comptait encore seize mille meurtres par an dans le pays. Et attends, après la fin de l'apartheid, on tournait à près de vingt-quatre mille. Ces cons de noirs se déchaînaient. C'était le bon temps...

— Je te crois, Bismarck, je te crois. Si ça rigolait, comme tu dis, je ne t'aurais pas pris comme associé sur ce coup. Au passage, je constate avec soulagement que tu n'es pas raciste...

— Tu sais ce que c'est, la force de l'habitude. Ma génération a été élevée comme ça, les gentils Blancs, les méchants nègres. Quand tu intègres les forces spéciales de la police, tu découvres vite que la pourriture humaine n'a pas de couleur.

— À qui le dis-tu... Bon, le flic est repéré et nos cibles sont logées. Tout va pour le mieux dans le meilleur des mondes.

— Pas tout à fait.

— Pourquoi ? Tu as un souci avec tes flingues ? Un problème de bagnole ? De transmission ?

— Pire. Je vais tomber en rade de bouffe !

— Le drame.

Goran éclata d'un rire salutaire.

— D'après toi, ils font quoi dans cette piaule ? Ils dorment ou ils baisent ? demanda Bismarck.

— Je n'en sais rien mais, compte tenu de ce qui les attend, je leur souhaite de se faire plaisir, histoire de quitter ce monde sur un bon souvenir...

Chapitre 24

Dans la chambre d'hôtel,
8 heures du matin.

Enzo se réveilla au son d'un concerto de cliquetis plastique. Plongé dans un sommeil sans rêves, il crut d'abord se trouver dans la cellule où s'étaient consumées ses mille huit cent dix dernières nuits. L'absence de hurlements le déstabilisa. Selon les termes de l'administration, de nombreux détenus souffraient de désordres psychiatriques et s'adonnaient à des vocalises intempestives à toute heure. La plupart finissaient abrutis par un cocktail de somnifères et de calmants dont les effets s'estompaient au fil du temps, les obligeant à augmenter les doses. Enzo lui-même y avait eu recours après de multiples insomnies passées à fixer le mur face à sa couche. Il gardait un souvenir cuisant de cette période durant laquelle sa détermination et son équilibre mental avaient vacillé. Et il n'osait imaginer ce qu'il serait advenu de lui sans la préparation psychologique suivie avant son incarcération…

La température ambiante, délicieusement douce, le surprit également. Étuve en été, réfrigérateur en hiver, la prison lui rappelait ces films de science-fiction dans lesquels une planète lointaine et hostile voyait sa surface congelée la nuit se transformer en fournaise par le bon vouloir d'un soleil trop généreux. Les trois premiers hivers, les bronchites avaient succédé aux rhumes et mené nombre de ses compagnons à l'infirmerie. La pneumonie balayait les moins gaillards. À bien des égards, le passé sportif d'Enzo lui avait sauvé la vie, plus encore que sa volonté.

Une volonté renforcée par l'acharnement mis à tenter de l'éliminer depuis sa sortie. Coincé entre un Andrew Bryniarsky revanchard qui ne comprenait rien à rien et s'obstinait à lui pourrir la vie, des tueurs prêts à tout, venus d'on ne sait où et une Janet Livingston-Pierce lunatique à souhait, Enzo se demandait pourquoi le destin s'acharnait autant à l'empêcher d'aller au bout de sa mission. Garder la tête froide dans un tel environnement tenait de la gageure, d'autant plus qu'il fallait résister à l'attraction de plus en plus grande que l'Anglaise exerçait sur lui.

Elle possédait un caractère bien trempé, finalement assez solide au vu de ce qu'elle avait enduré au cours des dernières heures, mais savait aussi se montrer douce et compréhensive. Deux qualités dont les précédentes conquêtes d'Enzo étaient pour la plupart dépourvues. Obnubilé par son objectif final, il avait poursuivi de ses assiduités les cas les plus sévères d'égocentrisme, de besoin de reconnaissance, de gloire et d'argent les plus pathologiques qui soient. Le tout enrobé du plus bel habillage possible pour parfaire sa panoplie de play-boy tout aussi inconsistant que ses proies. Un déguisement lourd à porter mais indispensable pour approcher les victimes de son piège.

Raconter son histoire à Janet n'avait pas été si aisé qu'il l'avait laissé paraître. La tentation de tout lui révéler s'était emparée de lui, pour qu'elle sache la vérité, qu'elle porte sur lui un regard plus clément.

Oui, Enzo avait eu envie de plaire à cette femme simple, de ces beautés ordinaires qui, justement, n'avaient rien d'ordinaire. Pas la séduire en déployant l'arsenal habituel. Non, lui plaire, tout simplement, pour ce qu'il était vraiment et pas ce qu'il semblait être. Se montrer sans son armure, dans sa fragilité d'adolescent détruit puis révolté, lancé dans une vendetta sans pitié.

Juste avant de dormir il s'était apprêté à lui demander s'il pouvait s'allonger dans le lit, à côté d'elle, la prendre dans ses bras, ou trouver refuge dans les siens. Une force supérieure l'avait retenu.

— Si j'osais, avait-il commencé.

Quel imbécile !

Et elle de répondre : « Osez », des trémolos dans la voix...

Janet avait ouvert la porte mais Enzo s'était interdit de s'y engouffrer. « Les femmes bien ont droit à des hommes bien », se répétait-il sans cesse.

Alors, par peur d'abuser d'un moment de faiblesse, par respect pour sa douloureuse expérience avec son mari, il s'était borné à demander un oreiller. La déception engendrée lui valut une réaction glaciale. Abuser et décevoir, deux verbes clés dans sa vie, qui sonnaient comme une malédiction. Le seul choix offert à ceux lancés dans la quête d'une vengeance aveugle.

Il sortit finalement des brumes du réveil et se tourna vers le lit.

Assise sous les draps, Janet fixait son attention sur l'écran de l'ordinateur portable déplié sur ses cuisses.

Ses doigts agiles pianotaient sur les touches du clavier d'où montait le cliquetis entendu précédemment.

L'appareil ne ressemblait pas aux modèles destinés au grand public. Sur son épaisse coque figurait le logo Panasonic et l'inscription « Toughbook ». Certains clients d'Enzo, principalement ceux dont les professions exigeaient de travailler dans des conditions extrêmes, possédaient des modèles semblables et lui en avaient fait l'article. Étanche, d'une robustesse à toute épreuve, supportant des chutes et des chocs auxquels un être humain ne survivrait pas, résistant à des températures quasi martiennes, cette merveille pesait son poids et coûtait dans les quatre mille dollars. Carrément pas le PC de M. Tout-le-monde…

— Bien dormi ? demanda-t-elle en remarquant le geste amical de la paume qu'il lui adressa.

— Comme un bébé. Et vous ?

Il déplia sa grande carcasse et procéda à des rotations du bassin, toujours dans son peignoir trop étroit.

— Très bien.

— Que faites-vous ?

Il passa cette fois à des étirements pour tester en douceur l'élasticité de ses jambes. Soins et repos avaient fait leur œuvre et il pourrait se déplacer sans boiter.

— Je profitais de votre grasse matinée pour compulser des documents de travail.

— Quelle heure est-il ?

Janet se tourna vers la montre qu'Enzo avait déposée sur la table de chevet la veille au soir.

— Huit heures trente. Comment voyez-vous la journée ?

— Pour commencer, nous allons missionner notre délicieux concierge pour qu'il m'achète des vêtements plus discrets que mes fripes déchirées. Ensuite, comme je vous l'ai annoncé hier, nous nous rendrons à la gare pour monter dans le premier train à destination de New York. Et, dans l'intervalle, nous prierons pour qu'Andrew Bryniarsky nous protège de nos mystérieux ennemis. Le programme vous convient ?

— Si, en plus, vous me demandez mon avis, maintenant, je vais finir par vous trouver sympathique.

Rire gêné. Rebondir, vite.

— Vous êtes courageuse de si bon matin, déclara Enzo en pointant le doigt sur l'ordinateur portable.

— J'avais prévu d'analyser les données dans l'avion, mais…

Il interrompit la jeune femme.

— C'est vrai, au fait, vous ne m'avez pas dit dans quel domaine vous œuvriez.

— Joliment formulé. Monsieur a des lettres !

L'humeur joueuse de Janet rassura l'ancien avocat. Il répondit en se rendant à la salle de bains pour se passer un peu d'eau fraîche sur le visage à défaut de pouvoir s'offrir un café serré.

— Ne vous moquez pas, je suis italien de naissance, j'ai essayé d'apprendre un anglais académique. Ce fut long et compliqué mais, dans ma profession, une maîtrise parfaite de cette langue était indispensable.

— Vous êtes né italien ?

— Oui. J'ai pris la nationalité américaine il y a longtemps mais il m'arrive encore de penser dans ma langue natale.

— Je ne peux qu'imaginer, sourit-elle.

Il coupa le robinet et revint dans la chambre tout en essuyant vigoureusement sa barbe à l'aide d'une serviette.

— Alors ? Votre job ? Vous êtes diplomate, n'est-ce pas ?

— Vous dites cela à cause de mon passeport ?

— Passeport diplomatique, diplomate... j'ai résolu des énigmes plus complexes, ironisa Enzo.

— Navré de vous décevoir, Sherlock, mais cette fois vous n'avez rien résolu du tout. Le passeport en question a comme seul utilité de me permettre le transport de matériel sensible.

— Matériel sensible ? Mais encore ?

— Avez-vous déjà entendu parler de l'AIEA ?

Chapitre 25

Vienne, siège de l'Agence internationale de l'énergie atomique, six heures plus tôt…

Jean-Marc fumait son cigare suisse et dégustait son café en effectuant les cent pas devant le siège de l'Agence. Il savourait ces instants de calme avant la tempête et en profitait pour accueillir les employés les plus matinaux. Afin de donner l'exemple comme tout patron se doit de le faire, il mettait un point d'honneur à arriver en premier. Ainsi profitait-il également du spectacle de cette ruche encore vide mais qui déborderait bientôt d'une activité quasi hiératique.

Sur les dix personnes déjà venues le saluer, toutes possédaient des nationalités différentes. Il ne se lassait pas de cette ambiance cosmopolite. Tous les jours, deux mille cinq cents collaborateurs issus de la centaine de pays contributeurs, dont les drapeaux flottaient haut dans la cour intérieure, prenaient d'assaut les deux grands immeubles incurvés.

Mais, après une nuit sans sommeil, cette journée débutait sous de bien piètres auspices. La vigueur de ses poignées de main s'en ressentait. Moins concentré qu'à l'ordinaire, Jean-Marc Le Morvan laissait son esprit vagabonder.

Telle la banquise à la fonte des glaces, le voile d'épais nuages blancs se morcelait en minuscules îlots, laissant filtrer les rayons du soleil dans le ciel de la capitale autrichienne.

Il trouvait dans ce spectacle matière à tromper son anxiété. Le climat automnal qui frappait le pays depuis le début du mois de juillet se dissipait enfin au profit d'un été espéré de tous.

Éternel optimiste, le directeur du service Sûreté et sécurité nucléaire, voulait voir un signe positif dans cette évolution météorologique.

« Le soleil vient toujours après la pluie », se plaisait-il à répéter dès qu'une situation semblait hors de contrôle. D'ordinaire, le destin se pliait à sa volonté, et les problèmes se résolvaient comme par enchantement. Ses plus proches collaborateurs le raillaient en évoquant les dons magiques d'un Breton né à proximité de Brocéliande. Ils poussaient même le vice jusqu'à le surnommer « le Druide » ou « Merlin ». Des sobriquets qu'il acceptait de bon cœur tant ils rendaient hommage, à leur manière, à la sagesse de ce vétéran.

Les pouvoirs qu'on lui prêtait n'illustraient que la somme de l'expérience accumulée au cours de multiples situations critiques. Hans Blix, Mohammed el-Baradei, Yukiya Amano, il avait travaillé auprès des directeurs emblématiques de cette institution née en 1957.

Entré à l'Agence trente ans plus tôt comme simple inspecteur, il en avait gravi les échelons à force de travail et d'abnégation. Trois décennies de voyages à travers le monde, de décalages horaires accumulés au-delà du raisonnable, de missions effectuées dans des pays hostiles, de nuits passées seul dans d'improbables bouges au fin fond de nulle part, de sandwichs engloutis sur le pouce en rédigeant les rapports attendus par sa direction. Un mode de vie difficilement compatible avec la vie de famille dont il avait rêvé dans sa prime jeunesse. Deux divorces en attestaient, tout comme la détestation que lui vouaient les deux filles nées de ses unions.

Le jeune ingénieur idéaliste aux cheveux bruns, à la taille mannequin et au visage d'ange approchait maintenant de la retraite. Les cheveux avaient blanchi et de lourdes poches gonflaient sous ses yeux toujours aussi vifs.

Et ce matin, même ses épaules se voûtaient sous le poids de la peine.

Cinq de ses inspecteurs se trouvaient à bord de l'avion Dallas-Paris parti en lambeaux la veille au soir, heure de Vienne. Et pas n'importe quels inspecteurs. Sa meilleure équipe.

Le groupe rentrait d'une mission de la plus haute importance, susceptible de confirmer des soupçons planant depuis des mois. Selon le dernier mail reçu peu avant le décollage, ils détenaient des informations susceptibles de soulever un scandale d'échelle planétaire. S'ils avaient péri dans la catastrophe, tout tombait à l'eau.

Mais là n'était pas l'essentiel.

Au fil des ans, il avait tissé avec ses collaborateurs des liens dépassant le strict cadre professionnel et, sur les cinq disparus, tous méritaient le titre d'ami. Et que dire de la seule femme de l'équipe, Janet Livingston-Pierce, qu'il considérait comme sa fille de cœur ? Une jeune femme remarquable de sérieux et de courage, méticuleuse en tout, et dont l'esprit et l'humour « so british » l'avaient charmé dès leur première rencontre, trois ans plus tôt.

Un soir, il avait été le témoin involontaire d'un échange téléphonique entre Janet et son époux au terme duquel elle s'était effondrée en larmes. Ému de la voir ainsi dévastée, il s'était autorisé à la réconforter et à partager avec elle ses propres déboires sentimentaux. Comme dans le travail, il avait appliqué son mode de management préféré : le partage d'expérience. Pour ne pas commettre deux fois les mêmes erreurs. Pour éviter aux autres de commettre les siennes. Pour que des pires malheurs jaillissent les plus grands bonheurs.

« Faites confiance à votre joie », se plaisait-il à lui répéter.

Une phrase absconse en apparence auquel l'esprit analytique et scientifique de Janet se heurta.

« Au plus profond du gouffre, confronté à la peine et à la douleur, l'être humain recèle en lui-même une force inextinguible, parfois enfouie, mais bien réelle. Il suffit souvent d'un rire, d'un sourire, d'un regard bienveillant pour qu'elle surgisse, nous pousse et nous élève. »

À force de la marteler, elle finit par en admettre la logique.

« Cette force dont vous parlez, ce serait donc la joie dont nous serions tous porteurs… », avait-elle admis.

Depuis cette soirée, à chaque retour de déplacement, Janet et lui partageaient des dîners autant professionnels que privés. Jean-Marc attendait de la retrouver autour d'un nouveau repas au Rathauskeller, restaurant chic de la capitale autrichienne où ils avaient leurs habitudes.

Qu'elle ait trouvé la mort dans cet avion était tout bonnement insupportable.

Les entrailles nouées, il ne parvenait pas à réunir ses pensées, trop occupé à lutter contre les tremblements qui, par vagues régulières, tentaient de s'emparer de son corps.

Il tira sur son cigare en fin de vie pour tromper sa détresse. Les volutes de fumée au parfum vanillé s'élevèrent devant ses yeux rougis par l'insomnie. Au milieu de ce brouillard, il reconnut la silhouette filiforme de Salma Gazzal qui avançait vers lui à grande vitesse.

Jean-Marc dissipa hâtivement la brume. Si son assistante égyptienne et lui formaient un tandem inséparable, la quinquagénaire au caractère bien trempé haïssait l'odeur du tabac et ne manquait pas une occasion de le rappeler.

Nul besoin pour cette femme racée, au port de tête altier et au regard fier, d'ouvrir la bouche pour marquer son mécontentement. Quand elle plissait les paupières et plantait ses yeux en amande dans les vôtres, vous saviez. De plus audacieux que Jean-Marc s'étaient liquéfiés devant elle. Salma impressionnait mais ne correspondait pas aux critères de beauté classiques. De longues jambes dessinées à la perfection qu'elle mettait en valeur par de longues jupes fuselées et des escarpins à hauts talons fins. Un corps de rêve, certes, mais affligé d'un visage dur. Salma possédait cependant un charme certain, renforcé par une voix éraillée et un accent qui fleurait bon les rives ensoleillées du Nil.

Fidèle à ses habitudes, elle tendit une main ferme à Jean-Marc qui la saisit, certain de se faire broyer les doigts. Mais cette fois, il n'en fut rien. La poigne manquait singulièrement de force.

Salma serrait dans sa main libre des feuilles de papier roulées comme un papyrus antique.

— La compagnie m'a transmis la liste des passagers qui se trouvaient dans l'avion, déclara-t-elle en guise de salutation.

Jean-Marc demeura silencieux dans l'attente de la funeste confirmation. Salma poursuivit :

— La présence de quatre de nos employés est confirmée.

— Quatre ?

Il arracha sans ménagement les feuilles de la main de son assistante.

Il parcourut le catalogue des noms imprimés.

— Janet Livingston-Pierce n'apparaît pas dans cette liste, affirma Salma.

Jean-Marc crut que ses jambes l'abandonnaient et lutta pour conserver son équilibre.

Tiraillé entre la perte de ses hommes et la joie qu'il existe une chance que Janet ait échappé à la catastrophe, il ne savait plus s'il devait se réjouir ou se lamenter.

À partir de cet instant, le directeur reprit le dessus, balayant les émotions confuses au profit du pragmatisme exigé par la fonction. Et les interrogations de jaillir. Pourquoi n'était-elle pas à bord de l'avion ? Si Janet était en vie, peut-être détenait-elle les données susceptibles de poursuivre l'enquête en cours. Mais alors, pourquoi n'avait-elle pas appelé ? Autant de zones d'ombre à lever. Autant de raisons d'espérer !

Agir vite et bien.

Jean-Marc sonna le branle-bas de combat

— Alertez l'Agence pour le nucléaire américaine. Signalez-leur la présence de nos inspecteurs à bord de l'avion. Je me charge du Département d'État pour demander qu'ils retrouvent Janet au plus vite. Je vais également activer mes contacts au sein de la NSA[1]. Et annulez tous mes rendez-vous, rien ne doit venir interférer tant que nous n'en savons pas plus. D'accord ?

Salma acquiesça en silence et repartit d'un pas aérien.

Jean-Marc la regarda s'éloigner, le cœur empli d'une énergie nouvelle. Il tira une dernière fois sur son cigare au goût retrouvé et leva les yeux vers le ciel dans lequel le soleil brillait désormais.

Toujours faire confiance à sa joie..., pensa-t-il avec mélancolie.

1. NSA : National Security Agency ou Agence nationale de la sécurité.

Chapitre 26

Dallas, dans la chambre d'hôtel, 9 h 30.

D'abord réticent à rendre le moindre service, le tenancier de l'hôtel avait accepté d'effectuer des achats pour le compte d'Enzo moyennant une épaisse liasse.

Sur la liste des courses figuraient de la mousse à raser, un paquet de rasoirs jetables, un pantalon et un sweater noir et enfin une paire de baskets pour femme pointure 38. Porter des vêtements indétectables et se débarrasser d'une barbe devenue trop reconnaissable depuis le reportage télévisé constituaient les deux priorités de l'ancien détenu. Quant à l'Anglaise, elle ne pouvait pas continuer à évoluer pieds nus depuis la perte de ses escarpins durant sa fuite de l'hôpital.

Pendant qu'il négociait d'arrache-pied avec le concierge, Janet profitait de la salle de bains.

Enzo se félicitait qu'elle n'eût pas à subir les clins d'œil lubriques et les sous-entendus graveleux de cet odieux personnage. Ce dernier s'était éclipsé en assurant régler les courses en moins de vingt minutes. Au vu de la rémunération exorbitante exigée pour une tâche aussi basique, s'en acquitter rapidement était bien la moindre des politesses.

Même si, pour ce type d'individus, ce simple mot ne signifiait rien.

Enzo referma la porte sur le coursier de fortune, satisfait d'envisager un départ dans la demi-heure à venir. S'il prenait un plaisir croissant à la compagnie de Janet, la sensation d'enfermement le gagnait peu à peu et, à chaque seconde qui passait, il sentait les murs de cette chambre se resserrer sur lui.

La méthode transmise par son premier compagnon de cellule pour lutter contre la claustrophobie s'imposait d'urgence.

Il s'assit sur le bord du lit et centra son attention sur ses doigts de pied, particulièrement le gros orteil. Il se concentra ensuite sur sa respiration. Enzo s'apaisa. Pour plonger entièrement dans l'autohypnose, il ne lui restait plus qu'à se projeter dans un souvenir agréable. Son enfance dans le nord-est de l'Italie lui vint en premier à l'esprit. Janet lui prodiguant ses soins supplanta sa vision.

Nouvelle tentative.

Son premier match de basket sur le sol américain avec l'équipe de l'université qui l'avait recruté. Un premier pas vers son rêve de NBA. Janet allongée dans le lit, son ordinateur de compétition déployé sur les cuisses. Il l'entendit à nouveau expliquer les tenants et les aboutissants de sa profession pour le moins atypiques.

Enzo soupira. Peine perdue, il lui était impossible de sortir cette femme de sa tête. Heureusement qu'elle se trouvait encore sous la douche... Non, surtout ne pas y penser...

Reprise de zéro. Orteils, respiration, Janet parlant de son métier.

« Mon travail au sein du Département Sûreté et sécurité nucléaire de l'Agence internationale de l'énergie atomique consiste à inspecter des installations à la recherche de failles dans les systèmes de protection et d'exploitation du matériau nucléaire. Je rédige ensuite des recommandations à l'usage des dirigeants des centrales afin qu'ils améliorent leur dispositif. »

Enzo s'était étonné de la nécessité de telles inspections.

« Je ne peux pas tout vous révéler pour des raisons évidentes de confidentialité, mais si le grand public savait à quel point certaines installations sont défaillantes, la panique gagnerait vite la population. »

À titre d'exemple, elle avait évoqué une visite en Afrique au cours de laquelle elle s'était aperçue que les lignes téléphoniques entre la salle des commandes du réacteur nucléaire et les forces de sécurité extérieures ne fonctionnaient pas. Pire, elle avait eu recours à la complicité de la police pour tester la sécurité d'une centrale au Ghana.

Avec l'aide d'un policier, un groupe de prétendus écologistes avait pu introduire une arme dans la centrale et prendre le contrôle de la salle des commandes. Fouille bâclée, naïveté des gardes, lignes téléphoniques en panne en dépit des recommandations déjà émises, l'opération s'était avérée un jeu d'enfant et avait tourné à l'humiliation pour les responsables de la sécurité.

Summum du pittoresque, les forces d'intervention avaient mis près de vingt minutes pour se rendre sur les lieux, à cause d'une erreur de signalisation routière.

Et, selon Janet, l'exemple ghanéen ne représentait pas une exception.

Elle avait ensuite survolé ses innombrables voyages à travers le monde, de la Libye post-Kadhafi à la Corée du Sud en passant par la Bulgarie.

Les pérégrinations de Janet à travers le monde résonnaient aux oreilles d'Enzo d'un écho étrangement familier et le renvoyait à son propre parcours. Boulimie de travail au détriment d'une vie personnelle, désastreuse pour elle, inexistante pour lui. La fuite en avant pour repousser peines et peurs. Deux boulets attachés à nos chevilles et qui nous suivent où que nous allions, quoi que nous fassions. La fuite n'est qu'un leurre.

Ou quand une même illusion prenait des formes diamétralement opposées…

Janet s'oubliait dans l'accomplissement de tâches dédiées au bien collectif.

Enzo exorcisait ses démons en retournant contre eux les flammes qui leur servaient d'armes.

D'un côté la construction, de l'autre la destruction. Ou du moins, l'apparence de la destruction.

Au temps pour les pensées positives…

Enzo le sentait jusque dans ses entrailles, les derniers pas vers son but final seraient les plus ardus.

Il secoua la tête, déprimé par ses réflexions.

Au moins la crise de claustrophobie s'était-elle évanouie.

*

*   *

— Encore une femme et un homme qui sortent en partant chacun de leur côté… Ce ne serait pas le rendez-vous de prédilection des couples illégitimes, votre hôtel ?

L'intervention par voie de radio interposée d'Andrew Bryniarsky vrilla les nerfs de Jeb Cates.

— Pour commencer, ce n'est pas mon hôtel, Bryniarsky. Ensuite, je n'en ai pas la moindre idée.

— Je croyais que c'était votre ville, shérif.

Deux heures plus tôt, le lieutenant aurait encore souri à l'humour de l'agent. Harassé par une nuit blanche, sa patience atteignait ses limites. Il prit cependant sur lui de les repousser avant d'envoyer définitivement sur les roses l'autre imbécile.

— Je n'ai jamais eu de raisons de mettre les pieds dans cet endroit. Vous savez que tant que les gens ne commettent pas d'infractions, ce qu'ils font ne concerne pas la police ?

— Je disais ça pour passer le temps, inutile de monter sur vos grands chevaux. Ah, surprise, un type seul sort à son tour. Je ne vous décris même pas le format du clodo.

La saillie de trop...

— Mais pitié ! Ça fait des plombes que vous la ramenez sans arrêt, Bryniarsky. Vous n'arrêtez pas de geindre, de nous abreuver de commentaires sans intérêt, à croire que c'est votre première filature. Une opération « sous-marin », c'est déjà long et pénible, mais avec vous les records sont explosés ! Offrez-vous une vie intérieure et fermez-la cinq minutes, ça nous fera des vacances !

Cates reposa son émetteur d'un geste agacé puis se tourna vers Stephanie.

— Il est chiant ce mec.

— Ne soyez pas trop dur avec lui, tenta-t-elle de l'apaiser. Il doit être inquiet pour Meazza. Ces deux-là étaient très proches.

— Votre indulgence vous honore, mais il y a un truc que je ne comprends pas. Enfin, non, il y en a plusieurs… disons qu'il y en a un qui me chiffonne plus que les autres depuis que Bryniarsky nous a raconté l'affaire Meazza.

— Dites-moi. Je connais parfaitement cette histoire, peut-être puis-je vous éclairer.

— Vous dites qu'ils étaient proches, alors comment se fait-il que l'enquête ait été confiée à Bryniarsky alors qu'il était lié au suspect ?

— Vous mettez le doigt sur une autre étrangeté du dossier. Les affaires internes ont investigué de fond en comble sur les liens qui unissaient Meazza et Andrew.

— Et ?

— Et si Andrew Bryniarsky avait bénéficié de la moindre faveur de la part d'un homme suspecté d'avoir détourné des fonds, il serait tombé quasi automatiquement. Mais ils n'ont rien trouvé. Meazza ne lui a jamais fait le moindre cadeau, jamais payé le moindre verre, et pourtant, l'enquête a révélé qu'il arrosait volontiers son entourage. Il offrait des montres, des voyages, louait des yachts, et j'en passe. Ce type dépensait sans compter pour s'attirer les faveurs des puissants.

— Vous ne trouvez pas ça surprenant ?

— Andrew a sans doute été prudent.

— Ouais… À moins que… Il ne vous est jamais venu à l'idée que l'autre pourriture l'aurait tout simplement protégé ?

— Je l'ai envisagé. Tout le monde l'a envisagé, mais personne ne voit dans quel but.

— Vous êtes consciente que rien ne colle dans l'affaire Meazza ? On dirait que ce mec joue à un jeu dont il serait seul à connaître les règles et, plus encore, l'objectif final.

— Je partage votre point de vue, mais tout ce que nous avons aujourd'hui, c'est une multitude de questions sans réponses.

— J'en ai une à laquelle vous pourrez répondre. Quelle est votre histoire, agent Shark ?

La soudaineté du changement de sujet désarçonna Stephanie Shark.

— Mon histoire ?

— Oui, qu'est-ce qui vous a amené au FBI ? Pour Bryniarsky, entre la parano, la culture du secret et d'évidentes pathologies psychiatriques, je vois bien. Mais, contrairement à lui, vous me semblez une personne équilibrée. Alors ?

Stephanie rit de bon cœur pendant que ses petites joues rondes s'empourpraient.

— Je ne cherche pas à vous draguer, assura Cates, conscient de la gêne suscitée par un intérêt auquel elle paraissait peu habituée.

— Il n'y a pas d'histoire, lieutenant. J'ai eu une enfance paisible, dans une petite ville de Virginie. J'ai obtenu de bonnes notes à mes examens de droit et, comme le FBI recrutait directement à la fac, de même que de nombreux organismes et entreprises, je me suis laissé tenter.

— Des loisirs, des passions, un M. Shark ?

— Je pratique la natation et je m'entraîne pour courir le marathon d'Hawaï, un rêve de gosse. Pas de M. Shark.

Regard fuyant, voix mal assurée, Stephanie montrait tous les signes d'un manque d'estime de soi qui troubla Cates.

Comment une femme jolie sans être clinquante, intelligente à en juger par la pertinence de ses remarques et ses analyses dispensées avec parcimonie, pouvait-elle à ce point manquer de confiance en elle ?

Jeb côtoyait trop de grandes gueules pour ne pas apprécier les taiseux, plus proches de sa culture militaire. Dans les rangers, on ne se vantait pas, on agissait. On ne la ramenait pas, on obéissait, sinon des gens mouraient. C'était aussi simple que cela.

Avec le temps et l'expérience, il avait appris à lire en ceux qu'il croisait comme dans un livre ouvert. Bryniarsky possédait les attributs d'un sergent, certes efficace sur le terrain mais aveuglé par une forme de suffisance incompréhensible. Stephanie Shark recélait toutes les qualités d'un stratège. Derrière son air réservé, elle observait, écoutait, analysait tout. Sa seule limite, désormais révélée au grand jour, tenait en une timidité maladive que l'ancien ranger au caractère en acier trempé jugeait insupportable !

Il s'apprêtait à lui sortir un grand sermon sur l'affirmation de soi quand une citation à l'origine incertaine lui revint à l'esprit.

— Ignorer son talent facilite la réussite des médiocres.

Tandis que Stephanie Shark hochait timidement la tête, le téléphone de Jeb Cates vibra dans la poche intérieure de sa veste.

— Cette conversation est loin d'être terminée, la prévint-il.

Il sortit son smartphone et déplora de le voir afficher un numéro inconnu. Le lieutenant reconnu cependant l'indicatif du district de Columbia.

— Oui ? Lui-même. Pouvez-vous répéter ? Bonjour, madame. Oui, c'est moi qui suis à l'origine de la fiche de signalement mais… Je vous demande pardon ? Vous êtes sérieuse ? D'accord. Je comprends, madame. Bien sûr. C'est une évidence. Je me trouve justement à proximité de l'hôtel où... Bien. Je fais le nécessaire, madame, comptez sur moi.

Il raccrocha et resta un moment stupéfait, les yeux rivés sur son mobile.

— Que se passe-t-il ? s'enquit Stephanie avec sollicitude.

— Il se passe que votre crétin de collègue nous a collés malgré lui dans une foutue mélasse.

Il s'empara du micro et contacta Andrew Bryniarsky.

— Changement de programme. Je viens vous retrouver, Shark assurera notre couverture.

À l'autre bout du fil, l'agent spécial manqua s'étouffer.

— Quoi ?

— Vous m'avez parfaitement compris. J'arrive.

— Comment ça, « j'arrive » ?

Jeb ne répondit pas. D'un même mouvement, il ouvrit sa portière et dégaina son pistolet. Juste avant de sortir, il se tourna vers Stephanie qui pointait sur lui un regard à la fois incrédule et inquiet.

— Vous ne quittez pas des yeux l'entrée de l'hôtel. Si quoi que ce soit vous paraît suspect, si vous voyez quelqu'un dont la tête ne vous revient pas, vous tirez d'abord. Dans l'immédiat, vous appelez le central et vous leur annoncez un code 3 et signalez un 41-25. Ils enverront des unités toutes sirènes hurlantes et parées pour une attaque à main armée en cours.

Cette fois il sortit et se dirigea vers le coffre de la voiture qu'il ouvrit. Lorsqu'il le referma, il tenait en main son fusil à pompe qu'il cacha autant que possible sous sa veste.

Il longea à nouveau le véhicule.

— Mon indicatif est « Crockett », lança-t-il à Shark qui, micro en main, exécutait les consignes. Vous y ajoutez votre numéro de badge d'agent du FBI, ça leur suffira. Capté ?

— Compris, mais expliquez-moi au moins de quoi il retourne.

— Il retourne que Meazza n'est peut-être pas la cause de tout ce bordel.

Chapitre 27

— Y a le cow-boy qui se pointe à la première voiture !

Le cri de Bismarck vrilla les oreilles de Goran au moment où il s'emparait de ses jumelles pour observer la scène plus en détail.

— Inutile de me crever les tympans, je vois la même chose que toi.

— Il a un pompe à la main, ce con. On fait quoi ?

Goran maudit son manque de prévoyance. À tout miser sur la destruction de l'avion, il avait négligé la logistique connexe. S'il s'était muni d'un fusil de haute précision, le sort du flic au Stetson et des deux guignols du FBI serait déjà scellé, ni vu ni connu. Mais ce connard de commanditaire tenait à ce que l'opération entière passe pour un accident, histoire de détourner les soupçons de sa personne et de son entreprise, alors pourquoi s'encombrer d'un matériel a priori inutile ? Sans être géniale ou innovante – combien de meurtres, et pas des moindres, avaient-ils été déguisés en accidents au fil du temps –, l'idée se défendait et tout était mis en œuvre pour la mener à bien. Recourir à prix d'or aux services de Bismarck, immense connard mais merveilleux artificier devant l'Éternel. Soudoyer un responsable de la sécurité de l'aéroport et un bagagiste pour introduire une valise bourrée d'explosifs dans la soute de l'appareil. Éliminer les deux sitôt leur service terminé. Découper les corps en petits morceaux et les faire disparaître six pieds sous terre. Simple, efficace, du cousu main.

Seulement voilà, sur les cinq personnes programmées pour mourir dans l'épouvantable explosion, une n'avait rien trouvé de mieux que de ne pas embarquer. Encore heureux que cette femme ait été filmée par la télévision et que le client s'en soit aperçu, faute de quoi toute l'opération se serait soldée par un fiasco pur et simple.

Goran se foutait de savoir par quel concours de circonstances la jeune femme avait échappé à une mort certaine. Peu lui importait l'identité du grand barbu qui lui avait évité de finir écrasée. Ou pourquoi un agent du FBI surgi de nulle part avait jeté sa voiture contre la leur.

À ce stade de la mission, seules deux choses comptaient : le bordel ambiant, compliqué à gérer, et les mathématiques, douloureuses.

La corruption des deux membres du personnel aéroportuaire avait grevé d'un quart l'acompte d'un million de dollars perçu par Goran. Le recrutement de Bismarck, forfait pilotage, fourniture des explosifs et conception de la bombe inclus, cinq cent mille. Frais généraux, matériels divers, véhicules, encore quelques billets. Grosso modo, en l'état, le contrat ne laissait pas plus de deux cents sacs de bénéfices. Même pas le tarif minimum pour une balle logée en pleine nuque, dans le hall désert d'un immeuble, soit moins d'une journée de boulot, repérage et filature compris. Sauf à percevoir le solde promis à finalisation de la mission, soit deux millions dont une nouvelle moitié pour le Sud-Africain, tout ce merdier ne vaudrait tout simplement pas le coût.

Paniqué par l'absence de réponse de son équipier, Bismarck hurla à nouveau.

— Putain, alors on fait quoi ?

Goran releva la visière de son casque et régla ses jumelles sur le cow-boy et l'agent du FBI lancés en pleine discussion devant l'entrée de l'hôtel.

— Tu attends, tu observes et tu arrêtes de crier ! Moi, j'appelle le client.

*

* *

Andrew sortit à son tour de sa voiture et en claqua violemment la portière. En voyant Cates approcher au trot, fusil calé sous sa veste et plaque de police bien en vue au revers de sa veste, l'agent s'équipa à son tour de son insigne du FBI et du Glock .22 fourni par Stephanie Shark.

— Ça vous ferait mal de m'expliquer ce qui se passe ? s'écria-t-il.

— Le ministère de la Justice m'a donné l'ordre d'exfiltrer Janet Livingston-Pierce sans délai.

— Quoi ? Ce sont mes employeurs, pourquoi ne m'ont-ils pas appelé ?

— Parce que c'est moi qui ai lancé une demande de renseignement au nom de Janet Livingston-Pierce, et que c'est mon nom qui est apparu sur leurs écrans. Je vous expliquerai une fois à couvert. Maintenant, on bouge parce que je n'ai aucune envie de jouer les cibles immobiles en plein milieu du trottoir.

La dernière observation suffit à remporter l'adhésion d'Andrew qui, sans rien comprendre, estima de surcroît judicieux de ne pas se donner en spectacle à des passants déjà soumis au stress d'une actualité pour le moins anxiogène. Provoquer une nouvelle panique ne servirait qu'à mettre en danger des vies innocentes, surtout si, comme Cates, Shark et lui-même le pensaient, les tueurs, tapis dans les parages, attendaient leur heure.

*

* *

Les sonneries téléphoniques se succédaient, faisant craindre à Goran de tomber sur un répondeur. Pour sauvegarder la confidentialité de leurs échanges, SMS et messages vocaux étaient proscrits entre son employeur et lui. Suivant le même principe de précaution, le client émettait les appels et exclusivement depuis un téléphone prépayé d'un modèle identique à celui dont disposait le mercenaire. Des modèles antédiluviens, dépourvus d'accès Internet et à l'ergonomie douteuse, mais qui possédaient l'avantage de ne pas laisser de traces. Pas de GPS, donc pas de localisation. Anonymat lors de l'achat, donc peu de risques de se retrouver sur écoutes.

Plus important encore, si l'appel émanait de Goran, ce qui ne devait arriver qu'en cas d'extrême urgence, son contact répondait toutes affaires cessantes.

Il décrocha in extremis sous un déluge d'insultes proférées, fort heureusement, en langue croate. Le retour à l'anglais se fit sans attendre.

— On a un problème, annonça Goran sans autre préambule.

— Dites-moi lequel, je suis attendu.

— Je pense que les flics ont pigé et qu'ils sont en train d'évacuer la fille.

— Comment est-ce possible ?

— Je ne sais pas.

— Je ne vous posais pas la question, je réfléchissais à voix haute. Je vous paie pour me débarrasser d'elle et détruire son ordinateur, pas pour venir pleurer dans mes jupes au premier accroc ! Déjà qu'elle nous a fait chier comme c'est pas permis pendant l'inspection, cette garce. Et il lui fallait les documents, et c'était n'importe quoi ce classement, et qu'elle et ses petits copains fouillaient dans tous les coins. Chiante au possible !

Goran ne prêtait plus attention à la logorrhée verbale de son client, obsédé par trois petits mots insupportables à son oreille.

« Au premier accroc ». Première faute.

Cet imbécile n'imaginait pas sa chance de se trouver loin, très loin de lui et continuait de déblatérer des reproches à n'en plus finir à l'encontre de celle qu'il nommait désormais « l'emmerdeuse ».

— Ce n'est pas un accroc, l'interrompit Goran. Nous avons un grave problème.

— Résolvez-le, c'est votre boulot, merde !

— Le contrat ne prévoyait pas une tuerie en pleine rue.

— Mon contact au sein de Blackwater m'avait assuré que vous étiez réglo. Je constate qu'il n'en est rien, mais si vous espérez m'extorquer un bonus, vous vous trompez de pigeon.

« Pas réglo ». Deuxième faute.

— Je ne demande pas d'argent, je m'assure que vous êtes OK.

— Mais évidemment que je suis OK ! Vous me liquidez tout ce petit monde et on n'en parle plus.

— Ce sera fait.

— Y a intérêt ! Bon, c'est pas que j'aime pas discuter avec vous, mais je suis attendu par une bande de vieux cons. Finissez-en et je me fendrai peut-être d'un bonus.

Ce mec ne connaissait ni la politesse, ni le sens du mot respect. Rien de tel qu'un bain de bouche à la mode « Goran » pour corriger cette faille éducative. Tout viendrait en son temps...

Il raccrocha et rangea le téléphone avec le même rictus de dégoût que s'il devait plonger les mains dans une fosse à purin. En apparence excitant et lucratif, ce contrat sentait de plus en plus le moisi. Le conseil de l'un de ses supérieurs durant ses années au sein de Blackwater lui revint en mémoire : « mieux vaut rater une bonne affaire qu'en faire une mauvaise ». Et dans sa branche, une mauvaise affaire ne sentait pas le moisi mais le sapin.

La voix de Bismarck dans son oreillette ne lui laissa aucun répit.

— Il veut quoi, le patron ? demanda le Sud-Africain, de plus en plus irritant.

Sa réponse tomba, lapidaire, funeste, lucide.

— Un bain de sang.

Chapitre 28

— Y a quelqu'un ?

Cramponné à son arme, Jeb Cates s'impatientait, collé au guichet déserté de l'hôtel.

— Faut attendre mon fils, il est sorti faire une course ! répondit une voix féminine âgée et chevrotante derrière la porte entrouverte menant à la loge du gardien.

— Je le crois pas, soupira le lieutenant. Police ! Rappliquez et tout de suite !

— Une minute, j'arrive !

Andrew profita de l'attente pour investiguer plus avant et tenter de comprendre ce qui poussait le lieutenant à un changement soudain, et éminemment périlleux, de stratégie.

— Vous m'expliquez ce qui se passe ?

— J'ai reçu un appel du ministère de la Justice qui a reçu un appel du Département d'État, lui-même contacté par l'Agence internationale pour l'énergie atomique. Apparemment Livingston-Pierce appartient à une commission d'enquête dont les travaux sont jugés suffisamment sensibles pour qu'on veuille la mettre en sécurité au plus vite. Je n'ai pas plus de détails.

Le parking de l'aéroport, le mini-van conduit par la Britannique, les hommes qui l'accompagnaient, les lourdes malles à roulettes. Andrew déroula les souvenirs de la rencontre brutale entre Janet, Enzo et lui.

— Elle devait monter dans le même vol que Meazza. À cause de l'accident et de la rédaction du constat, ses collègues ont pris l'avion sans elle. Ce qui pourrait signifier que... Bordel, l'AIEA... là, le problème est d'une tout autre ampleur.

— Ouais, les bases de votre hypothèse farfelue sont peut-être justes, mais la victime collatérale n'est peut-être pas celle que nous avons envisagée.

— Ça fait un paquet de « peut-être ».

— Trop.

— Et Shark, elle fait quoi ?

— Shark a appelé des renforts, ils arriveront sur zone dans les cinq minutes. Avec un peu de bol ça refroidira les tueurs. S'ils ne sont pas passés à l'action d'ici là...

— Vous l'avez laissée seule en arrière ? Et pourquoi n'attendons-nous pas l'arrivée de forces supplémentaires ?

— Bryniarsky, avant d'être un flic, je suis un soldat. Si vous aimez tout remettre en question, moi j'obéis aux ordres de mes supérieurs et je fais confiance à mes équipiers. On me dit de faire vite, je fais vite et je m'adapte en fonction des moyens du bord. Elle nous couvre, je vous couvre, on récupère les civils et tout le monde décroche. Quant à attendre, ce n'est pas une option. Utiliser Meazza comme appât était votre idée, et j'y souscrivais. La donne a changé. Sortir Livingston-Pierce de ce pétrin est notre nouvelle priorité. Bon, mais qu'est-ce qu'elle fout ?

— Restez poli !

Une minuscule femme rabougrie vêtue d'une robe de chambre molletonnée violette se présenta dans l'embrasure de la porte. Ses mains, aussi parcheminées que son visage, serraient la poignée d'un déambulateur dont les roulettes grinçaient sur la moquette. Elle progressait par petits pas hésitants.

— Vous voulez quoi ? demanda-t-elle sèchement en chaussant des lunettes à double foyer.

Cates répondit sur un ton similaire. Il surveillait alternativement la vieille dame et la porte de l'hôtel et était prêt à ouvrir le feu sur la première personne qui oserait la pousser. Pour sa part, Andrew gardait l'escalier et l'ascenseur.

— Un homme grand, brun, et une femme châtain, taille moyenne, arrivés hier soir. Quelle chambre ?

— Y a que mon fiston qui peut répondre à cette question.

— Vous avez un registre, non ?

— Attendez, je regarde…

— Grouillez-vous, merde !

— Inutile d'être grossier, je fais de mon mieux, mais si vous croyez que c'est facile avec un glaucome…

— Vous utilisez des clefs ou des cartes magnétiques ? questionna Andrew pour couper court à toute velléité de discussion.

— Des clefs, jeune homme. Les mêmes que de mon temps. D'ailleurs, je me rappelle…

— Dites-nous lesquelles il vous reste !

— Apparemment elles sont toutes là, sauf la 202 et la 305.

— Eh bien voilà, c'était pas bien compliqué. Cates, vous voulez la jouer comment ?

— Montez les chercher. Meazza vous connaît. Je doute qu'ils ouvrent au premier venu, même s'il prétend qu'il est de la police. Et vous, madame, retournez à l'intérieur !

— Go !

Andrew entama la montée, avalant les marches quatre à quatre. Chemin faisant, il espéra se tromper quant à la stratégie des poursuivants d'Enzo et Janet, faute de quoi Shark et Cates risquaient de passer un sale quart d'heure.

*

* *

Le rasoir glissait lentement sur la peau d'Enzo et lui procurait une sensation de liberté dont aucun adjectif n'aurait su souligner la puissance. Plus qu'un artifice pour masquer ses traits, cette maudite barbe symbolisait les années d'enfermement. La sentir et la voir ainsi disparaître, équivalait à franchir une deuxième fois les portes du pénitencier.

Il examina son profil droit désormais imberbe. Conséquence inattendue, de fines ridules se dessinaient à la commissure de ses lèvres. D'autres se fixaient autour de ses yeux. Brutal rappel à la réalité du temps qui file et se consume dans le chaudron ardent de la colère. Hier encore, il avait quinze ans. Jeune, vigoureux, sportif, la tête pleine de rêves et d'espoirs en l'avenir. Aujourd'hui, l'avenir se limitait à la prochaine heure et la quarantaine pesait sur son corps. Il contempla dans le miroir son torse nu. La musculation pratiquée en prison pour oublier la privation de liberté sauvegardait les apparences mais n'occultait pas un vieillissement accéléré par une vie dissolue. Quant aux rêves et aux espoirs, ils s'étaient fracassés contre le pragmatisme d'un monde sans pitié.

Ressusciteraient-ils une fois son projet mené à bien ? Et pourquoi pas, après tout ?

Toute rédemption ne lui était peut-être pas interdite.

Le côté droit de sa barbe n'aurait, par contre, pas de deuxième chance.

Enzo secoua le tube de mousse à raser. Il se badigeonnait vigoureusement quand on tambourina à la porte.

Il risqua une tête hors de la salle de bains. Assise en tailleur sur le lit, Janet n'avait pas lâché son ordinateur et l'interrogea du regard quant à la marche à suivre. Sans avoir à se le dire, ils doutaient tous deux que le concierge en eut terminé aussi vite avec ses achats.

De nouveaux coups retentirent, plus violents.

— Madame Livingston-Pierce ? Enzo ?

Même étouffée, Enzo reconnaîtrait cette voix entre toutes. Il se précipita vers la porte et colla un œil à son judas.

— Andrew ?

— C'est moi, ouvre. Tout de suite.

Enzo obéit sans attendre. Sitôt la porte ouverte, Bryniarsky eut un mouvement de recul en se retrouvant nez à nez avec un homme en pantalon, pectoraux et abdominaux dehors, le visage partiellement recouvert de mousse. Passé l'étonnement, il se précipita dans la chambre en manquant bousculer Enzo.

— Elle est avec toi ? demanda-t-il au passage.

— Qui ? Janet ? l'interrogea Enzo, surpris par la question.

— Je suis là, répondit l'intéressée.
— Parfait. Ramassez vos affaires, on dégage.

*
* *

Stephanie Shark se l'était promis depuis la mort prématurée de son chien adoré, le seul être dont elle supportait la présence au quotidien après une longue série d'expériences malheureuses avec les hommes : elle ne se rongerait plus les ongles. Outre l'aspect disgracieux conféré à ses doigts, ce passe-temps absurde nuisait à l'image qu'elle renvoyait à ses collègues et supérieurs.

Mais depuis moins d'une minute que Cates et Bryniarsky avaient disparu dans l'hôtel, la tentation de les dévorer croissait sans interruption.

Appeler le central comme ordonné par le lieutenant lui avait occupé l'esprit quelques instants mais son stress montait de nouveau.

Elle résistait à son vieux travers en guettant la façade ou en détaillant les passants, de plus en plus nombreux sur les trottoirs dans l'espoir de repérer un danger potentiel. Et, à l'instar des vieux travers, les vieux démons revenaient à la charge. Serait-elle à la hauteur de la tâche confiée ? Saurait-elle intervenir en cas d'urgence ? Prendrait-elle les bonnes décisions ? Ferait-elle bon usage de son arme ?

Se concentrer, s'accrocher aux heures d'entraînement, ne pas paniquer.

— Toujours fermer les portières quand on est en filature.

Voix slave à peine audible.

Claquement de portière.

Panique.

Dans un même élan, Stephanie tourna la tête vers celui qui venait d'entrer dans sa voiture et plongea une main vers son holster mais stoppa son geste quand le canon d'une arme se plaqua contre sa joue.

— À ta place, je m'abstiendrais.

Chapitre 29

Washington, le Capitole,
au même moment.

Assise au premier rang de la salle, Angela Baron scrutait le public clairsemé venu assister à l'audition de son patron. Sur la centaine de places assises que comptait l'endroit, à peine trente avaient trouvé preneur. L'enclos réservé à la presse remportait haut la main la palme de la désertion. Deux cameramen et un quintet de rédacteurs, dont l'aîné ne pouvait compter plus de vingt-cinq ans, discutaient en toute décontraction. Le tout fleurait bon les stagiaires envoyés au débotté couvrir un événement relégué aux pages « faits divers » des quotidiens. Ou comment un sujet digne de trois colonnes à la une se transformait en vulgaire entrefilet…

Les retrouvailles avec Nick Taggert, deux heures plus tôt, dans la salle de restaurant de son hôtel de Georgetown s'étaient déroulées dans une atmosphère étonnamment détendue. Connaissant le caractère fluctuant du personnage, Angela s'était préparée à subir ses foudres à la moindre occasion. Malgré sa détestation pour cet homme, elle aurait trouvé logique qu'il se montre tendu, nerveux, voire agressif. Se présenter devant une commission d'enquête sénatoriale afin de s'expliquer sur un « incident » nucléaire représentait une épreuve et une véritable responsabilité. L'assistante d'élite avait trouvé le P-DG de Nucorp en pleine dégustation d'un petit-déjeuner copieux fait d'œufs sur le plat, de petites saucisses grillées et d'un toast généreusement beurré. Un verre de jus d'orange et un café serré complétaient ce menu roboratif.

Outre un large sourire en guise de bienvenue, il se montra poli, à la limite de la galanterie, pratique hautement inhabituelle chez ce goujat de haut vol. Il commanda d'autorité un thé vert à la menthe pour Angela ainsi qu'un panier de viennoiseries miniatures. Une autre qu'elle se serait laissé berner par des telles intentions. Pour l'expérimentée Angela, aucun doute possible, une note de frais atterrirait le soir même sur son bureau libellée « Représentation ». Traduction littérale : la veille, le petit Nick s'était offert une partie fine en compagnie d'escort girls hors de prix. Après tout, peu importait qu'il faille à cet érotomane se libérer de ses tensions sexuelles pour devenir supportable, tant qu'il l'était !

La préparation de l'audience se déroula donc sans heurts et se boucla en un rien de temps.

Durant le court trajet entre l'hôtel et le Capitole, Taggert ne s'était pas départi de sa décontraction. Seul minuscule accroc à ce tableau quasi idyllique d'une relation normale et saine entre un patron et son bras droit, il s'était éclipsé au moment de pénétrer dans la salle d'audience au prétexte d'un appel téléphonique personnel et urgent.

L'objection d'Angela, motivée par le souhait de ne pas se présenter en retard devant la commission, avait réveillé la bête et s'était soldée par un

« me faites pas chier pour une bande de peigne-cul » lapidaire.

Cinq minutes plus tard, Angela patientait toujours et sentait monter en elle une tension à deux doigts de lui nouer la gorge. Son regard naviguait nerveusement entre la montre à son poignet, les murs bardés de bois roux éclairés par de gigantesques torchères art déco en cuivre, la table en arc de cercle qui, telle une mâchoire géante, semblait vouloir croquer les « invités » et autour de laquelle siégerait bientôt le collège des sénateurs. Même l'aigle américain sculpté au plafond ne demandait qu'à fondre sur ses proies. Autant d'ingrédients conçus pour marquer la solennité de l'endroit et asseoir l'autorité de l'État.

Peu impressionnable d'ordinaire, Angela Baron sentait son pouls s'accélérer. Elle ne s'estimait pas en danger. Après tout, le seul responsable devant la loi était bien Nick Taggert. Son émotion, elle la devait à la brutale prise de conscience du chemin parcouru depuis la ferme familiale du Wisconsin perdue au milieu des champs de maïs qui s'étiraient à perte de vue.

Enfant, Angela avait vite dévoilé une intelligence précoce et acérée. Des prédispositions encouragées par des parents travailleurs et aisés qui la soutinrent tout au long de brillantes études. Management, commerce international, les diplômes s'accumulèrent jusqu'à son recrutement au sein de Nucorp par l'ancien dirigeant de l'entreprise. Brian Mercer, un « vieux de la vieille » comme il se surnommait lui-même, l'avait choisie, moins pour s'offrir une assistante de haut vol que pour la former à assurer, un jour, sa succession.

Travailler auprès de ce sexagénaire au visage buriné par des décennies de bourlingue autour du monde, à la voix rendue rauque par les cigares cubains qu'il enchaînait à longueur de journée, constituait un honneur et une fierté. Cinq ans d'une collaboration harmonieuse brisée seulement par la grande loterie de la vie. Une réunion banale, une phrase jamais achevée, un ultime regard vers sa protégée, un géant d'un mètre quatre-vingt-dix qui s'effondre. Toute l'injustice et la violence de l'accident vasculaire cérébral.

Obnubilée par sa douleur, elle en avait omis de se concentrer sur la voie royale que le décès de son Pygmalion ouvrait devant elle. Un jeune loup fraîchement bombardé au conseil d'administration, né avec une cuiller en or dans la bouche, héritier d'une immense fortune de l'industrie alimentaire, ne s'embarrassa pas d'états d'âme. Nick Taggert intrigua dans l'ombre et grilla la politesse à Angela. Une erreur qu'elle ne commettrait plus. Plutôt que de briguer un poste dans une autre société, elle s'accrocha, décidée à reconquérir ce qui lui appartenait et à briser l'infâme connard au passage.

Celui-ci fit son apparition dans la salle au moment précis ou Angela achevait la traversée de ses souvenirs. Il parcourut la dizaine de mètres qui le séparaient de sa place avec toute la morgue dont il était capable, son insupportable sourire satisfait vissé sur son visage de premier de la classe.

Taggert s'installa à côté d'Angela et lui tapota le genou. Cette habitude répugnait la jeune femme qui subit sans broncher pour ne pas provoquer d'incident. Écœurée mais professionnelle, elle se concentra sur la pile de dossiers rédigés pour répondre aux questions de la commission.

— Détendez-vous, mon petit, tout se passera...

L'ouverture de la petite porte située derrière le pupitre des élus interrompit Taggert qui se redressa en boutonnant sa veste de costume noir. Angela réagit avec un temps de retard, obsédée par la vision de sa paume s'écrasant sur la joue du sinistre imbécile.

Trois femmes et deux hommes pénétrèrent dans la salle en file indienne, à la manière d'un tribunal. Muette, presque fantomatique, la procession s'effectua sous les regards des rares spectateurs qui se levèrent à leur tour pour l'accueillir avec le respect dû à leur fonction et à l'institution qu'ils incarnaient. Le moment se voulait solennel mais tenait plus de la mascarade devant le peu d'intérêt qu'il suscitait.

Angela s'interrogea sur les raisons ayant poussé la commission à maintenir la date de l'audience malgré les événements de la veille.

L'irruption d'un ultime sénateur répondit à son interrogation.

Court sur pattes, chemise blanche tendue par un ventre proéminent, elle reconnut le dénommé Lynn humilié devant elle par Taggert durant la réunion qui s'était tenue la veille, dans les locaux de Nucorp à Washington. Tandis que le retardataire rejoignait sa place en sautillant maladroitement d'une jambe sur l'autre, l'assistante vérifia les noms des membres de la commission et n'y trouva nulle trace de ce personnage. Il prit pourtant place à droite de la présidente de séance, Hazel Halbrook. Réputée incorruptible, cette sexagénaire jouissait d'une aura de droiture et de sévérité illustrée par un style vestimentaire austère. Pantalon noir, chemise noire, écharpe en soie noire, boucles d'oreilles… noires. Les plus critiques disaient d'elle qu'elle portait le deuil de ceux qui se dressaient sur son chemin. En l'occurrence, l'habit faisait le moine à en juger par le regard de plomb qu'elle adressa à Lynn lorsque celui-ci atteignit enfin son siège. Une fois son collègue installé, Halbrook frappa de son index le micro devant elle. Un son sourd résonna dans les enceintes installées aux quatre coins de la salle.

— Monsieur Taggert, entama la présidente, cette commission a souhaité vous entendre dans le cadre de l'enquête visant votre entreprise suite à l'incident survenu la semaine dernière dans votre centrale de Bakersfield, Californie. Je tiens à remercier les sénateurs Ashley-Cooper de l'Arkansas, O'Mahoney du Montana, Sexton du Massachussetts, Shelby de l'Iowa et Lynn de Californie pour leur participation à ces travaux. En préambule, je tiens à préciser qu'en raison des événements survenus hier à Dallas, le temps dont nous disposons est limité. Aussi demanderais-je à chacun des intervenants d'aller droit au but.

Voix grave, tranchante comme un couperet. Normal. Pas de quoi entamer l'assurance de Nick Taggert qui prit la parole avant même d'y être officiellement invité.

— Madame la Présidente, permettez-moi tout d'abord de remercier la commission de m'accorder l'opportunité de dissiper les rumeurs, fantasmes et fausses informations colportés dans les médias et sur Internet. Je profite également de l'occasion pour proclamer haut et fort mon attachement à notre grande nation victime, hier, d'un odieux attentat dont les coupables seront sévèrement châtiés !

Et de se tourner vers la salle en entonnant un *USA, USA*, repris en chœur par les spectateurs avec une ferveur telle que même Angela, pourtant réticente à cet exercice hautement démagogique, se sentit obligée de joindre sa voix aux autres de peur de se démarquer.

Hazel Halbrook goûta modérément la démarche et l'interrompit sèchement.

— Monsieur Taggert, nul ne doute de votre patriotisme et nous nous joignons à vos souhaits de voir les coupables confondus et punis. Je vous demanderais cependant de vous en tenir aux motifs de votre comparution et au public d'adopter une attitude digne de ce lieu.

La gifle, emballée dans un joli paquet cadeau rhétorique, ravie Angela mais ne déstabilisa en rien son patron. Le calme revint aussitôt.

— Veuillez accepter mes excuses, madame la Présidente. J'en viendrai donc directement à mon propos liminaire. Vous connaissez comme moi l'importance de l'indépendance énergétique. Dois-je vous rappeler que nous avons perdu cette indépendance à la fin des années 1950 ? Nous importons aujourd'hui environ 25 % de nos besoins, ce qui fragilise notre assise. Dois-je également vous rappeler que les projections concernant ces mêmes besoins envisagent 25 % d'augmentation à l'horizon 2030 ? La pression écologique liée au réchauffement climatique limite le recours aux énergies fossiles, sans compter le fait que ces ressources sont, elles aussi, limitées. Quant au recours au pétrole de schiste, entre les débats sans fin qu'il entraîne et la baisse attendue de son extraction sur notre territoire, il ne constitue pas la source d'énergie providentielle espérée. Les Chinois l'ont bien compris et développent actuellement vingt-cinq centrales nucléaires dont deux EPR. Aujourd'hui, aux États-Unis, quatre-vingt-dix-neuf centrales fournissent un peu moins de 20 % de notre consommation électrique. Je le déclare avec gravité devant cette vénérable assemblée : le pouvoir de l'atome constitue l'avenir de notre grande et belle puissance.

— Monsieur Taggert, votre comparution devant cette commission d'enquête n'a pas pour objectif de vous fournir une tribune pro-nucléaire !

— Madame la Sénatrice, telle n'était pas mon intention, je me contentais de resituer le contexte et les enjeux.

— Nous connaissons parfaitement les enjeux, monsieur Taggert. En tant qu'ancien membre de la commission de régulation nucléaire, le sénateur Lynn fait figure d'expert auprès de nous. Je lui donne la parole.

Empêché de s'approcher du micro par son ventre imposant, le dénommé Lynn le fit glisser vers lui.

— Merci, madame la Sénatrice. Monsieur Taggert, Nucorp gère actuellement un parc de dix centrales sur le territoire américain. L'entreprise participe également à l'accord de coopération signé en 2008 avec l'Inde, prévoyant, sur quarante ans, des transferts de technologie, de réacteurs et une aide au développement. Nous connaissons tous l'excellente réputation de Nucorp en matière de maintenance et de sécurité. Depuis une semaine, la presse se fait l'écho d'informations inquiétantes suite au tremblement de terre qui a endommagé la centrale de Bakersfield. Une délégation de l'Agence internationale de l'énergie atomique s'est rendue sur place et son rapport est attendu dans les prochains jours. D'ici là, et pour dissiper les doutes comme vous l'avez dit, pouvez-vous nous apporter des précisions ? Je vous rappelle au préalable, monsieur Taggert, que même si vous ne parlez pas sous serment, vous vous exprimez devant les représentants du peuple américain.

— J'en suis parfaitement conscient, sénateur Lynn, et je me félicite qu'il me soit donné l'occasion de rétablir la réalité des faits et ainsi couper court aux allégations farfelues.

Angela fit glisser sur la table la feuille récapitulant le déroulé des événements, le jour du tremblement de terre.

— À 8 heures du matin, heure de Los Angeles, s'est produit un tremblement de terre estimé à 7 sur l'échelle de Richter et dont l'épicentre se situe au cœur de la faille de San Andreas. À 7 h 59, les dispositifs de sécurité de la centrale ont détecté les premières microsecousses une minute avant que ne surviennent les principales. Les trois réacteurs en activité ont été automatiquement et immédiatement mis à l'arrêt, en conformité avec les protocoles réglementaires. À 8 h 07, l'alimentation des systèmes de réfrigérations a basculé sur les générateurs de secours dont le fonctionnement s'est avéré optimal durant toute la durée de l'alerte. Le niveau des bassins de refroidissement du combustible n'a pas baissé d'un millimètre. Contrairement à l'incident de Fukushima, aucun dysfonctionnement n'a été enregistré et l'intégrité des unités de confinement des barres de combustibles n'a jamais été en danger. Pour vous épargner une litanie rébarbative, vous recevrez une copie du récapitulatif des opérations identiques à celle validée par les inspecteurs de l'AIEA.

— Vous évoquez trois réacteurs en service. Qu'en est-il du quatrième ? Certaines sources évoquent une faille importante sur celui-ci.

— Le numéro 4 était effectivement coupé pour maintenance, et je vous confirme l'existence, non pas d'une faille, mais d'une simple fissure causée par la plus forte des secousses sur le mur est du bâtiment. Les architectes la jugent sans risque pour l'intégrité de la structure. Les écologistes et autres agitateurs du spectre de la fin du monde se sont embrasés autour d'une lézarde négligeable.

» Actuellement, nos relevés ne signalent aucune fuite radioactive ni dans l'enceinte de nos installations, ni dans l'environnement extérieur. Je me suis d'ailleurs rendu sur les lieux pour le vérifier par moi-même. Vous le verrez sur les clichés que mon assistante va vous remettre, le port de combinaison n'a pas été nécessaire à l'extérieur des installations. Comme vous le constatez, je ne suis pas devenu fluorescent et mes cheveux tiennent encore solidement sur mon crâne.

La boutade souleva des rires épars, certains élus s'autorisèrent un rictus amusé. Hazel Halbrook demeura de marbre et fixa Taggert d'un regard sévère avec un message muet, mais clair : pas de nouvelle incartade sinon...

Conscient d'avoir abattu son dernier joker, celui-ci cantonna la suite de son intervention à des considérations techniques, préparées sur les conseils d'Angela, avec pour seul objectif de rendre le discours rébarbatif à souhait. S'ensuivit un jeu de questions-réponses tout aussi pointu qu'incompréhensible par le commun des mortels.

Au bout d'une heure trente, les combattants déposèrent les armes. Déjà famélique, le public avait diminué de moitié et des bâillements s'emparaient des rares courageux encore présents. Quant aux sénateurs, la plupart étaient passablement largués. Seul Lynn et Halbrook donnaient le change.

Angela décela chez ce dernier une complaisance à peine dissimulée. Ses interventions appelaient des éclaircissements sans grand intérêt et facilitaient le jeu du P-DG de Nucorp consistant à noyer le poisson. La présence de Lynn autour de la table de réunion la veille prenait tout son sens. Si détestable que fût Taggert, la jeune femme lui reconnaissait un talent réel pour se prémunir des mauvaises surprises ainsi qu'une aisance oratoire rare.

La présidente Halbrook mit un terme à une séance dont le contenu sulfureux n'avait cessé de se dégonfler au fur et à mesure des explications délivrées.

— Monsieur Taggert, merci de vos éclaircissements. Je remercie mes estimés collègues pour leur participation. Nous présenterons nos conclusions sous trois mois maximum. Je déclare cette séance levée.

Les sénateurs quittèrent les lieux, au grand soulagement des derniers spectateurs qui ne se firent pas prier pour les imiter. Ne restèrent bientôt que les cameramen, occupés à remballer leur matériel, Nick et Angela.

— Voilà cette gigantesque connerie réglée, pérora le dirigeant, les traits creusés.

L'exercice l'a épuisé, constata-t-elle.

— Avons-nous quelque chose à craindre du rapport de l'AIEA, monsieur ?

— Je n'ai dit que la stricte vérité concernant l'état de la centrale. L'hiver nucléaire n'est pas pour demain et ne proviendra certainement pas de cette installation. L'AIEA confirmera mes dires. Non, ce que je craignais avec leur visite…

Nick Taggert s'interrompit.

— J'ai besoin de prendre l'air et de fumer une clope. Ramassez les dossiers et retrouvez-moi à la voiture.

Interloquée, Angela le regarda partir comme si tous les démons de l'enfer le pourchassaient. Il passa à plusieurs reprises la main dans ses cheveux, un geste travaillé pour son côté « Kennedy » et dont les occurrences augmentaient de concert avec son stress.

Que craignez-vous au juste des inspecteurs de l'AIEA, monsieur Taggert ? se demanda Angela, un sourire mauvais aux lèvres.

Chapitre 30

Stephanie sentait les gouttelettes de sueur se former sur ses tempes. Une première perla le long de sa mâchoire. L'homme casqué qui la menaçait l'essuya du canon de son arme d'un geste tout en maîtrise et en délicatesse. Sous l'effet conjoint de la peur et de l'adrénaline, le rythme cardiaque de la jeune femme s'accélérait. Elle avait beau tenter de contrôler sa respiration, rien n'y faisait. Elle en était convaincue, si l'inconnu ne lui logeait pas une balle dans la tête, un infarctus se chargerait de lui régler son compte.

Le calme olympien de l'inquiétant personnage accroissait encore la panique contre laquelle elle luttait de toutes ses forces. À ses gestes lents et déliés, à sa voix sereine teintée d'un fort accent slave, elle ressentait l'étendue de son ascendant sur elle et la situation en général. Seul un individu rompu aux scènes de guerre afficherait une telle attitude dans un environnement aussi tendu.

Accent des pays baltes, expérience militaire, de quoi orienter les services du FBI, voire de la CIA, sur une piste sérieuse. Une pensée qui, si elle ne rassura absolument pas Stephanie, lui permit de se projeter dans un « après » à l'existence improbable.

— Toujours fermer les portières et surveiller les rétroviseurs.

— Vous allez me tuer ?

Les mots sortirent de la bouche de Stephanie malgré elle et s'étouffèrent dans une déglutition rendue douloureuse par la compression de sa trachée. Peu à peu, une crampe géante prenait possession de son corps.

— Ça dépend.

— De quoi ?

— Des circonstances. Attends, on me parle dans mon oreillette. Ouais ? Ouais. Je sais, c'est la merde. Comme tu le sens. Arrête de gueuler, je viens de te dire que... Bon, quand tu étais dans les forces d'intervention, comment auriez-vous procédé à leur place ? D'accord. Je vois. Un dehors qui monte la garde, un dedans qui surveille l'entrée, et le troisième qui va chercher le grand con et sa pouffe. En même temps, il n'y a pas cinquante manières de procéder. Moi ? Je papote avec celui, enfin, celle qui monte la garde à l'extérieur. Non, pas de danger. Une débutante.

L'espace d'un instant, la panique céda le pas à une intense vexation. L'emploi du terme « débutante » frappa au cœur des pires angoisses de Stephanie, de celles qui suscitaient sa peur de déranger et sa faculté à s'effacer au profit des autres. Se faire traiter ainsi dans une telle position d'infériorité la piqua au vif et elle se promit que, si la chance lui était donnée de s'en tirer, elle s'affirmerait davantage.

— Donne l'assaut, j'arrive en soutien.

*
*   *

À couvert dans l'escalier, à mi-chemin du premier étage, Janet suivait Andrew, elle-même talonnée par

Enzo dont l'insistance pour prendre la deuxième place de la procession, afin de la préserver en cas de danger, s'était heurtée à l'obstination de la Britannique à ne pas être reléguée au rang de « poids mort », selon ses propres termes.

En tête de colonne, l'agent du FBI, arme au poing, surveillait le hall depuis l'angle du mur, deux marches en surplomb.

Jeb Cates avait annexé le comptoir et s'en servait de protection pour surveiller l'entrée. Dehors, les rayons d'un soleil de plomb éclairaient la rue et se risquaient sur le tapis élimé de l'accueil. La circulation des voitures et le passage des piétons sur le trottoir constituaient une couverture idéale pour dissimuler une menace potentielle.

Un rapide coup d'œil entre le flic et le fédéral confirma que tous deux attendaient avec anxiété les premières sirènes des renforts. Les secondes s'étiraient, d'autant plus interminables que la chaleur matinale montait en flèche, annonciatrice d'une nouvelle journée caniculaire. La sueur coula sur les visages des quatre retranchés.

Andrew essuya du coude son front moite au moment où une rafale de pistolet-mitrailleur couvrit les bruits de la rue. Avant qu'il ait pu réagir, Cates hurla.

— Coups de feu depuis voiture hostile.

Puis, immédiatement après, un nouvel avertissement retentit.

— Grenades !

Andrew eut tout juste le temps de repérer le citron métallique qui roulait au sol. Avec une vitesse inattendue pour un homme de son gabarit, Cates actionna son fusil à pompe en direction du lanceur, puis, dans un même mouvement, se précipita vers la loge du concierge dont il traversa la porte en la faisant exploser en mille morceaux.

Certes moins affûtés mais non moins réels, les réflexes d'Andrew lui ordonnèrent de battre en retraite dans l'escalier. Son plongeon désespéré croisa la route de Janet qui le reçut de plein fouet, tête la première, dans le sternum. L'effet domino joua à plein, l'Anglaise percutant à son tour Enzo qui, une marche plus haut, se penchait pour tenter de voir ce qui se déroulait dans le hall au moment de l'assaut. Il encaissa un terrible coup d'épaule sur la pommette qui le projeta sur le dos.

Les déflagrations redoutées retentirent simultanément. Un nuage de plâtre se souleva, au milieu duquel volèrent des bris de verre et projections de bois arrachées au comptoir de l'accueil. Un cri de douleur monta du rez-de-chaussée accompagné d'un « Putain, ma jambe » rauque et déchirant.

Allongé sur Janet, elle-même vautrée sur Enzo qui gémissait en portant une main à son visage tuméfié, Andrew s'adapta comme il put. Sans se préoccuper d'écraser ceux qu'il était venu sauver, il se retourna sur le dos le souffle court, pistolet tendu, prêt à faire feu sur le ou les assaillants qui promettaient de se montrer. Un acte d'autant plus désespéré que les hurlements de Jeb Cates s'amplifiaient, preuve s'il en était besoin que la première ligne de défense venait de céder.

*

* *

Une voiture stationnait, moteur allumé, devant l'entrée de l'hôtel et déversait un torrent de coups de feu à l'intérieur. Deux explosions retentirent quelques instants après la fusillade. À l'inquiétude de Stephanie pour la survie de Bryniarsky et Cates s'ajouta la certitude de recevoir une balle en plein crâne. Mais quelque chose ne collait pas.

En toute logique, l'homme casqué aurait déjà dû quitter la voiture et l'abattre au passage. Au lieu de cela, il patientait sans cesser de la tenir en joue.

— As-tu appelé des renforts ? demanda-t-il sans hâte. Réfléchis bien à ta réponse, ta vie en dépend.

— Y a-t-il seulement une bonne réponse ? suffoqua Stephanie, des larmes plein les yeux.

— Souvent, la plus simple est la meilleure, répondit-il, énigmatique.

La jeune femme soupira.

— Oui.

— Forcément avant mon arrivée, donc leur débarquement est imminent, fit-il comme pour lui-même.

Le canon glissa à nouveau le long de la joue de Stephanie, lentement, inexorablement, presque tendrement.

— Ferme les yeux, ordonna-t-il.

— Je vous ai répondu honnêtement, risqua-t-elle en une ultime tentative de sauver sa peau.

— Ferme les yeux.

La réitération du commandement se voulut plus ferme. À son corps défendant, Stephanie obtempéra.

Un claquement.

Celui d'une portière.

*

* *

Une poignée de secondes suffirent au Serbe pour déserter la voiture occupée par la jeune et inexpérimentée agent du FBI et rejoindre sa moto, prudemment garée dans une rue perpendiculaire. Pendant qu'il la tenait à sa merci, il s'était répété à plusieurs reprises que louer ses compétences au centre de formation de Quantico pourrait représenter un juteux marché. Plus, en tout cas, que cette mission foireuse, partie en vrille après des débuts prometteurs. Les grains de sable s'accumulaient à n'en plus finir avec, en point d'orgue, l'arrivée des renforts, toutes sirènes hurlantes.

Le militaire en Goran dressa une évaluation rapide des forces en présence. Camp adverse : un flic de Dallas rompu aux techniques des forces spéciales assisté par deux agents du FBI, armés jusqu'aux dents. Camp allié : un Sud-Africain obèse, seul capable d'identifier le Serbe et susceptible de lui réclamer un dédommagement pour le manque à gagner engendré par la non-réalisation du contrat. Et maintenant, les renforts débarquaient avec la grâce dont les forces de police américaines possédaient seules le secret.

Face à un tel constat, la décision s'imposait d'elle-même.

— C'est pas du boulot..., soupira l'homme sous son casque, entre deux injures proférées dans l'oreillette par un Bismarck au bord de la crise de nerfs et dont la voiture démarrait sur les chapeaux de roues.

*

* *

Janet n'arrivait plus à respirer. Se retrouver collée à Enzo aurait suffi à la faire suffoquer, mais elle devait surtout cette asphyxie à la pression exercée par Andrew Bryniarsky. Impossible de lui en tenir rigueur tant il se tenait lui-même dans une position inconfortable avec en tête un seul objectif : éliminer toute menace et protéger l'improbable duo. Les doigts crispés sur la crosse de son arme, il paraissait prêt à tenir sa position des heures s'il en était besoin.

Quant à Enzo, il secouait la tête à la recherche d'une lucidité qui, depuis les coups reçus la veille, le fuyait obstinément.

Au vacarme des explosions avait succédé un silence assourdissant suivi de cris venus de la rue et d'un concert de klaxons. Les cris de Jeb Cates avaient cessé, supplantés par de vagues gémissements, puis par des grognements de colère qui rassurèrent l'Anglaise.

— Rien en visuel, beugla le lieutenant. La voiture est partie.

— Votre jambe ? demanda Andrew sans baisser la garde.

— J'ai des shrapnels plein le mollet, mais ça va. Vous entendez ?

Janet tendit l'oreille tant bien que mal et perçu les premières sirènes de police. Leur écho se rapprochait à grande vitesse.

— La cavalerie, soupira Cates.

Janet laissa échapper un petit cri suraigu au moment où Andrew Bryniarsky se relâcha.

Était-il vraiment possible que cet homme pèse si lourd…

Quelques minutes plus tard, la rue tout entière se retrouvait prise d'assaut par une horde de policiers équipés de fusils à pompe et de gilets pare-balles. Après une ultime frayeur au moment où un groupe d'intervention pénétra dans l'hôtel dévasté – Bryniarsky et Cates avaient exhibé leurs plaques respectives et hurlé leurs identités à de multiples reprises –, la troupe fut escortée à l'air libre et dirigée vers des ambulances fraîchement débarquées sur les lieux.

Sérieusement touché à la jambe droite, Jeb Cates fut évacué sur un brancard non sans gratifier ses collègues d'un pouce levé pour signifier qu'il s'en remettrait. Bryniarsky, accompagné de Shark étonnamment mutique, ne le lâcha pas jusqu'au véhicule chargé de le transférer vers l'hôpital. Les deux hommes échangèrent un long moment avant que le blessé ne soit emmené.

Dans l'intervalle, Enzo, encore groggy et peu conscient des derniers événements, recevait des soins, assis à arrière d'une ambulance.

— Je vous dois des excuses, sourit Janet, restée avec lui.

— Vous croyez ? ironisa Enzo tandis que le médecin appliquait une compresse sur sa pommette. Aux dernières nouvelles, ce serait bien à vous que nous devons nos déboires...

— J'étais loin de m'en douter. J'en suis désolée, sincèrement désolée.

— Pas moi.

*

* *

À trente kilomètres de là, en plein milieu d'une étendue désertique brûlée par un soleil implacable et où seuls quelques rares buissons subsistaient, la moto pilotée par Goran s'approcha de la voiture devant laquelle Bismarck l'attendait. La nervosité du Sud-Africain transpirait tout autant que son corps adipeux trempé de la tête aux pieds.

À peine Goran eut-il mis pied à terre, que le pachyderme se précipita vers lui, index dressé en un geste de reproche accentué par la tension lisible sur sa mâchoire contractée.

— Tu peux m'expliquer à quoi tu...

La phrase mourut dans un gargouillis sinistre. Étouffé par le silencieux que Goran venait de visser au canon de son pistolet, le coup de feu tiré par le Serbe avait transpercé la gorge de Bismarck de part en part, arrachant veines, artères et cordes vocales au passage. L'ancien policier sud-africain suffoqua en crachant des gerbes de sang écarlate.

— Je suis mercenaire, pas kamikaze, annonça Goran en observant l'agonie de son coéquipier.

En dépit d'efforts surhumains, ce dernier ne parvint pas à porter les mains à son cou pour endiguer l'hémorragie. Ses gros doigts boudinés s'agitèrent de manière désordonnée sans que Goran saisisse le but de la manœuvre. Mais quand les paupières de l'obèse se fermèrent pour la dernière fois, les mouvements persistèrent. Il comprit alors qu'il ne s'agissait que de soubresauts d'agonie dont il n'avait encore jamais été témoin, n'ayant jamais exécuté une victime de la sorte. L'assassinat standard se traduisait dans la quasi-totalité des cas par une balle logée dans le cervelet. Immédiat, indolore, le destinataire passait de vie à trépas sans même s'en apercevoir.

Goran envisagea un instant de découper le cadavre mais renonça devant l'ampleur de la tâche. Aucun élément de preuve ne permettait d'établir un lien quelconque entre lui et le Sud-Africain.

Il abandonna sa moto et partit, casque sous le bras.

Ce faisant, il composa une dernière fois le numéro de téléphone de son commanditaire. Ce dernier décrocha avant même la fin de la première sonnerie.

— Alors ? demanda-t-il, extatique.

— Alors, c'est terminé.

— Vous l'avez éliminée et récupéré la marchandise ?

— Non, les flics ont tout récupéré.

Un silence, puis un hurlement.

— Quoi ?

— Vous m'avez compris.

— Putain, si vous voulez votre fric, vous avez intérêt à...

— Écoute-moi bien, pauvre con, c'est fini. Le fric n'achète pas tout. Et un compte en banque bien rempli n'a jamais profité à aucun mort.

Chapitre 31

Confiné seul dans une salle d'interrogatoire, Enzo ne tenait plus en place. Assis sur une chaise en plastique inconfortable pour un homme de sa stature, il laissait ses doigts pianoter sur la table grise devant laquelle il se trouvait. Les mouvements sporadiques de ses jambes traduisaient sa nervosité sans cesse croissante.

Le soulagement d'être tiré d'affaire le disputait au désir ardent de retrouver Janet pour s'assurer qu'elle surmontait les épreuves qu'ils venaient de traverser. De surcroît, se retrouver dans un lieu clos, tristement familier tant il avait passé de temps dans des endroits similaires à répondre aux questions des agents fédéraux et des émissaires du ministère de la Justice, le perturbait.

L'univers semblait s'acharner sur lui pour saper sa motivation, annihiler sa volonté et le conduire à l'échec alors qu'il touchait au but.

Pourquoi fallait-il que les derniers kilomètres d'un marathon soient toujours les plus ardus ?

La porte de la pièce s'ouvrit sous l'impulsion d'un coup de pied savamment dosé. Andrew Bryniarsky apparut avec en main un plateau en carton supportant deux grands gobelets estampillés « Starbucks ». Une pile de serviettes en papier entre les dents, il avança d'un pas mal assuré et manqua renverser son fardeau à plusieurs reprises avant d'atteindre la table.

Compatissant devant la maladresse proverbiale de son ancien ami, Enzo se redressa et le délesta des boissons avant que celles-ci ne basculent vers l'avant.

— Tu m'as pris un mocha au chocolat blanc..., constata Enzo, nostalgique.

— C'est bien ton préféré, non ?

— Oui. Et pour toi, laisse-moi deviner. L'inévitable café glacé. Je n'ai jamais compris comment tu arrivais à ingurgiter cet attentat au bon goût.

— Que veux-tu, tout le monde n'a pas la chance de posséder le palais délicat et éduqué des Italiens. Je suis un Yankee, un vrai ! À la nôtre.

Andrew s'empara de sa boisson et trinqua avec Enzo.

— J'avais oublié à quel point j'aime ça, soupira l'ex-avocat.

— Ça doit te changer du jus de chaussette servi en prison, souligna l'agent fédéral.

Il approcha une main de la pommette d'Enzo qui recula brusquement. Viscérale, la méfiance affichée par ce dernier sembla affecter Andrew. Il réitéra son geste et l'accompagna d'un regard apaisant et d'une voix douce, comme s'il s'adressait à un animal apeuré.

— Pas de panique, je ne cherche pas à t'en coller une. Montre un peu...

Avec une prévenance inattendue, Andrew examina les blessures visibles de son ancien ami. Le pansement sur le crâne, l'épaule basse, le bleu à la pommette qui prenait déjà une couleur violacée.

— Dis donc, tu as vraiment pris cher depuis hier...

— Et encore tu n'as pas vu ma cuisse. Mon corps tout entier n'est plus qu'une grosse douleur mais je préfère ça à ne plus rien sentir, si tu vois ce que je veux dire.

— Vous avez vraiment eu chaud, Janet et toi.

— Comment va-t-elle ? Pourquoi sommes-nous séparés ?

— T'inquiète, elle se porte comme un charme au vu de ce qu'elle a traversé. Nous la débriefons pour établir notre rapport et alimenter notre enquête. Ce sera ton tour dans quelques minutes. Respire, nous nous contentons de suivre les procédures. Et j'ai de bonnes nouvelles pour toi.

— Compte tenu de tout ce qui nous est tombé dessus ces dernières vingt-quatre heures, je suis preneur.

— Les deux types qui vous couraient après ont été neutralisés. L'un est décédé, l'autre a été appréhendé. L'enquête sur l'explosion de l'avion s'oriente désormais vers eux.

— Vraiment ?

— Oui, celui qui a été descendu était considéré comme un expert artificier. De là à établir un lien, il n'y a qu'un pas à franchir. Nous prenons cette piste très au sérieux. Un autre point qui devrait te rassurer, et qui enlève par ricochet le poids qui me pesait depuis des années : dans la mesure où ils visaient Janet Livingston-Pierce et ses collègues, il apparaît clairement que tu te trouvais juste au mauvais endroit au mauvais moment.

— Je ne sais pas si ça me rassure vraiment. Vous savez pour quelle raison elle était ciblée ?

— Il nous reste encore à déterminer le mobile, mais nous sommes sur le coup.

— Tant mieux. Et quand tu parles de poids et de ricochet, à quoi fais-tu référence ?

Andrew inclina la tête et adressa à Enzo un regard en dessous accompagné d'un sourire crispé.

— Au... Griffon ?

— Attends, tu ne vas quand même pas t'y remettre ? Tu es plus têtu qu'une bourrique !

— Oh ! Il se calme et il savoure l'instant.

— Quel instant ?

Andrew prit une longue et bruyante inspiration et se lança avec l'air grave et angoissé d'un adolescent prêt à déclarer sa flamme.

— Ça me fait mal où je pense de l'admettre, mais cette fois je te crois, mon pote. Les faits m'y obligent. J'ai cru que le Griffon existait et qu'il voulait ta peau. Dans la mesure où tu n'es qu'une victime collatérale, je reconnais mon erreur.

— Dommage qu'autant de gens innocents soient morts pour que tu le réalises.

— Notre histoire n'a rien à voir avec cette horreur. D'autres enjeux leur ont coûté la vie. Pour la partie qui nous concerne, toi et moi, je te dois des excuses.

— Arrête.

— Non, si je ne m'étais pas obstiné comme un con, rien ne te serait arrivé.

— Là, tu as raison, mais tu oublies que sans ton acharnement à me contrarier, Janet et moi aurions connu le même sort que les malheureux passagers de l'avion pour Paris.

— Eh, mais c'est vrai ! Notre petite guerre vous aura sauvé la vie, je n'avais pas vu les choses sous cet angle. Ça fait de moi un héros, non ?

— Le terme me paraît un peu excessif, mais le fait est que...

— Allez, mec, je passerais volontiers la journée à nous envoyer des fleurs, mais je dois prendre la déposition de Janet Livingston-Pierce. J'envoie un agent enregistrer la tienne avant de te libérer. A priori l'espace aérien du pays rouvrira demain, ce soir au mieux avec des mesures de contrôles à l'embarquement renforcées. Tu comptes t'envoler pour Paris directement ou tu t'accordes le temps de casser une graine avec moi avant ?

— Je ne risque aucune poursuite ? Je te rappelle que j'ai volé une camionnette et conduit comme un assassin en plein cœur de la ville.

— Je m'en charge, ne t'inquiète pas pour ça.

— Va pour « casser une graine », comme tu dis.

Andrew leva un pouce satisfait et se dirigea vers la porte d'un pas joyeux.

— Cool. Je fais au plus vite.

— Merci. Pour tout.

— C'est normal, et puis nous avons du temps à rattraper toi et moi. Tu as purgé ta peine, il est temps de passer l'éponge et de repartir sur des bases saines.

— Je suis d'accord avec toi, mais je te remerciais pour Janet. Je suis rassuré de la savoir sous ta protection.

L'absence de réponse provoqua une montée d'angoisse, renforcée par la mine dubitative de l'agent fédéral.

— Andrew, elle est hors de danger, n'est-ce pas ?

— La prudence reste de mise, mais… Attends une seconde. C'est une impression ou tu t'es attaché à elle ? Remarque, je te comprendrais. Elle est jolie, naturelle, je sens chez elle un esprit vif et enjoué, tout le contraire des « bimbos » sur lesquelles tu jetais ton dévolu.

— Je n'ai pas envie qu'il lui arrive malheur.

— Oh putain ! Dans ta langue, ça veut dire oui !

Andrew rebroussa chemin et s'assit sur la table.

— Enzo Meazza qui en pince sérieusement pour une femme ? Comme quoi, si on vit assez vieux, on voit tout, même l'impensable !

Le ton résolument potache adopté par l'agent renvoya Enzo aux plus belles heures de leur amitié. Quand l'autodérision remplaçait les menaces, quand la complicité seule présidait à leurs discussions. Tout dans l'attitude d'Andrew exprimait son plaisir à retrouver des sensations dont l'ancien avocat l'avait privé. Si seulement il savait... Voir celui qu'il n'avait jamais cessé de considérer comme son seul véritable ami rouvrir ainsi la porte incita Enzo à baisser la garde.

— Je l'aime bien, admit-il du bout des lèvres.

— Voyez-vous ça ! Si on m'avait dit que je t'entendrais tenir de tels propos, je ne l'aurais pas cru. Tu te cognes cinq ans en taule, échappes d'un rien à un attentat, à deux tueurs, et, en cadeau bonus, tu t'offres un coup de foudre. Quand on dit que le destin est capricieux...

— Le dire n'est rien. L'expérimenter, par contre...

— De toi à moi, il s'est passé quelque chose entre vous, dans la chambre d'hôtel ?

— Non, mais...

Sans y prêter attention, les deux hommes chuchotaient désormais.

— Quoi ? Raconte.

— Disons que... nous aurions pu. J'ai eu l'impression qu'elle... enfin, tu vois.

— Tu es en train de me dire que c'est toi qui n'as pas voulu passer à l'acte ? La prison t'a rendu idiot ou tu as viré ta cuti ?

— Ni l'un ni l'autre. Je pense que… je crois foncièrement… les femmes bien ont droit à des hommes bien.

— Oh, que c'est joliment dit ! Un rien « cours d'école » dans la formulation mais c'est ce qui te rend touchant.

— On ne t'a jamais dit que tu pouvais être con ?

— Si, et plus d'une fois ! Mais j'ai en stock un bon moyen pour faire de toi un « homme bien ».

— Plaît-il ?

— Balance-moi le pognon et le Griffon, et tu seras transfiguré.

Enzo se figea soudain, comme le sourire d'Andrew, trop carnassier pour être honnête. Toute tendresse abandonna son regard au profit d'éclairs inquisiteurs, comme s'il tentait de lire dans son esprit.

— Je ne comprends pas, il y a deux minutes tu admettais que le Griffon n'existait pas.

— Il y a un moyen très simple de le savoir une bonne fois pour toutes.

— Que veux-tu…

— Quand tu m'as demandé si Janet était hors de danger, je t'ai répondu que j'aimerais pouvoir te l'affirmer. Je t'ai menti, un des tueurs court toujours. Et rien ne prouve qu'il n'y en a pas d'autres lancés à ses trousses. Et surtout, nous ne connaissons pas le commanditaire. Il peut très bien essayer de la tuer à nouveau. Dès lors, sa sécurité dépend intégralement de ma bonne volonté. Bonne volonté intégralement conditionnée à ta coopération…

— Tu n'oserais tout de même pas…

— Regarde-moi bien dans les yeux. Toi qui décryptes les gens comme personne, qu'y lis-tu ?

Un bluff éhonté ou une menace on ne peut plus sérieuse ?

— Andrew...

— ... Agent Bryniarsky, corrigea ce dernier en se relevant.

Il ferma un à un les trois boutons de sa veste puis la rajusta avant de poursuivre :

— Pour toi, à partir de cette seconde, mon prénom est Agent. Avise-toi seulement de m'appeler encore une fois Andrew et je te renvoie en cabane pour outrage à un représentant de l'ordre.

Il se colla ensuite à Enzo au point de sentir la chaleur de son haleine.

— Ton attirance pour cette femme me donne enfin une accroche, le moyen de pression qui m'a toujours manqué. Dis-moi, quel goût la trahison laisse-t-elle dans ta bouche ? Quel effet cela fait-il d'accorder sa confiance et de se retrouver pris à son propre piège ?

— Fais pas ça...

— Si tu savais comme c'est bon. Mais suis-je bête, tu le sais parfaitement puisque tu m'as fait subir exactement le même sort.

— Pour la dernière fois, il n'y a pas de Griffon. Tu es prêt à mettre la vie de Janet en jeu pour un fantasme ?

— Oh oui. Tu as mené la partie trop longtemps, Meazza. À mon tour de dicter les règles, et elles sont d'une simplicité enfantine. Tu me livres le Griffon et le fric, Janet bénéficie de notre protection jusqu'à ce que tout risque soit éradiqué. Tu t'obstines à la jouer solo, et là, advienne que pourra... Et même si risquer sa vie ne me sert qu'à te faire chier, je saurais m'en satisfaire.

La tension entre les deux hommes monta encore d'un cran. Au regard inflexible d'Andrew répondait celui, désemparé, d'Enzo. Voûté, tête basse, il ployait sous l'ascendant pris par l'agent fédéral. Tel un boxeur acculé dans les cordes par la pluie de coups déchaînée par son adversaire, il puisait dans l'énergie du désespoir pour ne pas finir au tapis.

— Tu me hais à ce point ?

— Au-delà.

Un sourire dédaigneux à la bouche, Andrew hocha la tête en détaillant Enzo, atone, de la tête aux pieds. Son visage ulcéré hurlait son dégoût. Un petit rire sardonique l'accompagna tandis qu'il s'en retournait vers la porte.

— Attends !

— Pas le temps pour tes jérémiades.

— Tu as gagné. Je vais te mener à l'argent et au Griffon.

Chapitre 32

— Vous n'avez pas fermé l'œil de la nuit, n'est-ce pas ?

— J'ai une sale tête à ce point ?

La question posée par Janet se voulait prévenante mais la mine déconfite de celle dont elle occupait le bureau depuis dix minutes lui fit regretter de l'avoir formulée. Elle se sentit coupable d'avoir dormi à poings fermés pendant que la jeune Stephanie Shark, à en croire la plaque fixée sur la porte de la pièce, montait la garde avec ses collègues. D'ailleurs, les mines des différents agents croisés lors de leur arrivée au siège du FBI trahissaient un manque de sommeil généralisé, et une tension palpable planait sur les lieux.

La culpabilité poussa Janet à abandonner le siège sur lequel elle s'était assise à l'invitation de son hôte et à le lui proposer.

— Non, merci. Si je m'immobilise, je m'endors aussitôt, prévint Stephanie en fouillant dans un petit sac à main de cuir noir posé sur une des étagères chargées d'ouvrages juridiques qui ornaient les murs.

Elle en sortit un miroir de poche circulaire et s'observa en soupirant, mais sans rien perdre de sa bonne humeur. L'accessoire regagna son logement et la jeune femme s'adossa contre le meuble, bras croisés.

Les doigts crispés sur une tasse frappée aux armoiries de la police de Dallas, Janet but par petites lampée le thé à la menthe servi par Stephanie Shark. L'agent spécial portait sur elle un regard empli de prévenance et de douceur. Cette petite brune aux traits poupins illustrait à merveille l'expression « sourire avec les yeux ».

Janet se délectait de ce sourire, de ce regard, prodigués par une parfaite inconnue qui venait pourtant de la protéger au péril de sa vie. Cette pensée provoqua chez elle une prise de conscience. Que faisait-elle d'autre, après tout ? À courir le monde pour empêcher que ne tombent entre de mauvaises mains des barres d'uranium enrichi. À auditer les installations nucléaires pour en sécuriser l'exploitation et les accès. Absorbée par la routine et l'enchaînement frénétique des missions, Janet avait fini par oublier la raison première de son engagement. Protéger les populations. Pourtant, c'était bien pour cette raison qu'elle avait rejoint l'AIEA, plus que pour fuir une vie personnelle partie en lambeaux. S'oublier dans le don de soi, au service des autres.

Les yeux de Janet s'illuminèrent à leur tour. Elle venait de comprendre. Chacune à sa manière, elle et Stephanie Shark appartenaient à la même sororité.

— Que va-t-il se passer, maintenant ? demanda-t-elle du bout des lèvres, comme si elle craignait de déranger.

— Nous attendons l'agent Bryniarsky puisqu'il est en charge de l'enquête. Pour le moment, il interroge Enzo Meazza. Ensuite il vous posera des questions pour déterminer les raisons qui ont pu pousser les criminels à s'en prendre à vous.

— Et à mes collègues.

— De cela, nous ne sommes pas encore totalement certains.

— Évidemment… vous ne pouvez pas vous satisfaire de simples suppositions…

— Exact. Quand bien même de sérieuses suspicions existent, il nous faut des preuves irréfutables.

— Exigences similaires dans mon travail, commenta sobrement Janet en avalant une rasade de thé.

— Puis-je vous demander quelles ont été vos dernières missions ?

— J'ai inspecté des installations portuaires en Afrique, des portiques pour détecter la radioactivité, pour être précise. Juste avant, j'ai travaillé plusieurs mois sur le programme nucléaire civil bulgare. Rien que de très banal.

— Et vos confrères ?

— Je ne connais pas toutes les assignations. Vous devriez demander à mon patron, Jean-Marc Le Morvan, à Vienne.

— Et la raison de votre présence sur le territoire américain ?

— La centrale de Bakersfield.

— Celle touchée par le tremblement de terre ?

— Précisément.

— La presse évoque de possibles fuites radioactives. Vous y étiez pour cette raison ?

— Oui et non. Cela dit, je vous rassure tout de suite, les taux de radioactivité se situent sous le seuil de tolérance.

— Au moins une bonne nouvelle, sourit Stephanie. Et quoi d'autre ?

— Nous avons mené une inspection complète du site, depuis les procédures de sécurité jusqu'aux unités de stockage des barres de combustible. J'étais spécifiquement en charge de cette dernière partie.

— Pas de découverte particulière ?

— Rien de mon côté. Pour les autres, je ne sais pas. L'inspection a été menée au pas de charge, et nous avons travaillé chacun de notre côté. Nous devions mutualiser nos constatations durant le vol.

— Je m'étonne que vous n'ayez pas effectué cette mutualisation avant.

— Comme je vous l'ai dit, nous n'avons pas eu le temps. Quand la centrale a été touchée par le tremblement de terre, notre direction nous a demandé d'interrompre nos missions pour nous rendre sur les lieux toutes affaires cessantes. Pour répondre à l'urgence, chacun a travaillé sur son domaine d'expertise, stocké les données récoltées puis préparé un rapport pour le remettre au chef de mission qui centralise le tout et rédige ensuite le compte rendu définitif.

— Et j'imagine que tous les éléments ont disparu dans le crash.

— Oh non, pas tous, au contraire. Voyez-vous...

La porte du bureau s'ouvrit soudain, coupant court à la conversation.

*

* *

Stephanie aurait voulu poursuivre un interrogatoire qui ne portait pas son nom. La fatigue ne lui pesait plus. Elle expérimentait une excitation nouvelle. Cantonnée au suivi des procédures et à la mise en conformité juridique des actions menées par ses coreligionnaires, elle découvrait les effets de l'adrénaline, l'excitation du limier certain de renifler la bonne trace. Son cerveau se scindait en deux. Un lobe emmagasinait les informations fournies par

Janet, l'autre les traitait et échafaudait d'innombrables hypothèses.

L'arrivée d'un importun brisait son élan et il s'en fallut d'un cheveu qu'elle ne l'envoie promener. Bien lui prit de se refréner.

Andrew Bryniarsky pénétra dans la salle d'interrogatoire visage fermé à double tour, un dossier noir dans les mains.

— Agent Shark, veuillez nous laisser un moment.

Pour la première fois depuis leur rencontre, moins de vingt-quatre heures plus tôt, Andrew marquait à son égard une distance hiérarchique qui, si elle existait dans les faits, changeait drastiquement la nature de leurs rapports jusqu'ici cordiaux. Stephanie ne s'en offusqua pas et trouva même dans cette sévérité un retour au juste ordre des choses.

Entretenir des relations amicales entre agents ne constituait pas une entorse à la règle. En faire étalage devant des justiciables, fussent-ils victimes ou coupables, si. L'incarnation de l'autorité s'exprimait dans le plus insignifiant des gestes et les inflexions de voix les plus ténues.

La manière dont Andrew se mouvait dans la pièce, depuis son attitude rigide jusqu'à sa façon d'empoigner le dossier de la chaise dévolue aux visiteurs pour l'éloigner du bureau avant de s'y asseoir, jambes croisées en maintenant son menton entre le pouce et l'index, démontrait sa maîtrise de cet exercice d'intimidation.

Au-delà du simple décorum réglementaire, ce qui dérangeait Stephanie tenait à la sensation désagréable que cette dureté s'appliquerait à Janet Livingston-Pierce. Obsédé par Meazza et son mystérieux Griffon, Andrew ne risquait-il pas d'oublier le dernier verbe de la devise « Servir et protéger » ?

La ressortissante britannique les observait tour à tour, aussi immobile qu'une écolière attendant sagement que le professeur lui fasse réciter sa leçon.

— Allez-y mollo, glissa Stephanie à l'oreille de son collègue.

L'inexpressivité de ce dernier la conforta dans ses craintes.

— Quand j'aurai besoin de vos conseils, je saurai vous faire signe, murmura-t-il avec froideur. Contactez Arturo Sanchez à notre siège new-yorkais et demandez-lui de me caler un vol privé à destination de Londres. Deux passagers. Que des agents de notre ambassade sur place soient présents à l'arrivée avec des policiers anglais. Urgence absolue.

— Vous partez pour l'Angleterre ?

Au-delà de la simple question surgit en elle la déception de se retrouver exclue d'une affaire qui la passionnait. Pire, de deux affaires, puisqu'il apparaissait clairement que les volets Meazza et Livingston-Pierce n'étaient pas liés.

— Meazza vient de m'avouer que les deux se trouvent là-bas. Il accepte de nous livrer le Griffon et le magot disparu.

— Mais comment...

Bryniarsky ne lui laissa pas l'opportunité de formuler son étonnement et lui intima l'ordre de se taire.

Abasourdie par une annonce aussi inattendue, Stephanie, à nouveau gagnée par la fatigue, n'imagina pas qu'une autre surprise l'attendait.

— Je vous confie la partie AIEA et Livingston-Pierce de l'enquête. Réglez-la avec doigté et si la roue tourne en votre faveur, les portes d'une grande carrière s'ouvriront à vous. Filez.

Stephanie quitta son bureau et conserva sa contenance en se mordant l'intérieur des joues. Le prix à payer pour ne pas exprimer bruyamment l'immensité de sa joie.

*

* *

Adopter un comportement contraire à son état d'esprit faisait partie de son travail. Combien de fois Andrew avait-il feint la colère pour impressionner un délinquant de petit calibre alors qu'il ne lui vouait aucune animosité ? À l'inverse, il s'était souvent retenu de dérouiller des salopards de la pire espèce car ils détenaient des informations de valeur, ou pouvaient rendre de grands services. Un grand écart quotidien, fondateur de sa profession.

L'un de ses formateurs à Quantico lui avait dit un jour : « En chaque flic sommeille un comédien. À côté de la CIA ou de nos services, l'Actors Studio est un théâtre associatif de quartier. »

Nombre d'épisodes de sa carrière validaient ce constat, mais aucun ne lui avait procuré un plaisir semblable à celui éprouvé dans la salle d'interrogatoire, face à Enzo. À l'instar de son dessert préféré, le millefeuille français, manipuler l'Italo-Américain apportait une triple satisfaction.

Lui faire croire à la renaissance de leur amitié ? Aussi onctueux que la crème pâtissière.

Briser ses espoirs et le contraindre à révéler ses secrets ? Aussi croustillant que le biscuit.

Seul le glaçage manquait à l'appel, et il s'annonçait délicieux.

— Qui l'eût cru ? lança-t-il à l'intention de Janet Livingston-Pierce.

— Je vous demande pardon ?

— Qui eût cru que nous nous reverrions dans de telles conditions après notre accrochage dans le parking de l'aéroport, hier midi ?

— Ni vous, ni moi, j'imagine.

— Ne trouvez-vous pas amusant que cet accident de voiture somme toute banal vous ait finalement sauvé la vie ?

— Amusant n'est pas le premier adjectif qui me viendrait à l'esprit. Trop de gens sont morts pour...

— ... j'en suis parfaitement conscient. Mais ne pouvant plus rien faire pour les morts, je me préoccupe des vivants.

Il ajouta comme pour lui-même « Et Meazza vient déjà de me servir le même couplet. »

— Comment va Enzo ?

Celle-là aussi, il l'avait entendue. Même question, même étincelle dans les yeux, même anxiété perceptible. Parfait. Le coup n'en serait que plus destructeur et aurait, au passage, la vertu de protéger cette femme de l'autre salopard.

— Il se porte comme un charme. Vous l'ignorez sans doute, mais le dénommé Enzo Meazza a commis plusieurs crimes fédéraux qui lui ont valu...

Janet arrêta Andrew d'un geste de la main.

— ... il m'a tout raconté.

— Pour les besoins de mon enquête, j'aimerais m'en assurer.

— Vous souhaitez que je vous répète ce qu'il m'a dit ?

— Je ne souhaite pas, madame Livingston-Pierce, je vous l'ordonne. Notre petite discussion se situe dans une zone floue perdue quelque part entre l'entretien informel et l'interrogatoire.

— Que voulez-vous savoir au juste ?

— Tout ce dont vous vous souvenez.

Janet relata par le menu les propos tenus par Enzo dans la chambre. Sans perdre une miette de son récit, Andrew y détecta, non pas une volonté de balancer, mais un quasi-hommage rendu au personnage.

Odieux.

— Si je vous entends bien, Enzo Meazza vous a affirmé que nous avions récupéré la totalité des sommes détournées par ses soins et qu'il n'avait retiré aucun bénéfice personnel de ses manœuvres frauduleuses…

— Tout à fait.

— Et vous n'avez pas trouvé cela étrange, pour ne pas dire suspect ?

— Non. Si. Je veux dire… je n'avais pas de raison de douter d'un homme qui venait de me sauver la vie.

Foutu romantisme. Une corde de plus à l'arc d'un séducteur trop doué.

Cogner fort, maintenant.

— Meazza a dissimulé près d'un milliard de dollars dont nous n'avons pas retrouvé la trace. Au cas où vous ne me croiriez pas, tout est consigné noir sur blanc dans ce dossier.

Joignant le geste à la parole, il le déposa sur le bureau de Stephanie Shark.

Janet tendit la main vers la chemise noire, devant elle. Ses doigts en effleurèrent la couverture et coururent le long du cercle entourant les initiales FBI. Le désarroi se lisait sur son visage.

Elle posa sa paume sur le document et laissa filtrer un rire dépité suivi d'un commentaire non moins désabusé, à peine audible.

— Naïve…

Gagné. Inutile de la torturer plus avant.

— Meazza est un criminel. De la race de ceux à qui l'on donnerait le bon Dieu sans confession, capable de décrypter vos aspirations les plus profondes pour devenir celui que vous aimeriez qu'il soit. Vous n'êtes pas la première à vous faire embobiner et il y a fort à parier que vous ne serez pas la dernière.

Andrew se leva et ramassa son dossier. Il se dirigea vers la porte pour rappeler Stephanie Shark.

Janet l'interpella.

— Je vous plains.

— De quoi ?

— Vous deviez vraiment lui vouer une affection sans limites pour le haïr aujourd'hui à ce point.

— Comme un frère, madame Livingston-Pierce. Je l'aimais comme un frère.

Ou comment ruiner définitivement le plaisir du glaçage...

Chapitre 33

L'humeur morose, Andrew écoutait d'une oreille distraite le compte rendu dressé par Stephanie Shark de son entretien avec Arturo Sanchez. En fin tacticien au sens politique aiguisé, il avait accueilli les dernières nouvelles avec une gourmandise non dissimulée. La perspective de faire d'une pierre deux coups en résolvant à la fois le mystère Meazza et la crise provoquée par l'attentat contre le vol Dallas-Paris. Des arguments plus que suffisants pour justifier la mise à disposition d'un avion privé à destination de Londres et obtenir du chef du FBI texan le détachement temporaire de l'agent Shark auprès du bureau new-yorkais. D'après Stephanie, il avait conclu la conversation en s'autorisant un « si avec ça je ne deviens pas gouverneur… » sans équivoque. Sa seule consigne tenait à la conservation du secret le plus absolu autour des opérations en cours tant qu'aucune arrestation ferme ne se justifiait.

Si la conjonction des événements se montrait éminemment favorable, Andrew ne parvenait pas à s'en réjouir autant qu'il l'aurait souhaité. La ligne d'arrivée se rapprochait mais il se garderait bien de crier victoire avant de l'avoir franchie. Il savait Enzo largement assez intelligent et pervers pour le doubler sur le fil et, s'il avait mis un genou en terre, il n'était pas encore vaincu. Quant à Janet Livingston-Pierce, rien ne prouvait qu'elle détienne réellement les informations susceptibles d'expliciter l'attentat, les motivations des tueurs, ou l'identité de leur commanditaire.

Tout avançait pour le mieux, certes, mais rien n'était encore gagné. Un sens de la mesure partagé par Stephanie, dont le sang-froid confortait Andrew dans sa décision de lui confier le volet AIEA de l'affaire. De toute façon, Arturo Sanchez était un homme suffisamment avisé pour ne pas remettre en doute son choix de lui affecter la juriste.

— Vous décollez dans deux heures, ainsi acheva-t-elle son long monologue.

— C'est bien, approuva-t-il. Ça laisse le temps de trouver des vêtements convenables à Meazza et de raser ce qu'il lui reste de barbe. Je n'ai aucune envie de trimbaler un clochard au royaume de l'élégance et du bon goût. Tant qu'à faire, autant passer inaperçus.

— Comme je vous comprends. Le pauvre homme ne ressemble plus à rien.

La compassion démontrée par Stephanie assombrit encore un peu plus Andrew au point de rendre son ressentiment pour l'ancien avocat très perceptible. Assez en tout cas pour obliger son interlocutrice à baisser les yeux. Elle poursuivit cependant :

— Le directeur Sanchez profite de ce délai pour prévenir nos représentants à l'ambassade londonienne et éviter tout souci avec les autorités locales. De mon côté, je vais reprendre ma conversation avec l'inspectrice de l'AIEA. Au moment où vous êtes entré dans le bureau, elle s'apprêtait à me révéler quelque chose d'important, je l'ai senti.

— Bon, il semble que tout aille pour le mieux, se félicita-t-il. Je sais ce que j'ai à faire, maintenant, Agent Shark, à vous de jouer. Votre partie pourrait s'avérer plus tendue que la mienne.

— J'en suis pleinement consciente et j'entends tout mettre en œuvre pour ne pas vous décevoir.

S'il apprécia l'aspect « respect de la hiérarchie » de l'engagement, Andrew n'accepta pas une déférence hors de propos. Conscient de la froideur de son comportement depuis son entrevue avec Livingston-Pierce, il s'adoucit pour mieux l'encourager.

— Stephanie, nos chemins se séparent ici et maintenant. Nous avons chacun une affaire à résoudre, alors la seule personne que vous ne devez pas décevoir, c'est vous. Sanchez, Cates et moi croyons en vous.

— Il me reste à me faire confiance…

— Absolument !

Andrew proposa sa main à sa collègue qui la saisit et la serra longuement.

— Bonne chance avec votre inspectrice, agent Shark.

— Bon courage avec votre phénomène, agent Bryniarsky.

Il lui adressa un clin d'œil et, s'en allant vers la pièce dans laquelle l'attendait Meazza, pensa : *Il va m'en falloir*.

*

* *

Stephanie retrouva Janet prostrée sur sa chaise, les yeux dans le vague. Quelle qu'ait été la nature de sa discussion avec Andrew Bryniarsky, la malheureuse en était ressortie salement secouée. La nature empathique de la juriste l'incita à ne pas remuer le couteau dans une plaie dont elle ignorait les causes. Éluder la question lui paraissait avisé et un autre sujet monopolisait son attention.

— Pourrions-nous reprendre ou nous en étions ?

— Hmmm ? Ah oui, les données…

— Précisément.

Comme elle le pressentait, le recentrage sur le domaine professionnel sortit l'Anglaise de sa torpeur. Simple à deviner quand on fonctionne soi-même sur un mode similaire.

— Nous avons centralisé la totalité des informations récoltées durant notre inspection dans l'ordinateur que je garde avec moi.

— S'agit-il d'une procédure habituelle ? s'enquit Stephanie, mue par son goût pour la précision.

— Il n'y a rien d'habituel dans la mission que nous avons menée. Nous opérons rarement aussi nombreux et encore plus rarement à une telle vitesse. En l'espèce, j'avais prévu de compulser toutes les constatations durant le vol. Disons que je ne suis pas trop mauvaise pour mener des analyses exhaustives en un temps limité.

L'intuition de Stephanie se confirmait, et s'il existait la moindre chance que l'ordinateur détenu par Janet Livingston-Pierce contienne la plus infime piste menant à un mobile, elle entendait la jouer à fond.

— Vous sentiriez-vous d'attaque pour mener ces fameuses analyses maintenant ?

Nul besoin de mettre les points sur les I. À l'expression déterminée, presque gourmande, de Stephanie, Janet comprit ses motivations et sonna la charge.

— Avec plaisir.

— Comment puis-je vous être utile ?

— Fournissez-moi un espace de travail assez vaste pour que je puisse utiliser mon ordinateur et prendre des notes. Il me faudrait un tableau, des punaises, une imprimante, plusieurs ramettes de papier, des feutres ainsi qu'un accès Internet.

— Aucun souci, sauf peut-être pour les punaises. Aujourd'hui nous travaillons plutôt avec du magnétique. Je vais voir si je peux vous trouver ça.

— Je vous avoue que je préfère ce système. À chaque fois que j'épingle une feuille, c'est un peu comme si l'idée se gravait dans mon esprit. Mais ne vous ennuyez pas.

— Non, non, je comprends parfaitement. Personnellement je partage la même sensation mais avec des Post-it. Je vais consulter le stock, ça ne prendra qu'une minute. Autre chose ?

— Abuserais-je en vous demandant une bouilloire, une tasse et une tonne de sachets de thé, peu importe l'arôme ?

— Pas une seconde.

*
* *

Enzo ruminait et se morigénait de sa naïveté face au stratagème déployé par Andrew. Tant d'années d'une concentration si extrême qu'elle confinait au dévouement pour finir par être pris à son propre piège. Quel imbécile !

Il avait suffi d'un banal accident de voiture et d'un enchaînement ahurissant de contrevenues pour enrayer une mécanique de précision assemblée depuis vingt-cinq ans. S'arranger de la sincère affection qu'Enzo éprouvait pour Andrew avait déjà réclamé beaucoup d'énergie. L'irruption de Janet dans son existence avait achevé de le bouleverser.

Bryniarsky avait joué son coup avec finesse et parfaitement détecté le trouble d'Enzo. Cependant, l'agent revanchard ne pouvait se douter à quel point la carte « Janet » pesait lourd dans la partie. Enzo lui-même ne l'avait réalisé qu'au moment où la sécurité de la sémillante Britannique était arrivée sur la table. Il savait depuis le début de son épopée combien tout attachement lui était interdit. L'embryon de sentiments qu'il éprouvait pour Janet le confortait dans cette certitude, et pourtant, rien n'y faisait, elle l'obsédait.

Quand Andrew réapparut, il faisait grise mine là où il aurait dû pavoiser.

— Le gouvernement des États-Unis d'Amérique nous offre une escapade romantique à Londres, déclara-t-il avec une légèreté peu convaincante.

— Il n'a pas perdu de temps, le gouvernement...

— Jamais quand il s'agit de récupérer l'argent qui lui revient !

Les mots se voulaient ironiques mais le ton ne collait pas.

— Quand partons-nous, Agent Bryniarsky ?

— Dès que tu auras retrouvé un minimum d'allure. Dans sa grande générosité, Oncle Sam te fournit un rasoir, et des fringues neuves. Sympa, non ?

— Nous dirons que j'aurai moins l'allure d'un débris.

— On dira ça, ouais. Allez, debout, direction un aérodrome du coin. Tu te raseras et te changeras sur place.

Enzo obtempéra tout en sondant au passage le regard d'Andrew. Était-ce la contrariété qui l'étreignait ? La fatigue ? À moins que… de la tristesse ? Intéressant…

Les deux hommes sortirent de la salle d'interrogatoire pour déboucher dans un couloir éclairé par une rangée de puissants néons blancs. Ils parvinrent à un embranchement après avoir laissé derrière eux une série d'épaisses portes grises, toutes closes. L'ouverture de l'une d'entre elles attira l'attention d'Enzo qui tourna la tête sans que Bryniarsky daigne ralentir la cadence.

L'agent Shark émergea de la pièce, suivie comme son ombre par Janet.

Il aurait voulu s'avancer vers elle, lui parler, s'enquérir de son état, entendre le son de sa voix, même pour se faire envoyer promener.

Quand leurs regards se croisèrent, le changement d'attitude de Janet ne laissa planer aucune ambiguïté. Il comprit aussitôt. Elle se raidit, sa bouche se pinça, sa mâchoire se contracta. Ses yeux, grands ouverts, exprimaient un mélange d'incompréhension et de peine. Il ne connaissait que trop cette expression de colère et de déception mêlées.

Janet savait qu'il n'avait pas restitué la totalité de l'argent détourné. L'information pouvait émaner de l'agent Shark, mais Enzo aurait mis sa main à couper qu'Andrew s'était offert un ultime plaisir en racontant son histoire in extenso.

Il se pétrifia sur place. Elle baissa la tête un instant, puis emboîta le pas à Shark qui disparaissait déjà dans le carrefour.

Janet disparut à son tour sans se retourner.

La mort dans l'âme, Enzo comprit qu'il ne la reverrait jamais.

Chapitre 34

Durant les six dernières heures, Janet Livingston-Pierce n'avait pas décollé les yeux de son ordinateur portable. Sa puissance de travail impressionnait Stephanie, pourtant coutumière des sessions marathon. Les milliers de clics de souris et la symphonie de claquements de touches sur son clavier attestaient d'un degré de concentration exceptionnel. Quand elle ne s'acharnait pas à faire subir un test de résistance à son équipement, elle prenait des notes sur des feuilles volantes prélevées dans la réserve de l'imprimante voisine. Elle noircissait des lignes par centaines, dessinait même diagrammes et schémas, le tout sans présenter le moindre signe d'affaiblissement.

Certaines des pages terminaient punaisées sur le tableau en liège dont elle avait fait la demande et sur lequel commençait de se former un organigramme complexe. Par moments, elle saisissait sa tasse de thé et reculait son fauteuil le temps de capturer la vue d'ensemble de son travail pour mieux se replonger sur l'analyse des données.

Elle n'avait abandonné son poste qu'à deux reprises pour réapprovisionner sa bouilloire en eau.

Stephanie se demanda comment Janet arrivait à ingurgiter une telle quantité d'une boisson réputée pour ses vertus diurétiques sans filer aux toilettes tous les quarts d'heure. Elle envisagea la possibilité que les vessies britanniques, formées dès le plus jeune âge, possédaient une contenance supérieure à la normale.

Cette hypothèse absurde la fit sourire intérieurement.

Harassée par une nuit blanche, ébranlée par la menace qu'avait fait peser sur elle le tueur casqué, Stephanie luttait pour ne pas sombrer corps et biens. L'énergie déployée par Janet Livingston-Pierce l'inspirait, la motivait, la poussait à s'extraire d'elle-même et des angoisses qui lui criaient de se réfugier dans un coin de la pièce en position fœtale.

À l'aune des dernières vingt-quatre heures, son existence ressemblait à celle des habitants d'une île paisible dévastée par un ouragan nocturne. Frappés par les vents, submergés par la fureur des eaux, les insulaires découvraient, au lever du soleil, l'ampleur des dégâts et comptaient leurs morts. Si certains erraient, hagards, au milieu des ruines, d'autres se lançaient sans attendre dans la reconstruction. Janet était de ceux-là. Elle aurait dû mourir dans un avion, sous les balles, écrasée par une voiture, et quatre hommes qu'elle connaissait et avec qui elle travaillait avaient perdu la vie. Pourtant elle œuvrait d'arrache-pied, sans montrer le moindre signe de faiblesse.

Oui, par son implication, Janet reconstruisait. Et son exemple était un modèle pour Stephanie.

Elles ne survivaient pas.

Elles vivaient.

Et préparaient la contre-attaque.

Les plaintes attendraient.

Deux nouvelles heures passèrent. Une fois les fastidieux rapports éclusés, les avis de recherche pour un homme à l'accent slave lancés, Stephanie s'était jetée dans la lecture d'articles liés au nucléaire, à la centrale de Bakersfield, à la société Nucorp et aux attributions de l'AIEA. Une immersion accélérée dans un univers méconnu, indispensable à la bonne marche d'une enquête menée en sous-main. Étouffé par la crainte d'une nouvelle attaque terroriste, le pays suffoquait. Les agences de renseignements bouillonnaient, les forces de l'ordre s'agitaient, le gouvernement retenait son souffle. S'il existait une chance qu'au milieu de ce chaos Stephanie, via Janet, détienne les clefs de la vérité, elle entendait en faire bon usage. Et saisir au passage la chance qui s'offrait à elle d'accomplir ce pour quoi elle avait intégré le Bureau et d'y asseoir son avenir.

L'homme qui avait menacé sa vie aurait pu l'inhiber pour le restant de ses jours. Il avait, au contraire, ouvert la cage.

Quand Janet épingla le dernier élément de son organigramme, elle accompagna son acte d'un soupir de soulagement. Elle s'empara ensuite du tableau puis se campa devant Stephanie. La concentration, lisible sur ses traits tendus, se mua en satisfaction vorace au point que même son sourire en devint inquiétant.

— J'ai trouvé, jubila-t-elle.

— Vous m'expliquez ?

— Si vous en êtes d'accord, vous suivrez pendant que j'expose mes découvertes à mon patron, cela évitera d'y revenir deux fois. D'autant plus que c'est un peu long et technique.

— Je vous fais confiance. Salle de conférences ?

— Oui !

Les deux femmes migrèrent dans une grande pièce au sous-sol du bâtiment, les bras chargés de leurs ordinateurs respectifs, du précieux tableau et de liasses entières de feuilles volantes. Avisant un vidéoprojecteur, Janet y connecta d'autorité son portable pour en afficher le contenu sur le mur blanc prévu à cet effet. Elles s'installèrent autour d'une table circulaire au milieu de laquelle trônait un cylindre noir d'une trentaine de centimètres de hauteur posé sur un socle muni d'un clavier.

Sous la dictée de Janet, Stephanie composa le numéro du poste direct de Jean-Marc Le Morvan.

Ce dernier décrocha avant même que la première sonnerie ait fini de retentir dans le puissant haut-parleur.

— Le Morvan.

— Jean-Marc, c'est Janet. Je suis avec l'agent Shark, du FBI de Dallas. Elle suit l'affaire avec nous.

— Enchanté, agent Shark.

— De même, répondit-elle, charmée par la voix grave et l'accent délicieusement « *frenchy* ».

— Quoi de neuf, Janet ?

— J'ai balayé la totalité des données collectées par l'ensemble de l'équipe.

Comme nous le pensions, la centrale n'a pas souffert du tremblement de terre. La salle de commande, la sécurité, les systèmes de communication, tout est conforme.

— Et les unités de stockage des barres de combustible ?

— Rien non plus de ce côté-là.

— Janet, je vous connais assez pour sentir à votre ton que vous avez découvert quelque chose. Autant j'apprécie un peu de suspense de temps à autre, autant j'ai eu mon compte d'émotions ces dernières vingt-quatre heures. Venez-en au fait, s'il vous plaît.

— Pardonnez-moi, Jean-Marc, je ne cherchais pas à ménager un quelconque effet, je me contentais de suivre l'ordre de mes recherches. J'ai besoin de votre regard objectif pour valider mes impressions sur les informations que je vais vous communiquer.

— Mon attention vous est tout acquise.

— Le réacteur 4.

— Celui qui était arrêté pour maintenance ?

— Celui-là même. Je viens de vous envoyer un mail. Ouvrez-le, je vous prie.

— Donnez-moi une seconde, le temps que votre message franchisse nos serveurs et leurs analyses de sécurité. Voilà, je viens de le recevoir. Dix fichiers photos, correct ?

— Oui. Ouvrez-les toutes et parcourons-les dans l'ordre. Dites-moi ce que vous en pensez.

— Qu'avons-nous là… bâtiment intact, véhicules garés un peu partout, des hommes équipés de casques réglementaires. Je ne vois rien de spécial sur la première.

— Nous sommes d'accord. Continuez, je vous prie.

L'examen des six clichés suivants donna lieu à des commentaires techniques auxquels Stephanie n'entendit pas grand-chose. Dans la mesure où les deux experts ne relevaient rien d'anormal, elle retint ses questions, jugeant opportun de ne pas les interrompre.

Le ton changea du tout au tout lors de l'analyse des trois dernières images, et Janet, jusque-là indifférente à l'agent, lui adressa un regard appuyé, et toujours bienveillant.

Cette fois apparut sur le mur une vue de l'intérieur d'un hangar situé à l'extérieur du réacteur. À travers les portes coulissantes entrouvertes, on y apercevait un homme en bleu de travail face à une immense tour qui rappelait à Stephanie les stations spatiales soviétiques des années 1960. Posé sur un socle constitué de poutrelles, une sphère couleur rouille supportait un cylindre blanc percé en son centre d'une ouverture carrée dévoilant un impressionnant vérin chromé. Disposées de façon chaotique, de plus petites lucarnes vitrées donnaient sur des enchevêtrements de câbles. Ce qui ressemblait aux grilles d'un diffuseur d'air conditionné cerclait la tour en son milieu, et son sommet n'était que capteurs et boîtiers.

Remarquant l'attention portée par Stephanie au colossal objet, Janet prit la parole.

— Ceci est une pompe de refroidissement, elle mesure environ huit mètres et pèse plus de cent tonnes.

— Le terme de « pompe » est un peu réducteur.

— Tous les termes du nucléaire sont un peu réducteurs face à l'énormité des installations, s'amusa Janet avant de retrouver un sérieux tout scientifique.

— Pardon de vous interrompre, intervint Le Morvan, mais jusqu'ici je ne vois rien d'anormal. Je viens de parcourir les bordereaux nous informant des travaux, et ils mentionnent effectivement une maintenance de ces...

— Je sais, Jean-Marc, le coupa Janet. S'il vous plaît, accédez à mes dossiers stockés sur le serveur et cliquez sur Japon, puis sur « Inspec-0322-ATOMKA ».

— J'y suis. J'ai une longue liste de sous-dossiers. Laissez-moi deviner, j'ouvre celui intitulé « photos » ?

— Perspicace. Elles sont classées par...

— ... type d'équipement, je vous connais. Donc, donc, donc... pompe de refroidissement. OK, je viens d'ouvrir les fichiers images. Donnez-moi une seconde, je compare… À vue de nez, ce sont les mêmes.

— Nous sommes d'accord. Maintenant, allez chercher les plans dans les nomenclatures de la centrale de Nucorp, réacteur 4, telles qu'elles nous ont été déclarées.

— Donnez-moi deux petites minutes.

Le silence qui succéda à la requête excéda largement le délai annoncé. Stephanie en profita pour se lever et se dégourdir les jambes autour de la pièce. Janet compulsait ses notes, un stylo calé entre les dents, quand Jean-Marc Le Morvan reprit la parole.

— Les plans ne correspondent pas, souffla-t-il, entre colère et résignation.

— Vous avez remarqué ? demanda Janet sans ciller.

— J'ai noté au moins trois différences, minimes, certes, mais cela ne fait aucun doute, la pompe photographiée n'est pas celle dont nous possédons les plans.

— J'ai comptabilisé pas moins de cinq anomalies, abonda Janet.

Elle haussa le volume de sa voix tandis qu'elle se levait pour appuyer sa démonstration en pointant de son stylo les éléments concernés projetés sur le mur. Elle s'attarda sur l'espacement entre les lucarnes, sur la forme du collier du vérin, et même sur le nombre de lamelles de la partie qui ressemblait à un radiateur. Autant de détails indétectables pour un non-initié.

— Excusez-moi, osa Stephanie, mais je ne saisis pas totalement. Nucorp utilise des pompes non conformes aux plans, j'ai bien compris ?

— Tout à fait.

— Mais ces pompes sont semblables à celles utilisées par une société japonaise ?

— Oui.

— Et pour vous, cela signifie quoi ? Nucorp aurait « volé » cette pièce ? Ne pourrait-il pas avoir finalement décidé de l'acheter à cette société... Atomka ?

Cette fois, les réponses vinrent de Le Morvan.

— Sur le principe, rien n'interdit ce type de transactions, agent Shark. Par contre, voler un tel équipement est inenvisageable. Non, il n'existe que deux solutions. Soit Nucorp a fabriqué les pièces suivant des plans brevetés par Atomka, soit il s'agit d'une contrefaçon. Et m'est avis que Janet connaît déjà la réponse...

— J'ai appelé un contact au sein de l'Agence pour le nucléaire japonaise. Il n'existe aucune trace d'accords entre Atomka et Nucorp concernant la cession de brevets ou la fourniture de matériel.

Jean-Marc Le Morvan soupira si fort que le haut-parleur satura.

— Corée, 2012 ?

— Corée 2012, confirma Janet.

Déjà à la peine, Stephanie se sentit totalement larguée.

— Si je puis me permettre...

Toujours debout, l'Anglaise cala son stylo sur son oreille et se lança dans un nouvel exposé.

— En 2012, un scandale similaire a éclaté en Corée du Sud. Un employé de la société KHNP[1] a organisé la copie des pièces assurant l'étanchéité des conduites de transmission de données entre le réacteur et la salle des commandes. Il a fourni les plans à une société locale qui a fabriqué les pièces à moindre coût, évidemment. Pour dissimuler la supercherie et

1. Korea Hydro Nuclear Power.

déposer un brevet, il a opéré de légères modifications. Ces contrefaçons ont été retrouvées dans plusieurs centrales du pays, comme Kori ou Yongwang.

— Édifiant...

— Vous trouvez ? Permettez-moi donc de vous atterrer encore un peu plus. Les éléments contrefaits appartiennent à la société française Areva, qui n'a pas souhaité attaquer KHNP en justice. Motif ? Areva leur a vendu des générateurs de chaleur et collabore avec les Coréens depuis plus de trente ans. Pourquoi se fâcher avec un bon client, je vous le demande ?

— Je tombe des nues.

— Si vous trouvez cette histoire délirante, vous allez adorer la dernière. Toujours à Kori, un des dirigeants de la centrale a écopé d'une peine de trois ans de prison pour avoir vendu des pièces rouillées et destinées à la destruction à un industriel local qui les a nettoyées et remises en état. Il les a ensuite revendues à... la centrale de Kori. Au prix du neuf, tant qu'à faire.

— Tant qu'à faire. Vous connaissez parfaitement bien le dossier.

— Merci, mais je n'ai aucun mérite. Cela fait partie intégrante de ma profession et c'est moi qui ai dirigé cette enquête.

— Et de main de maître, souligna Le Morvan, à l'autre bout du fil, avec une fierté non dissimulée. Vous savez maintenant contre quoi nous nous battons au quotidien.

— Je n'aurais jamais soupçonné que ce soit possible dans un domaine aussi surveillé et sensible que le nucléaire, dit Stephanie.

— C'est possible dans tous les secteurs où l'argent circule, agent Shark, déplora le directeur. Et ne croyez pas que le nucléaire échappe aux malversations et autres magouilles de bas étage.

» Les causes de telles dérives sont multiples mais elles tournent toutes autour du même problème : l'argent. Peut-être vous surprendrai-je, mais les politiciens portent une part importante de responsabilité. Chaque gouvernement rêve d'assurer son indépendance énergétique. Il a également tout intérêt à maintenir au plus bas le tarif du kilowatt-heure.

» Une énergie peu coûteuse a des répercussions positives sur le pouvoir d'achat des ménages. Une électricité à bas prix pour les industriels réduit leur coût de production et participe de leur compétitivité. Les enjeux sont lourds, autant pour l'économie que pour la politique intérieure, voire extérieure d'un pays.

Janet appuya l'argumentation développée par son mentor.

— Les gouvernements mettent la pression sur les fournisseurs d'énergie qui, de leur côté, courent après les économies, faute de quoi leur activité cesse d'être rentable. Et comme, de surcroît, ils ont des actionnaires à satisfaire, l'absence de rentabilité est inacceptable. Le cercle initialement vertueux devient vicieux. On rogne à tous les niveaux, dans tous les secteurs, quitte à enfreindre les règles et à mettre en danger la sécurité des installations.

Et Le Morvan de conclure, devant une Stephanie coite et stupéfaite, mais dont l'esprit pragmatique mesurait l'importance du dossier qu'Andrew Bryniarsky lui avait offert :

— On ne nous appelle pas pour rien les « gendarmes du nucléaire ». Nos interventions possèdent très souvent un caractère préventif, voire dissuasif. Les antinucléaires nous accusent de servir les intérêts des grands groupes et les grands groupes en question nous prennent pour des emmerdeurs. La majeure partie des gens ignorent jusqu'à notre existence. Il n'empêche que si nous n'existions pas, ce serait un joyeux bazar. Tout comme vous, nous ne faisons pas les lois et nous ne sommes pas là pour faire l'apologie de quoi que ce soit. Nous veillons simplement au bon respect des règles, c'est tout. En l'occurrence, nous avons les preuves d'une fraude d'une exceptionnelle gravité.

— D'autant plus que je ne vois pas comment une telle supercherie serait possible sans des complicités au sein de l'Agence pour le nucléaire américaine, puisque ce sont d'abord eux qui se chargent des contrôles.

Janet venait de relever la gravité et l'ampleur des crimes commis. Les yeux dans les yeux, Stephanie scella, quant à elle, le pacte qui unissait les deux femmes.

— Je dispose d'un mobile en or pour éliminer une équipe d'inspecteurs détentrice de données susceptibles de faire éclater un tel scandale. Puis-je vous poser une question, monsieur Le Morvan ?

— Faites, agent Shark.

— Qui connaissait les horaires de votre vol ?

— Moi, Salma, mon assistante, sans doute les familles de mes collaborateurs.

— C'est cette Salma qui a réservé les billets ?

— Je n'en sais rien. Enfin, je suppose.

— Une supposition ne me suffit pas. Monsieur Le Morvan, pourriez-vous me dire qui a réservé le vol pour votre équipe ?

— Une seconde, je vous dis ça tout de suite.

Le téléphone conférence retransmit la conversation qui se déroulait à Vienne, près de neuf mille kilomètres à l'est de Dallas.

— Salma, c'est vous qui avez géré les réservations pour le vol de retour ?

— Comme toujours.

— Quelqu'un d'autre que vous était-il au courant ?

— Quelle étrange question… En interne, non, vous mis à part.

— En interne ?

— Oui, en interne il n'y avait que vous et moi à savoir. En externe, j'ai travaillé avec la direction générale de Nucorp pour faire face à l'urgence. Ils ont facilité les réservations sur place, hôtel, location de voitures et billets d'avion. Je dois reconnaître que la personne avec qui j'ai traité a été d'une grande efficacité.

— Pourrais-je connaître son nom ?

— Angela Baron.

Chapitre 35

Installée dans un hôtel voisin des locaux du FBI, sous la garde de quatre agents spécialisés dans la protection des témoins, Janet Livingston-Pierce profitait désormais d'un repos bien mérité avant de rédiger un rapport circonstancié sur ses découvertes. Outre une sécurité garantie, elle demeurait ainsi à disposition de Stephanie en cas de besoin. Cette dernière se félicitait d'ailleurs de bénéficier de la confiance d'Arturo Sanchez et de l'aisance avec laquelle elle avait obtenu une équipe de surveillance.

Le travail de la ressortissante britannique achevé, celui de la juriste commençait réellement. Armée d'un véritable mobile pour justifier de l'élimination des inspecteurs de l'AIEA et d'une solide intuition, la jeune femme épluchait les articles sur le Web concernant la société Nucorp et la fameuse Angela Baron mentionnée par l'assistante de Jean-Marc Le Morvan. Hormis un curriculum vitae impressionnant, aucune information particulière ne filtrait sur la toile concernant l'attachée de direction. Nucorp, par contre, déchaînait les passions.

La plupart des sites trouvés émanaient plus de groupuscules antinucléaires que d'organes de presse, et tous s'échinaient à dénoncer, non seulement les méfaits de l'énergie atomique, mais aussi la cupidité d'une entreprise au chiffre d'affaires titanesque et aux bénéfices outranciers.

Plusieurs blogs proches du Parti démocrate accusaient également l'entreprise de financer les campagnes de candidats républicains dans les États où étaient implantées ses centrales. Si la démarche n'avait, en soi, rien d'illicite, certains dénonçaient des « contreparties » douteuses, voire déloyales. Les accusations portaient plus particulièrement sur de nombreux sponsorings d'infrastructures éducatives et sportives dans l'État de Californie.

Là encore, la légalité des opérations était moins remise en cause que les questions éthiques soulevées par une collusion jugée malsaine entre économie et politique. Collusion, Stephanie était trop peu naïve pour l'ignorer, qui constituait l'un des piliers du fonctionnement du système américain et dévoyait en toute impunité la notion même de démocratie. Mais elle savait aussi que nul système n'est parfait et sa lucidité n'atténuait en rien sa détermination à faire respecter les lois d'un pays qu'elle chérissait par-delà ses imperfections.

Après deux heures de recherches et de lectures acharnées, Stephanie Shark disposait d'une vue d'ensemble assez claire des activités de Nucorp, des controverses qu'elle suscitait, mais surtout, de deux noms qui revenaient à de multiples reprises.

Le premier était celui du sénateur Lynn, considéré par de nombreux lanceurs d'alerte comme étant à la botte de l'entreprise, certains n'hésitant pas à voir en lui un suppôt du lobby nucléaire, prêt à toutes les bassesses pour obtenir ses faveurs et, évidemment, profiter de sa formidable manne financière.

Le second n'était autre que Nick Taggert, P-DG de la société. Physique de jeune premier, voire de gendre idéal, le personnage apparaissait dans de nombreuses vidéos dans lesquelles il s'adonnait à des « *keynotes* » de haute volée. Popularisé par Steve Jobs, le fondateur d'Apple, cet exercice consistait à présenter de nouveaux produits ou de nouvelles stratégies seul sur une scène, face à une audience chauffée à blanc. Une théâtralité en phase avec une époque idolâtre visant à transformer les entrepreneurs en véritables stars, et dont le dénommé Taggert semblait raffoler. Pas une de ses apparitions n'échappait à cette logique et il développait des talents d'orateur et une gestuelle ciselée tels que son plaisir à se mettre en scène sautait aux yeux.

L'homme ne manquait pas de charme mais, sans qu'elle sache en définir la cause exacte, Stephanie ressentait un malaise à l'observer. Il suintait de ce personnage une vulgarité retenue mais perceptible, comme si un seul regard de sa part suffisait à souiller celui ou celle qui en serait la cible.

Bien plus intéressantes que les vidéos, pénibles à regarder, les actualités liées à cet individu se révélèrent instructives et tout particulièrement la plus récente.

Une audience devant une commission sénatoriale s'était déroulée le matin même. La convocation faisait suite au tremblement de terre soupçonné d'avoir endommagé une des centrales appartenant à Nucorp.

À cette troublante coïncidence temporelle s'ajoutait une étonnante découverte concernant la composition de ladite commission. Respectant les procédures en vigueur, le Sénat avait publié la liste des élus devant y siéger, pour mieux la modifier à quelques heures de la séance. Si le fait était courant, le nom du nouveau participant ne manqua pas d'alerter Stephanie. Le sénateur Weber, du Delaware, abandonnait sa place au profit… du sénateur Lynn, de Californie.

Il paraissait désormais évident que Nucorp ne laissait rien au hasard et tirait, dans l'ombre, de multiples ficelles. Soupçons de contrefaçon, de corruption, voire un lien avec l'attentat aérien et les tentatives de meurtre à l'encontre de Janet Livingston-Pierce, le faisceau de présomptions s'épaississait à vue d'œil. Restait à transformer les doutes en preuves. Un exercice qui, s'il excitait Stephanie, risquait, elle n'en doutait pas, de s'avérer complexe.

Mais, en la jouant avec finesse, il pouvait aussi se montrer payant...

Chapitre 36

Washington,
au même moment.

Angela le sentait depuis la fin de la session de la commission sénatoriale : elle tenait un os juteux et comptait le ronger jusqu'à la moelle.

Nick Taggert avait quitté le Capitole éreinté par le spectacle joué devant son audience et s'était octroyé le reste de la journée pour se détendre. Angela le connaissait suffisamment pour ne pas se contenter de cette explication. Certes, Taggert n'appartenait pas à la catégorie des bourreaux de travail, mais le considérer comme fainéant aurait été à la fois injuste et erroné. Quelque chose lui triturait l'esprit au point de le rendre inopérant. Mais quoi ?

Une fatigue peu crédible, un téléphone inconnu d'Angela, une perte du contrôle de soi à l'évocation de l'inspection de l'Agence internationale de l'énergie atomique, trop d'éléments troublants pour ne pas éveiller la curiosité de l'assistante.

Ainsi, après avoir déposé son patron à son hôtel, s'était-elle rendue dans les locaux mis à la disposition de Nucorp par la société chargée du lobbying nucléaire auprès de la Chambre des représentants et du Sénat.

Depuis ce bureau temporaire – le siège opérationnel de Nucorp se trouvait historiquement à Raleigh en Caroline du Nord – elle retraçait tous les éléments dont elle disposait à propos de l'inspection menée en urgence par l'AIEA.

Lorsque les services de l'Agence l'avaient contactée, elle ne s'était pas alarmée de leur insistance à envoyer une équipe dans des délais inhabituellement serrés. Après tout, les craintes soulevées par les conséquences du tremblement de terre justifiaient l'intervention d'autorités susceptibles de rassurer médias et population. Et ce d'autant plus que de folles rumeurs pullulaient sur les réseaux sociaux au point d'être reprises par des journaux dits « sérieux ». Non, ce qui avait surpris Angela, c'était l'empressement de Taggert à accompagner les inspecteurs dès leur arrivée sur site. Quand elle l'avait interrogé sur cette urgence, il s'était justifié par une volonté de se montrer courtois envers des « invités » et, par la même occasion, par l'effet positif qu'aurait sur l'opinion la certitude que le patron était aux commandes des opérations.

La logique se défendait, et Angela s'était rendue aux arguments déployés. Seulement, une fois dans la centrale, il s'était montré nerveux et irritable au point qu'elle s'était retrouvée contrainte d'arrondir les angles à plusieurs reprises. Au final, il avait plié bagage dès le premier soir pour se retrancher à Washington.

En se repassant le film des événements, elle réalisa que le téléphone entrevu quelques heures plus tôt devant le Capitole avait fait son apparition dès le lendemain du début de l'inspection et qu'après s'être isolé pour l'utiliser Taggert s'était montré très nettement apaisé. Ensuite, fidèle à ses habitudes, il avait chargé son assistante d'organiser une réunion avec celui qui se révélait être le sénateur Lynn et un Japonais dont elle ne connaissait que la société : KHNP. Les rencontres avec des représentants de cet homologue nippon n'avaient rien d'anormal compte tenu de la collaboration historique entre les deux entités et Angela ne s'en était pas inquiétée outre mesure.

Un verre de soda à la main, assise jambes croisées dans le fauteuil habituellement dévolu à son boss, elle fouillait sa mémoire comme on parcourt une base de données informatique. À chaque personnage, son dossier. À chaque événement, son fichier. Et elle le sentait, il lui en manquait un. Qu'avait-elle bien pu voir, entendre ou même faire qui la taraude autant ? Harassée par la tâche en temps normal, elle avait vu sa charge de travail exploser durant la dernière semaine et ne parvenait plus...

Exploser.

Elle posa le verre avec tant de hâte et de brutalité qu'une partie du liquide en jaillit et macula le sous-main en cuir décorant le bureau. Elle se précipita ensuite dans la pièce contiguë et s'empara de sa tablette tactile, véritable annexe de son cerveau. Les doigts tremblants d'excitation, Angela déroula le répertoire des mails expédiés. La conversation recherchée apparut enfin.

« Expéditeur : Salma Gazzal. Objet : réservations hôtel et avion »

La secrétaire de l'AIEA et Angela avaient échangé une dizaine de messages afin de régler les aspects logistiques d'une inspection montée « à l'arrache » suivant l'expression utilisée à plusieurs reprises par les deux femmes. Pour éviter des problématiques de décalage horaire, pallier le fait que les inspecteurs débarquaient des quatre coins du monde et faciliter leur travail, elles étaient convenues de se partager les tâches. Salma Gazzal gérait le transit vers les États-Unis, Angela réglait la question de l'hébergement ainsi que... le vol du retour.

Cette dernière relisait les e-mails quand elle s'aperçut, horrifiée, que l'horaire, la destination et le numéro dudit vol correspondaient à l'avion parti en torche dans le ciel de Dallas, la veille.

Cette synchronicité morbide aurait suffi à justifier l'accélération de son rythme cardiaque et la montée en flèche d'un stress qu'elle contrôlait d'habitude mieux que quiconque. Las, un ultime souvenir lui revint en mémoire, achevant de la faire basculer dans la panique la plus primale.

Nick Taggert avait demandé à recevoir en copie la totalité des échanges avec l'Agence. Angela avait obéi à cette requête, si inhabituelle soit-elle, dans la mesure où elle concernait des informations a priori sans intérêt pour le président du Directoire.

À moins, bien sûr, qu'il n'ait une idée derrière la tête, et elle connaissait trop bien le personnage pour savoir qu'en dépit du mépris qu'il lui inspirait, Nick Taggert avait toujours une idée derrière la tête.

Passé un frisson d'effroi, elle ferma les paupières à la recherche de son légendaire sang-froid.

Sa contenance et son esprit analytique reprirent le dessus. Une redoutable équation se dessina dans son esprit. Angela décrocha son téléphone, convaincue qu'il lui fallait contacter les autorités susceptibles de mener des investigations. Une démarche motivée par des considérations très éloignées de son devoir de citoyenne...

Chapitre 37

Le jet privé affrété par le FBI se posa sur le tarmac de l'aéroport de Londres-Luton en milieu de matinée. Assoupi pendant la totalité du vol, Andrew Bryniarsky ne se réveilla qu'au moment où le train d'atterrissage retrouva la terre ferme.

Les six heures trente de repos ne suffisaient pas à effacer les péripéties des deux derniers jours mais elles lui garantissaient un esprit suffisamment clair pour affronter le dénouement d'un calvaire vieux de six ans.

Il s'autorisa un long bâillement tout en étirant ses bras et ses jambes engourdis. Quand ses paupières s'ouvrirent enfin, Enzo, assis dans un confortable siège de cuir marron, le regardait fixement.

— Bien dormi, monsieur l'Agent ? lui demanda-t-il.

— Comme un môme. Et toi ?

— Pas fermé l'œil.

— Hé, compliqué de pioncer avec des chaînes, ironisa Andrew en jetant un œil aux entraves qui liaient un poignet et une cheville de son prisonnier à deux anneaux métalliques installés respectivement sur l'accoudoir et sous le fauteuil.

— Tu ne trouves pas que tu en fais un peu trop ? Je n'allais pas te prendre en otage, ni détourner l'avion, et encore moins en sauter.

— Au cas où tu ne l'aurais pas remarqué, le gouvernement américain ne t'a pas offert un taxi de luxe. Il existe des procédures de sécurité incontournables. Te priver de ta mobilité en fait partie.

— Naturellement, tu n'en tires aucun plaisir ?

Andrew pencha la tête et se fendit d'un sourire triomphant.

— Aucun !

Il se tourna vers le hublot et observa la piste qui défilait tandis que le pilote conduisait son appareil vers des hangars construits à bonne distance du terminal.

— Tu sais que je vais tenir parole, n'est-ce pas ?

— Avec toi, je m'attends à tout. Si tu déconnes, non seulement tu mettras en danger ta chère Janet mais en plus je me démerderai pour te coller au trou jusqu'à la fin de tes jours.

— Inutile de me le répéter sans cesse, j'ai saisi l'idée générale. D'ici à une heure, tu sauras tout sur le Griffon et dans la foulée je te mènerai à l'argent.

— Sans risques, tu le jures ?

— Pour la centième fois, oui. Et, non, je n'ai pas l'intention de fuir, en plus dans mon état je n'irais pas loin. Et avant que tu ne reposes la question, non, le Griffon ne représente aucun danger. Tu ne peux même pas imaginer à quel point il est inoffensif.

— Dans le doute, nous bénéficierons tout de même d'une protection discrète.

— Si ça peut te détendre. De toute façon, rien de ce que je dirai ne te tranquillisera, alors autant en finir au plus vite.

Enzo éprouva les pires difficultés à quitter son siège. Handicapé par une jambe tuméfiée et brûlée autant que par une épaule presque déboîtée, il faisait peine à voir. À tel point qu'Andrew se sentit obligé de l'assister. Le blessé accepta la main tendue et descendit de l'avion soutenu par son geôlier.

La température n'excédait pas les vingt-cinq degrés. À la canicule texane succédait la douceur anglaise. Une légère brise glissait sur la peau d'Andrew, déchiré entre la crainte de tomber dans un nouveau piège tendu par Enzo et l'appréhension viscérale d'arriver au bout d'une histoire qui l'obsédait depuis si longtemps. Il déployait une énergie considérable pour ne pas laisser la peur du vide le happer, et tentait d'évacuer de son esprit la question qui le terrifiait : et après ? Dans quel état ressortirait-il d'une aventure qui lui avait coûté sa confiance en l'autre et qui, si elle le renforçait dans son rôle de représentant de l'ordre, le fragilisait en tant qu'homme ?

Autant de questions dont les réponses ne tarderaient plus.

Une berline noire attendait les deux passagers au pied de l'appareil. À leur approche, deux individus en sortirent.

Le premier, le conducteur, était un clone vestimentaire d'Andrew et seul un troglodyte n'aurait pu l'identifier comme un représentant du Bureau. Montée sur pivot, sa tête rectangulaire balayait les environs de droite à gauche, puis de gauche à droite.

Le second, un petit bonhomme dont le visage rond jurait sur son corps mince, paraissait plus décontracté et, surtout, parfaitement inoffensif. Une couronne de cheveux gris cerclait son crâne chauve maculé d'une tache de vin. Il se précipita vers Andrew, main tendue et franc sourire aux lèvres.

Enzo se pencha vers l'agent et murmura à son oreille :

— Ciel, un diplomate !

— Tenu.

— Patrick Werber, attaché à l'ambassade. Je suis votre chaperon durant votre séjour.

— Gagné...

— Connard...

— Plaît-il ? demanda Werber tout en secouant la main d'Andrew comme un barman s'acharnant sur un cocktail.

Il ignora Enzo superbement.

— Non, rien, nous finissions une conversation. Merci de m'assister dans cette mission.

— Je ne fais qu'obéir aux consignes, et je ne vous cache pas que le temps a manqué pour informer la police locale. Vous avez été briefé sur les conditions de votre présence, d'un point de vue légal, j'entends ?

— Oui.

— Pas d'arme, prisonnier non menotté...

Enzo intervint.

— Je ne suis pas prisonnier, corrigea-t-il sèchement. Je ne fais l'objet d'aucune poursuite et je collabore avec l'agent Bryniarsky de mon plein gré.

Ce dernier confirma la rectification d'un hochement de tête.

— À la bonne heure. Nous jonglons avec une situation juridique très tendue. Le plus important est de ne pas faire de vagues.

Là encore, Enzo répondit avant même qu'Andrew puisse ouvrir la bouche.

— Il n'y aura pas de vagues. Pas même le plus petit remous.

*
* *

Durant l'heure de trajet nécessaire au ralliement du centre de Londres, Patrick Werber multiplia les précisions et autres mises au point à l'intention de l'agent Bryniarsky, jusqu'à l'indigestion. Andrew devait déjà composer avec la part d'inconnu imposée par Enzo, alors subir en sus le flot de paroles d'un gratte-papier paniqué à l'idée qu'une crise diplomatique puisse venir entacher les bonnes relations américano-britanniques l'énervait au plus haut point. Au prix d'un effort surhumain, il encaissa sans broncher, alternant sourires forcés et hochements d'approbation pendant qu'Enzo guidait le chauffeur vers leur destination finale.

Arrivés sur les berges de la Tamise, il demanda qu'on les arrête.

— Nous finirons à pied.

— Le chef a parlé, dit Andrew, moins pour moquer Enzo que pour inquiéter encore un peu plus Werber quant à sa maîtrise de la situation. Objectif atteint au-delà de toute espérance. Andrew jaillit hors de la voiture à la recherche d'oxygène.

— Nous vous suivons de loin, hein ? Et surtout, pas de…

L'agent claqua la porte avec vigueur sur l'importun.

Enzo descendit à son tour, moins vivement, mais tout aussi soulagé en apparence.

— J'en arriverais presque à te plaindre, lança-t-il à son compagnon.

— Plus pénible que lui, je ne connais que toi…

*
* *

Mutiques depuis que la voiture les avait déposés, les deux hommes traversèrent le pont sans même échanger un regard. La démarche d'Enzo gagnait en fluidité au fur et à mesure de leur avancée mais n'en restait pas moins heurtée. Il progressait en ligne droite, ne prêtant pas plus attention au Tower Bridge, loin sur leur droite, qu'aux gratte-ciel érigés au cœur de la ville et dont les façades de verre reflétaient le soleil pali par un léger voile nuageux.

Andrew aurait aimé prendre son temps, goûter l'architecture de cette cité paradoxale où nostalgie du passé et éloge de l'avenir se percutaient à chaque coin de rue. La tentation de se muer en touriste et d'engranger les clichés avec son téléphone le saisit plus d'une fois. Londres méritait mieux qu'une marche forcée, dût-elle le mener vers une vérité ardemment poursuivie. Il se jura qu'il reviendrait avec femme et enfants pour profiter comme il se devait des trésors de la ville. Cette perspective le rassura et gomma sur son passage les angoisses éprouvées à la descente du jet. Finalement, l'existence d'Andrew ne se cantonnait pas à Enzo Meazza, loin s'en fallait. Certes il avait appartenu un temps au cercle familial. Il s'en était lui-même exclu pour de sordides motivations et par de basses manœuvres. Mais, au final, il ne représentait qu'une péripétie personnelle, un écueil professionnel, bref, un soubresaut de la vie.

Finir de s'en convaincre atténuerait peut-être le choc des révélations, ou des nouvelles trahisons à venir…

Les deux hommes remontaient une artère qui n'avait rien à envier au sud de Manhattan tant la circulation était dense. Les Anglais se montraient, par contre, d'une courtoisie très différente de leurs cousins d'outre-Atlantique. Pas un klaxon ne retentissait, pas une invective n'émanait des voitures ni des taxis.

Enzo s'en fichait éperdument et fendait la foule.

Arrivés à un embranchement, ils bifurquèrent vers la gauche et plongèrent dans Fleet Street. Ils marchèrent encore quelques dizaines de mètres avant qu'Enzo s'immobilise soudain.

— Agent Bryniarsky, permettez-moi de vous présenter le Temple Bar Memorial.

Andrew leva les yeux en direction de la statue vers laquelle Enzo tendait ses bras écartés. Sa posture évoquait un zélote en transe devant une manifestation de son Dieu. D'abord dirigées vers le sol, ses paumes montèrent peu à peu vers le ciel.

Une colonne à base rectangulaire se dressait au milieu de la chaussée. En son centre, une statue de la reine Victoria avec, entre ses mains, le sceptre à croix et le globe royal, attributs symboliques de la monarchie.

Le regard d'Andrew s'éleva jusqu'au sommet du monument. Un dragon aux écailles luisantes surmontait l'édifice, ailes écartées, gueule ouverte, tous crocs et langue dehors, ses pattes avant appuyées sur un bouclier.

— Que vois-tu ? demanda Enzo.

— Un dragon. Un beau dragon, je te le concède, mais si tu m'as fait venir ici pour…

Enzo l'interrompit sans ménagement.

— On dit souvent que les Anglais ne font rien comme tout le monde. Quand tu vois un dragon, eux voient…

Un vertige s'empara de l'agent dont les genoux ployèrent pendant qu'il se prenait la tête à deux mains.

— ... un griffon... Dis-moi que tu te fous de ma gueule.

— Oh non, mon ami. Tu le traques depuis cinq ans et le voilà qui se dresse fièrement devant toi. L'emblème de la plus puissante place financière au monde. Tu t'es acharné à chercher un homme, et je me suis égosillé à te convaincre du contraire. Je ne te disais que la stricte vérité. Sois le bienvenu à la City, Andrew, une enclave indépendante au cœur de la capitale de l'Empire britannique, administrée par la Corporation de la City de Londres, sous l'autorité du Lord-Maire. Les rois et les reines ne peuvent y pénétrer sans son autorisation ni sans se débarrasser symboliquement de leurs attributs royaux. Tu as devant toi les trois kilomètres carrés les plus riches de la planète. Ici se concentrent près de cinq cents institutions bancaires et la moitié des assureurs mondiaux. Plus qu'à New York, Paris et Francfort réunis. Les sommes échangées ici dépassent chaque jour l'équivalent de cinq fois le produit national brut du pays. Comme le temps, l'argent ne suspend jamais son vol. La Bourse de Londres n'a pas cessé de fonctionner, même pendant la Seconde Guerre mondiale. Dans la City, on achète, on vend, jour et nuit, vingt-quatre heures sur vingt-quatre, sept jours sur sept.

Andrew plongea une main dans sa poche à la recherche de son paquet de cigarettes. Il en sortit une puis l'alluma en tremblant de rage. Sans quitter des yeux la statue, il tira une bouffée à la recherche d'une contenance.

— Alors, depuis le début, tu as planqué le pognon disparu ici ?

— Pas ici. Par ici, nuance de taille.

— Précise.

— Cet argent a circulé partout autour du globe, voyageant d'un paradis fiscal à l'autre jusqu'à ce que ses origines frauduleuses ne soient plus qu'un lointain souvenir. Ensuite, j'ai chargé un organisme bancaire de la City de placer l'argent. Le rendement ne casse pas des briques mais il est honnête et garantit le capital. Il n'y avait qu'un hic. La somme devait rester bloquée sur une période de…

— … cinq ans… mais c'est pas possible d'être aussi tordu !

Andrew revivait la scène durant laquelle Enzo lui avait révélé ses crimes. La même sensation du sol qui se dérobe sous ses pieds. La même froideur tranchante chez son ancien ami. Le même sentiment de trahison, encore et encore. Un sourire narquois aux lèvres, Enzo étranglait à mains nues les derniers espoirs de réconciliation qui animaient encore l'agent.

— Mais bien sûr que si, c'est possible. Pourquoi crois-tu que je me sois livré à tes services et que je n'aie pas transigé sur la durée de ma peine ? En agissant de la sorte, je me faisais oublier, j'effaçais mon ardoise judiciaire, et je sortais pile au bon moment pour récupérer le magot. Ton acharnement à voir dans le « Griffon » le nom de code endossé par un commanditaire ou un complice m'arrangeait bien. Plus je t'affirmais qu'il n'existait pas, plus tu t'enferrais dans tes certitudes. Et pendant que tu gesticulais en vain, l'argent faisait des petits en toute quiétude. Et comme je n'ai pas utilisé les ressources de la City pour placer et faire transiter les avoirs de mes clients, je vous en ai tenus à l'écart. Il ne me restait plus qu'à venir récupérer ma petite cagnotte. Malin, tu ne trouves pas ?

— Malin ? Oui. Tu as raison de t'en gargariser, fumier.

Tout était planifié, pensé, calculé, depuis des années, par un esprit dénué de toute moralité. Ainsi Enzo n'avait-il été que la somme des illusions placées en lui. Ce qui s'était déroulé, six ans plus tôt, n'était pas une trahison, mais une révélation. Peut-être était-il temps aujourd'hui d'admettre que l'homme pour qui Andrew avait conçu tant d'affection n'existait pas. Seul subsistait l'intrigant cupide et flambeur, foncièrement malhonnête et manipulateur. Pas un banal criminel, mais le mal incarné.

— Tu es mort à mes yeux, murmura Andrew en jetant son mégot dans le caniveau avant d'enchaîner une nouvelle cigarette.

Enzo, lui, ne détachait pas son regard de la statue qui veillait sur le trafic dense et ininterrompu.

— Je sais.

— Une part de moi espérait que tu agissais pour autre chose que l'amour du fric. J'avais tort. Tu n'aimes que lui au monde.

— Nous dirons cela, répondit Enzo sur un ton détaché et énigmatique. Je n'avais pas envisagé que tu te montrerais hargneux au point de me faire transférer dans un pénitencier aussi dangereux. Un accroc colossal dans mon plan mais, au final, rien de plus qu'un accroc. Le prix à payer, je suppose.

— Si j'avais mon flingue, je te buterais sur-le-champ.

Enzo haussa les sourcils.

— Je suppose qu'à ta place j'en aurais envie aussi. Tu sais, un cas étrangement similaire s'est déjà produit ici, il y a plus de trente ans.

— Ah bon ?

— Connais-tu le nom du pont que nous avons traversé, il y a dix minutes.

— Non.

— Blackfriars Bridge. Sais-tu ce qu'on a découvert en dessous, le 18 juin 1982 ?

— Tes devinettes m'emmerdent.

— Tu as tort, elles ont un lien direct avec nous. Figure-toi que ce matin-là, un brave facteur y a découvert le corps de Roberto Calvi, pendu par un fil de nylon. Ton expression me laisse à penser que tu ignores de qui il s'agit. Et tu frises la faute professionnelle.

— Tu es conscient que je ne pige pas un traître mot de ce que tu racontes ?

— Calvi était surnommé le « banquier de Dieu ». À la tête de la Banque Ambrosiano, il a été mêlé à de nombreuses fraudes, allant du transfert illégal d'environ vingt-cinq millions de dollars hors de l'Italie, jusqu'au creusement d'une dette de près d'un milliard et demi de dollars dans les comptes de sa banque. Je te parle en monnaie de l'époque. Imagine la valeur de telles sommes aujourd'hui. Calvi travaillait main dans la main avec un prélat américain qui dirigeait l'Institut pour les œuvres de religion, en fait la véritable banque du Vatican qui, du reste, est devenue l'actionnaire majoritaire de la Banque Ambrosiano.

— J'imagine parfaitement, et je suis très impressionné par ton érudition. Tu pourras postuler auprès de l'Office du tourisme londonien. Quant aux similitudes entre ce Calvi et toi, elles pourraient se poursuivre jusqu'à la pendaison si tu ne viens pas au fait.

— Personne ne sait ce qu'est devenu l'argent détourné par Calvi. Les spéculations vont bon train. Certains pensent qu'il aurait servi à financer Solidarność, le syndicat polonais mené par Lech

Wałęsa, d'autres sont convaincus qu'il s'agissait de blanchir l'argent de la mafia.

— Pour résumer, personne ne sait si ce Calvi était un héros ou un pourri. Je vais te poser la question par pur goût de la rhétorique mais... qu'est-ce que tu veux que ça me foute ?

— Rien. Je trouvais juste l'anecdote intéressante.

— Passionnante...

— La suite t'intéressera nettement plus. Il est l'heure de nous rendre à la banque et de te montrer à quoi ressemble un milliard de dollars.

Chapitre 38

— Et donc, ça, là, devant nous, c'est une banque ?

— Oui, mais privée.

L'immeuble devant lequel Andrew s'extasiait, sous l'œil amusé d'Enzo, tenait plus de l'annexe du palais de Buckingham que de l'image classique que d'aucuns se feraient d'un organisme bancaire. Haut de deux étages, le bâtiment était d'architecture victorienne. Sa façade blanche lisse et immaculée réfléchissait la lumière jaune dispensée par six luminaires en fonte rescapés du XIXe siècle.

Les colonnes cyclopéennes du niveau supérieur attiraient d'emblée l'attention. Elles formaient un péristyle autour du large balcon qui cernait l'immeuble et rappelaient, par leur majesté, les temples de la Grèce antique.

Le rez-de-chaussée se voulait sobre, offrant aux passants cinq fenêtres obturées par d'épais rideaux dorés. Seule fantaisie, les deux colonnes qui encadraient l'escalier étroit menant à une porte d'entrée en bois massif surmontée d'une impressionnante sculpture. Deux dragons dressés sur leurs pattes arrière supportaient un bouclier frappé de la croix de saint Georges. Sous les créatures mythiques, l'inscription *Domine, dirige nos*.

— « Seigneur, guidez-nous », au cas où ton latin serait rouillé, précisa Enzo. La devise de la City.

— Religion et pognon, superbe mélange des genres, remarqua Andrew, amer.

— C'est clair.

Enzo s'apprêta à monter les marches menant à l'entrée mais s'immobilisa.

— Nous allons pénétrer dans un des lieux les plus fermés qui soient. Dans la mesure où tu n'as aucune autorité ici, tu dois accepter de n'être qu'un invité et te comporter comme tel.

— Ce qui signifie ?

— Pour entrer, je vais devoir donner un ensemble de mots de passe, au vidéophone de la porte puis à la personne qui va nous accueillir. Si tu me colles de trop près dans les deux cas, nous serons éconduits. Une fois les contrôles passés, tu ne me lâches plus d'une semelle et tu apprends tout ce qu'il y a à savoir.

— Je ne t'ai jamais connu si précautionneux.

— Je préfère te prévenir maintenant pour éviter que ta paranoïa ne prenne le dessus et ne nous vaille une expulsion en bonne et due forme.

— Déjà, tu as tout fait pour me rendre paranoïaque, et ensuite, au premier coup fourré je passe un coup de fil et ta chère Janet se retrouve au milieu de la rue avec une jolie pancarte « butez-moi » sur le torse.

— Je t'ai promis de te mener au griffon et à l'argent. J'ai tenu parole sur la première partie, je vais la tenir sur la seconde.

— Tu m'as montré deux statues, le pont du pendu et imposé un cours d'histoire. Un peu court pour une rédemption. Quand j'aurai le fric que tu as détourné, on en reparlera. Et accessoirement, même si je n'ai aucune autorité ici, c'est moi qui jugerai si tu as tenu parole ou pas. File à ton vidéophone, mais je te préviens à mon tour : je tends l'oreille.

— Normal.

Cette fois, Enzo monta l'escalier et s'abaissa pour faire face à la caméra et au micro discrètement installés dans un renfoncement invisible depuis la rue. Andrew l'entendit distinctement décliner son identité puis répondre à une série de questions, inaudibles, elles, par une interminable litanie de chiffres.

Quelques instants plus tard, la porte s'ouvrit sur un sas de sécurité qui laissa l'agent fédéral sans voix. Cage transparente blindée, anneaux rotatifs pour effectuer un scan 3D des visiteurs, le nec plus ultra en matière de protection. C'est bien simple, même le siège du FBI à New York n'était pas équipé d'un tel système, y compris dans ses zones les plus sensibles telles que l'armurerie ou la salle des serveurs informatiques.

Une voix masculine demanda à Enzo de prendre place sur le socle circulaire installé au milieu de la cage. Un fin rai de lumière bleuté accompagna le son du glissement des anneaux métalliques autour du sujet. Une fois l'analyse terminée, un des pans vitrés coulissa. Enzo sortit puis l'opération se répéta avec Andrew.

Deux colosses vêtus de costume sombre, dont la carrure n'avait rien à envier à celle de Jeb Cates, attendaient les arrivants dans un petit couloir bardé de bois roux barré par une double porte massive.

— Auriez-vous l'amabilité de me remettre votre passeport, demanda le plus grand des deux à Andrew.

Ce dernier s'exécuta sans broncher. L'homme examina le document puis le rangea d'autorité dans une poche intérieure de sa veste.

— Parfait. Nous vous le rendrons au moment de votre départ, précisa-t-il pour couper court aux protestations à venir.

Se comporter comme un invité, se répéta l'agent afin de ne pas perdre son sang-froid, tandis que les vigiles les précédaient vers la porte. Ils en poussèrent les battants simultanément.

Andrew tomba en arrêt devant l'immense lobby qui s'offrait à lui. À plus de six mètres du sol, un plafond voûté recouvert de fresques grandioses couvait les visiteurs. Deux lustres de cristal dispensaient une lumière feutrée. Et, de part et d'autre du hall, des colonnes, toujours des colonnes et encore des colonnes. En marbre de préférence. L'agent concédait une certaine majesté à l'endroit mais éprouvait un malaise difficile à définir.

Se sentait-il écrasé ? Non.

Insignifiant ? Un peu.

Indésirable. Voilà le bon mot. Andrew se sentait indésirable.

Son ressenti sur le trottoir était juste. Ce lieu était bien un temple érigé à la gloire de la ploutocratie. Depuis la conception jusqu'à la décoration, tout confirmait au visiteur son appartenance à une caste supérieure et lui promettait des égards auxquels ne pouvait prétendre le commun des mortels.

Autre signe extérieur de richesse dont Andrew s'amusait toujours tant il était désespérément classique, le mannequin digne de la Fashion Week planté derrière le bureau en bois ouvragé perdu au milieu du hall. Une merveille aux longs cheveux bruns, filiforme, bénie d'une longueur de jambes exceptionnelle et d'un visage angélique. Le tout mis en valeur par un ensemble pantalon-veste coupé au plus près de son superbe corps. L'inaccessible beauté dans toute sa gloire.

Andrew s'étonna de ne pas trouver une Ferrari exposée à proximité de l'accueil, ou suspendue au plafond, histoire d'achever le tableau.

Enzo ne s'arrêtait pas à de telles interrogations mais, après tout, il appartenait à cet univers et y évoluait avec aisance. Talonné par son chien de garde, il s'avança en boitant jusqu'à l'accueil de la banque privée.

Entre sa jambe raide, son épaule basse, et le pansement sur le sommet de son crâne, il ressemblait plus à un clochard éclopé qu'à un play-boy flamboyant. Cette déchéance physique provoquait chez l'agent spécial des sentiments mitigés. Sa part revancharde et teigneuse ne pouvait s'empêcher de s'en délecter. Une mesquinerie, certes, à la hauteur des espoirs déçus d'avoir trouvé en Enzo Meazza le frère qu'il n'avait pas eu. Mais une once de compassion persistait dans son esprit. Était-ce là une réminiscence de l'affection qui les liait, ou une conséquence de la certitude que toute cette affaire approchait de son dénouement ? Que l'adieu définitif se rapprochait ?

Comment expliquer autrement le trouble que ressentait Andrew ?

Le cœur d'Enzo battait-il aussi fort que le sien ?

À supposer que les traîtres aient un cœur…

L'Italo-Américain s'adressa à l'hôtesse sans déployer ses talents de séducteur. Cette inhabituelle sobriété souligna la gravité du moment.

Conformément à l'accord passé entre les deux hommes, Andrew resta en retrait tout en ayant à l'œil son prisonnier. L'agent tenta bien de tendre l'oreille, mais Enzo parlait trop bas pour intercepter le moindre mot.

L'échange ne dura qu'une poignée de secondes. L'hôtesse décrocha son téléphone et indiqua à son interlocuteur une alcôve dans laquelle les attendaient deux canapés capitonnés Chesterfield encadrant une table basse en verre recouverte de revues économiques.

D'un signe de tête Enzo invita Andrew à le rejoindre dans l'espace d'attente.

Les deux hommes s'installèrent face à face et s'observèrent en chiens de faïence. Un duel de regards s'ensuivit. Chacun sondait l'autre avec l'inexpressivité des duellistes du Far West. L'impavidité affichée par Enzo était-elle feinte ? Son indifférence découlait-elle de sa défaite annoncée ? Et pourquoi pas, après tout ? Andrew avait souvent été témoin de l'étrange décontraction lisible sur le visage des criminels démasqués. La tension et la fatigue accumulées pendant des jours, des mois, parfois même des années passées à craindre de se faire prendre, rejaillissaient au moment où ils cessaient de se battre.

À moins qu'Enzo ne prépare encore un mauvais coup dont il avait le secret.

Dans le doute, rester vigilant.

Projetée par la lumière du lustre, une ombre s'étendit sur eux. Ils tournèrent la tête de concert.

L'homme qui avançait vers eux ne manquait pas d'allure. Costume trois-pièces anthracite rayé de fines lignes blanches, pochette mauve assortie à une cravate unie impeccablement nouée sur une chemise blanche, chaussures marron au motif fleuri glacées à la perfection, il illustrait la classe indémodable du gentleman londonien. Une tenue dont la valeur excédait sans nul doute les revenus annuels d'Andrew et de sa chirurgienne d'épouse réunis.

Enzo se leva, imité par son acolyte.

Coincé entre le mètre quatre-vingt-douze du premier et le mètre quatre-vingt-cinq du second, l'arrivant semblait frappé de nanisme. L'écart de taille n'entama pas son flegme apparent et il se présenta avec la diction chantante d'un élève de la Compagnie Shakespeare.

— Gentlemen, Jenson Carter, à votre service. J'ai l'honneur de diriger cette vénérable institution et de vous y souhaiter la bienvenue.

En deux phrases, il venait de tracer la ligne de démarcation culturelle et sociale qui le séparait de ses visiteurs.

— Enzo Meazza.

— Enchanté.

— Agent fédéral Bryniarsky, j'accompagne M. Meazza.

— Enchanté.

Le sieur Carter ne cilla pas à l'énoncé de la fonction d'Andrew. Ce dernier aurait aussi bien pu se dire ministre ou président, l'autre ne s'en serait pas davantage ému. Pénétrer dans la City, et plus encore dans ce sanctuaire, équivalait à fouler le sol d'un univers parallèle. Une réalité dans laquelle la loi et ses représentants n'existaient pas.

— Si ces messieurs veulent bien me suivre.

Il ouvrit le chemin vers un nouveau couloir gardé par deux armures médiévales. Sur les murs de part et d'autre, des portraits d'hommes peints avec un réalisme presque effrayant. Sous chacune des toiles, de petites plaques de bronze gravées de noms et de dates. Andrew en conclut qu'il s'agissait des anciens dirigeants de la banque. L'ultime tableau valida son intuition. Point de plaque dans son cas, mais une ressemblance indéniable avec leur hôte.

Ce dernier fit entrer Enzo et Andrew dans une salle de réunion dont le mobilier tranchait avec la décoration rencontrée jusqu'alors. Une petite table circulaire grise, chaises assorties, un ordinateur portable allumé, trois sièges de cuir montés sur roulettes. Le tout dans un environnement blanc cassé éclairé par des luminaires sur pied prodiguant une lumière aveuglante. Pas de fioriture, confort minimum. Ici l'on travaillait, vite de préférence tant l'endroit brillait par son austérité et sa froideur.

Jenson Carter se mua en majordome, reculant les fauteuils d'abord pour Enzo, puis pour Andrew, et ne s'assit devant son ordinateur qu'une fois les deux hommes installés.

— Désirez-vous un rafraîchissement ? Une boisson chaude ?

— Merci, mais nous souhaitons en terminer au plus vite, répondit Meazza.

— Parfait.

Le directeur pianota sur son clavier et, deux clics de souris plus tard, afficha une mine satisfaite.

— Avant de vous dresser le bilan de vos placements, je me dois de vous poser la question. Souhaitez-vous que je parle en présence de la personne qui vous accompagne ?

— Absolument. Je n'ai pas… je n'ai plus de secrets pour lui.

Enzo au summum du sérieux. Andrew au bord de l'implosion.

— Parfait. Ainsi donc, vous nous confiâtes la gestion d'une holding financière domiciliée aux îles Vanuatu, pour un montant initial de neuf cent quatre-vingt-quinze millions de dollars US.

Conformément à vos désirs, nous optâmes pour des placements dits « de bon père de famille » à faible rentabilité mais permettant de garantir l'intégrité du capital nominal sous la condition de bloquer les fonds sur cinq années pleines. Période arrivée à expiration la semaine dernière. En date de ce jour, vos avoirs ont bénéficié d'un rendement moyen net de 2,95 % annuel, une fois défalqués frais et taxes, ce qui amène votre portefeuille à une valeur liquidative de un milliard vingt-deux millions de dollars, soit un gain de vingt-sept millions de dollars, disponibles sans délai. Monsieur Meazza, cela vous convient-il ?

— C'est parfait.

— Très bien, ma secrétaire nous apporte les bilans ainsi que les documents relatifs à la libération des capitaux. Des changements dans les coordonnées bancaires fournies pour dispatcher les sommes ?

— Non.

Andrew ne put s'empêcher d'intervenir.

— Je suppose que cet argent sale est désormais blanchi, lança-t-il à Enzo.

La réponse, cinglante, émana de Jenson Carter.

— Je ne vous permets pas de ternir une réputation restée immaculée depuis plus de trois siècles par une insinuation aussi vulgaire. Nous travaillons selon les règles les plus strictes édictées par l'autorité des marchés dans le parfait respect des lois.

— Oh, je n'en doute pas, rétorqua Andrew avec une ironie perceptible. Vous allez m'expliquer que l'origine des fonds ne vous concerne pas.

Cette fois, Enzo intervint, sous la forme d'un murmure.

— Je t'expliquerai.

— C'est vrai ? Tout va bien alors !

La jeune femme croisée à l'accueil fit irruption dans la pièce sans prendre la peine de frapper. Elle serrait sur son cœur deux épais parapheurs en cuir. Elle contourna la table pour déposer le plus volumineux devant le directeur, puis se dirigea vers Enzo, munie de la seconde. Elle l'ouvrit devant lui et lui tendit un stylo.

À cet instant, Andrew repoussa vivement son fauteuil et se leva en pointant un index accusateur.

— Je t'interdis de signer quoi que ce soit ! cria-t-il.

Trois paires d'yeux convergèrent vers lui.

— Ayez la bonté de vous calmer, il s'agit du registre des visiteurs. Quand vous en aurez terminé avec vos cris d'orfraie, je vous demanderai de le viser à votre tour, précisa Carter sans lever la tête du dossier dont il tournait les pages.

La secrétaire, figée avec son stylo-plume en main, lança un regard interrogateur, tout comme Enzo, lui aussi immobilisé, les doigts en l'air.

— Ah... désolé... je... faites.

Andrew se rassit, penaud.

Enzo apposa distraitement deux griffes avant de rendre parapheur et stylo. La secrétaire s'approcha ensuite de l'agent mais, au lieu de s'arrêter à son niveau, continua jusqu'au directeur auquel elle présenta le registre.

Tandis qu'il se tournait pour y jeter un œil, Enzo interpella Andrew.

— Tes collègues et toi vous êtes souvent demandé pourquoi j'avais refusé d'intégrer le programme de protection des témoins, n'est-ce pas ?

— Heu... oui.

— Rompre avec ma famille et mes amis ne me posait pas de problème majeur. Vivre dans un coin perdu et travailler dans une épicerie non plus.

Changer de nom, par contre, m'aurait empêché de signer ce document...

Et il désigna du menton le parapheur d'où Carter venait d'extraire deux feuilles.

— Quel docu...

Mû par un mélange de peur et de rage incontrôlables, Andrew renversa son fauteuil en se relevant.

— Montrez-moi ces papiers, vous !

Le directeur et sa secrétaire ne cillèrent pas, ce dernier se contentant de presser une touche de son téléphone mobile.

— C'est trop tard, déclara Enzo de cette voix désincarnée qu'Andrew haïssait.

C'en était trop.

À la vitesse de l'éclair, Andrew plongea vers Meazza et lui asséna un puissant direct en pleine face. Décuplé par la colère, le choc fit éclater l'arcade sourcilière de l'ex-avocat qui partit à la renverse avec son siège. Il termina à genoux, groggy, une main à terre, l'autre plaquée sur sa blessure.

Andrew contourna la table pour parachever son œuvre, le poing déjà armé.

La porte s'ouvrit avant qu'il puisse déchaîner le déluge de coups qu'il gardait en réserve depuis trop longtemps. Les deux gardes croisés lors de l'arrivée dans la banque se précipitèrent sur l'agent. Ils le saisirent par les coudes et, en dépit de ses tentatives hystériques de se dégager, finirent par lui infliger une clef de bras qui le força à s'immobiliser.

Avec un calme surréaliste au vu du chaos ambiant, Jenson Carter se leva à son tour, abandonnant sur la table les documents qu'ils compulsaient.

L'épaule en feu, Andrew ouvrit ses paumes en signe d'apaisement.

— Tout va bien, répéta-t-il à trois reprises. Je me calme, regardez.

Un simple signe de tête du directeur suffit à le faire relâcher. Il massa son coude et son poignet endoloris.

— Gentlemen, je vous serais reconnaissant de respecter la bienséance qui convient à ces lieux, faute de quoi vous me contraindriez à lâcher à nouveau mes chiens. Quant à vous, monsieur l'agent fédéral, je me permets de vous rappeler que vous n'avez aucune autorité sur ces terres. Vous n'êtes que toléré ici. Souvenez-vous, avant de générer un nouvel incident, des conséquences désastreuses. Pour vous s'entend.

Jenson Carter prononça la mise en garde sans ciller, avec une assurance glaciale. Sa menace n'en gagnait que plus de poids. Sans faire cas de l'état d'Enzo, toujours agenouillé, les doigts ensanglantés, il continua :

— Monsieur Meazza, les virements seront effectifs sous deux jours. Si vous souhaitez poursuivre votre… conversation, cette salle de réunion est à votre disposition le temps qu'un taxi vienne vous chercher. Nos gardes resteront à proximité. Au premier éclat de voix… Messieurs, serviteur.

Il quitta la salle suivi par sa troupe. Andrew les regarda partir, effaré.

— Tu pisses le sang et ce connard ne te propose même pas une trousse de secours ? s'étonna-t-il.

— La compassion ne figure pas à son catalogue de prestations, gémit Enzo.

Il s'assit par terre et recula jusqu'au mur contre lequel il s'adossa et reposa sa tête.

— Tiens, compresse plutôt ta plaie avec ça.

Andrew lui lança un paquet de mouchoirs en papier. Sans mot dire, le blessé suivit la recommandation.

— Tu m'as encore baisé…

— Depuis plus de vingt ans, j'ai baisé tout le monde. Sauf toi.

— Quelles salades vas-tu encore me sortir ?

— Pourquoi l'enquête menée sur nos rapports n'a-t-elle révélé aucun lien de corruption entre nous ? Pourquoi ne t'ai-je jamais rien offert ? Et pourquoi ai-je exigé que l'enquête te soit confiée ? T'es-tu seulement posé ces questions ?

— Tous les jours.

— Je t'ai protégé de moi, et je t'ai offert ta carrière.

— Conneries !

Andrew s'aperçut que sa voix gagnait en volume. La menace proférée par Carter l'incita à baisser d'un ton. Il n'en demeurait pas moins ulcéré et crachait entre ses dents serrées :

— Tu m'as utilisé pour accéder à ton sale fric !

— Je hais le fric, connard ! Je vomis ce Dieu cruel, aveugle, sans scrupules comme je vomis ceux qui le vénèrent !

— Tu délires.

— Oh, je suis on ne peut plus sérieux, Andrew.

Enzo pointa du doigt les documents laissés par le directeur.

— Lis ces feuilles…

L'agent les attrapa et en entreprit une lecture rapide.

— C'est quoi ça ? Il y a des pages entières de noms et de comptes bancaires.

— La liste des bénéficiaires de l'argent. Chacune des deux cents personnes mentionnées va recevoir une somme d'environ cinq millions de dollars.

— Mais… il n'y a que des noms italiens sur cette liste. Qui sont ces gens ? Des mafieux ? Des complices ?

— Pas des complices, Andrew, et encore moins des mafieux. Des compagnons…

Chapitre 39

Nord-est de l'Italie,région du Trentin-Haut-Adige, début des années 1990.

De fines gouttes de pluie glissaient contre la fenêtre de la modeste cuisine. Attablés face à face, un homme et son fils aspiraient bruyamment les spaghettis amassés dans leurs assiettes, les lèvres rougies par la sauce tomate.

— Mais prenez donc le temps de savourer, au lieu d'engloutir la nourriture comme deux ogres affamés !

Les protestations de la mère lui valurent deux sourires angéliques. De fines miettes de thon apparaissaient entre les dents du père et du fils.

— Tes pâtes sont trop bonnes, maman !

La voix chantante du fils ressemblait à un cri du cœur. La confirmation paternelle arriva sous la forme d'un grognement bestial. Tout en prenant place entre ses deux hommes, la cuisinière se félicita intérieurement de les voir ainsi satisfaits. Elle voyait en chaque nouvelle bouchée une reconnaissance de ses talents gastronomiques.

— Oh, papa, j'arrive à toucher le panier maintenant. Bientôt je pourrai smasher !

— Mais il est impossible, ce môme ! Il n'y en a que pour son basket, son basket et encore son basket. Je me demande bien ce que nous allons faire de lui !

— Un joueur de basket ? proposa le père.

La femme leva les bras, en appela à Dieu et à tous ses saints pendant que le père et le fils échangeaient des clins d'œil complices. Mille fois jouée, la scène se déroulait avec la précision d'une pièce de théâtre dont la distribution maîtrisait les moindres subtilités. Aux reproches de la mère succédaient les taquineries du père, jamais avare dès qu'il s'agissait de faire tourner son épouse en bourrique. Nino Meazza trouvait dans ces joutes tendres et bienveillantes une occasion supplémentaire d'exprimer son amour pour sa femme et leur fils unique.

Nino se définissait avec humour comme un « ique ». Parfois mutique, souvent ironique, toujours stoïque, ce grand et solide gaillard maniait la dérision avec l'aisance des hommes dotés d'un goût immodéré pour la vie. Et ce, quels que soient les coups assénés par l'existence. Dans le cas de Francesca et Nino, l'arrivée précoce d'un enfant s'était soldée par un rejet de leurs familles respectives. Sans subsides pour financer leurs études, le jeune couple avait opté d'un commun accord pour une voie plus modeste et plus rude. Un petit bourg de province abriterait leur passion. Adieu l'ambition de devenir médecin, pour elle, et avocat, pour lui. Francesca effectuerait des travaux de ménage et, de temps à autre, assisterait le docteur local. Nino deviendrait mineur de fond.

Ils trouvèrent dans cette honnête vie de labeur un bonheur inespéré dû autant à la solidarité qui animait les habitants de la vallée encaissée dans laquelle ils élurent domicile qu'à la majesté d'un paysage idyllique.

Construites sur les berges d'une rivière aux eaux pures translucides, quasi transparentes, les maisons bâties de guingois se blottissaient les unes contre les autres. De luxuriantes forêts décoraient le flanc des montagnes. Loin au-dessus de la cime des derniers arbres, les nuages jouaient chaque jour à cache-cache avec les neiges éternelles. De rares esprits chagrins se plaignaient de la rudesse des hivers et de l'impraticabilité des routes menant à la civilisation et à la grande ville située à une trentaine de kilomètres. Une écrasante majorité savourait les bienfaits prodigués par le calme et la beauté ambiante. D'autant plus capital que le travail à la mine, lui, tenait plus de l'enfer que du paradis.

Nino le martelait à qui voulait l'entendre : pour chaque heure passée dans les forges du diable, il gagnait une journée dans le jardin d'Éden.

Du haut de ses treize ans et de son mètre soixante-quinze précoce, Enzo mesurait le dévouement de ses parents et savourait leur amour avec quiétude et insouciance. À un physique hors norme s'ajoutaient une sagacité et une aisance dont il tirait profit pour obtenir des notes honnêtes sans se fatiguer. Le strict nécessaire pour vivre sa passion pour le basket dont les posters sur les murs de sa petite chambre ne représentaient qu'un mince échantillon. Kareem Abdul-Jabbar, Magic Johnson, Larry Bird et Michael Jordan veillaient sur son sommeil et l'épaulaient dans ses rêves de porter un jour le maillot des Bulls, des Celtics ou, Graal ultime, la chasuble dorée des Lakers de Los Angeles.

Cette ambition folle nourrie par des millions d'enfants et d'adolescents de par le monde ne représentait pas pour lui une utopie mais un réel objectif. En dépit de sa taille, il jouissait d'une vélocité rare et d'une vision du jeu extraordinaire. Sans parler de sa prédisposition pour les tirs longue distance. Son entraîneur au collège lui prédisait un avenir professionnel et une voie royale vers l'équipe nationale. La NBA exigerait d'autres sacrifices et un travail acharné.

Pas de quoi rebuter Enzo.

Afin d'accroître sa résistance physique, et en dépit des protestations de sa mère, il profitait de ses vacances pour donner un coup de main aux collègues mineurs de son père. De quoi alléger leur peine et s'offrir un entraînement physique intense. Au fil des années, Enzo était devenu leur mascotte et Nino éprouvait une immense fierté aux questions quotidiennes sur les exploits du gamin. Mais ce qui tirait des larmes au père, dont il ne montrait rien, c'était la volonté du fils d'incarner l'esprit de la communauté, de leur rendre un peu de ce qu'elle lui donnait. Au point de s'affubler sur le terrain d'un surnom dont il espérait un jour floquer son maillot : Gueule Noire.

Alors oui, Francesca s'emportait parfois, souvent en fait, contre cette passion dévorante proche de la monomanie.

Elle avait hérité de sa Sicile natale une chevelure plus noire que le charbon, une peau hâlée par les généreux rayons d'un soleil implacable, un visage taillé à la serpe et de grands yeux aux iris aussi verts que les olives mûres. Sans parler de son tempérament de feu qui bouillonnait d'une énergie inépuisable dont Nino ne se lasserait jamais.

Il promenait sur le monde des yeux rieurs, bleus comme les lagons des mers du Sud, et jouait sans vergogne d'un sourire enjôleur aussi désarmant que celui d'un enfant. Son teint mat et son visage juvénile bien que taillé à la serpe achevaient de lui conférer le charme des éternels adolescents. Une sensation renforcée par ses épais cheveux en bataille dont une mèche s'attardait sur son front conquérant.

Tous deux se félicitaient d'avoir enfanté un garçon béni de leurs atouts, à la fois ténébreux et enjoué, l'esprit vif et le verbe facile.

Francesca et Nino n'en doutaient pas, leur progéniture ferait des ravages et briserait bien des cœurs. Mais, au-delà de ses charmes, il bénéficiait d'une volonté sans faille. Oui, Enzo accomplirait ses rêves et briserait une à une toutes les barrières pour réussir l'impossible. Et toujours avec le soutien inconditionnel de ses parents, en dépit des « coups de gueule » d'opérette.

La voie choisie par Francesca et Nino pour conjurer leur propre sort.

*

* *

Assise à la table de la cuisine, Francesca écoutait, les yeux perdus dans un abîme visible d'elle seule. Face à elle, un homme en noir. Il récitait la leçon apprise par cœur des condoléances glaciales, des regrets dénués d'émotions. Dans sa bouche aux lèvres grises, les mots perdaient leur sens, étouffés par une voix monocorde et désincarnée. À combien de reprises le flot des paroles convenues avait-il jailli de cet être insipide ? À combien de familles éplorées s'était-il présenté sans rien comprendre ni partager de leur misère ? De quelle force supérieure, de quel Dieu impitoyable tirait-il la force d'accomplir une mission aussi abjecte ?

Moins de cinq jours après l'effondrement d'une galerie et la mort de vingt-neuf mineurs, l'apôtre de la multinationale propriétaire du site visitait une à une les maisons pour accomplir sa sale besogne. D'après la rumeur, l'emploi de matériaux défectueux mais économiques aurait causé la catastrophe.

Catatonique, Francesca n'esquissa pas le moindre mouvement.

Le volcan s'était endormi.

Il ne s'éveilla plus.

Jamais.

Jusqu'au jour de sa mort, six mois plus tard, elle ne prononça plus un mot. Veuve inconsolable, elle se fana dans la solitude morne d'une maison dépouillée de son âme.

Enzo contempla cette incarnation du Mal dans toute son horreur. Il parcourut le document d'une seule page posé devant sa mère.

« En échange de l'engagement à n'engager aucune poursuite ultérieure… recevra la somme de… à signature du présent… fait à… le… »

Le Diable possédait sa propre sémantique.

Un pacte avec le démon, voilà ce qu'Enzo signa en guidant le stylo dans la main de sa mère. L'espace d'un instant, l'encre noire lui parut aussi rouge que le sang sur le visage de son père lorsque son corps fut ramené à la surface.

— Tu as bien fait, petit, le félicita l'homme dont le nom lui échappait et importait finalement peu. Ta mère et toi aurez de quoi vivre grâce à ce chèque. Nos actionnaires américains se sont montrés généreux.

Ce disant, il tendit un rectangle de papier à l'adolescent qui le contempla, incrédule. Ainsi la vie humaine avait un prix, le désespoir, un coût. La douleur se quantifiait. La compassion s'achetait. Quelques milliers de lires pour compenser la perte d'un travailleur, d'un père, d'un mari.

L'argent pour fuir ses responsabilités.

L'argent pour laver ses fautes.

L'argent...

Mais ce que l'émissaire des Enfers ignorait, c'est que, si dérisoire fût-elle, l'indemnité suffirait à financer la mutation d'Enzo. Et lorsque celle-ci s'achèverait, lorsqu'il serait prêt, l'orphelin inoffensif deviendrait saint Michel. Il frapperait le dragon en plein cœur et l'abattrait de sa lance sacrée. Pour ce faire, il apprendrait le langage du Diable, en maîtriserait les arcanes et les retournerait contre leur maître.

Chapitre 40

Seuls de légers vibratos dans la voix d'Enzo révélaient son émotion. Il déroulait le drame de son adolescence avec pudeur et dignité, loin du personnage qu'il jouait devant ses audiences habituelles. Des traits de caractère dont Andrew avait été le témoin durant leurs trop rares et trop lointains moments d'intimité et qui prenaient désormais tout leur sens.

Les accents de sincérité dans l'évocation des moments de bonheur avaient dissipé la colère qui animait l'agent. La retenue lors des passages les plus bouleversants l'avait désarmé.

Plus que l'élucidation du mystère, plus encore que la dissipation des mensonges, Andrew se satisfaisait de voir enfin Enzo fendre l'armure et se livrer, tout entier. Assis côte à côte sur la moquette de cette salle de réunion impersonnelle, les deux hommes partageaient plus qu'ils n'avaient jamais partagé.

Quand Enzo se tut enfin, le regard perdu dans les méandres de son passé, Andrew regretta de ne pas disposer d'une bouteille de whisky pour lui en proposer une gorgée. Lui-même n'aurait pas craché sur une bonne cuite. Peut-être plus tard. Peut-être jamais.

— Parents décédés, disait ta fiche… nous n'avons pas enquêté sur ce volet. Je ne savais pas que ton père était mort dans l'effondrement d'une mine.

— Lui et vingt-huit autres gueules noires. Les noms sur la liste sont ceux de leurs familles. Une indemnisation plus juste que celle accordée par leur employeur mais qui reste dérisoire face à leur perte. Je le sais mieux que personne.

— Je ne peux qu'imaginer.

— Quant aux circonstances du décès de mon père, je n'ai évidemment rien fait pour que tu les apprennes, faute de quoi elles auraient pu te mettre sur la piste.

— Enzo, je ne te parle pas boulot, là. Je suis désolé, vraiment. Et ta mère ?

— Elle n'a pas supporté d'être séparée de l'homme de sa vie. Six mois après la mort de papa, elle a choisi de mettre fin à ses souffrances. Un tube de barbituriques ingurgité d'une traite. Fin de l'histoire.

— Merde… Et pourquoi t'être livré ? Pourquoi avoir fait tomber tes clients ?

— J'ai employé l'artifice préféré du prestidigitateur : agiter la main droite pour masquer ce que fait la main gauche.

— Arrête de parler par énigmes, Enzo. Je n'en peux plus, je t'assure.

— Tu as raison. Pardonne-moi. Les années passées à tout dissimuler ont formaté mon esprit. Aujourd'hui, tu as le droit de savoir.

— Je crois.

Enzo porta devant ses yeux le mouchoir ensanglanté pressé sur son arcade ouverte et constata que l'hémorragie s'étanchait. Il le posa près de sa cuisse, avec les deux précédents. Andrew en sortit un neuf du paquet et le lui tendit.

— Mes clients célèbres constituaient un écran de fumée. En escroquant des vedettes, je remplissais deux objectifs. Je vous obligeais à manier l'affaire avec précaution pour éviter un scandale aux répercussions économiques et médiatiques désastreuses. Les industries du divertissement brassent trop d'argent et promeuvent trop efficacement les États-Unis pour les mettre à bas. De plus, l'effondrement du système et votre intervention me permettaient de ne pas avoir à restituer leur argent. Si paradoxal que cela paraisse, la loi devenait ma caution pour étouffer la somme que je réservais aux familles. Et surtout, en vous aveuglant de la sorte, je masquais ma véritable cible.

— Détourner les fonds au profit des mineurs…

— Mais non, Andrew, cet argent n'est qu'un bonus. Mon objectif se trouvait ailleurs. Quand mon père est mort, quand le chagrin a broyé ma mère, je me suis juré de détruire les dirigeants de la société propriétaire de la compagnie minière.

— Qu'est-ce que tu racontes encore ? Il n'y avait pas d'Italiens parmi tes victimes.

— Non, mais il y avait trois hauts cadres d'une multinationale américaine qui comptait dans son portefeuille d'entreprises…

— … la société italienne qui exploitait la mine…

— Les trois hommes que j'ai plumés jusqu'au dernier cent et dont les opérations comportaient le plus de délits fédéraux. Je les ai non seulement ruinés, mais j'ai fait en sorte que vous les envoyiez derrière les barreaux pour le restant de leurs jours.

— C'est pas vrai… personne chez nous n'a établi ce lien avec ton passé…

— Ne te le reproche pas, vous n'aviez aucune chance d'y parvenir. Qui pouvait penser que trois aimables retraités, partis avec des parachutes en or massif qui plus est, feraient l'objet d'une vendetta menée par un môme dont ils avaient détruit la famille, vingt-cinq ans plus tôt, à l'autre bout du monde.

Vraiment dommage, l'absence de ce whisky, pensa Andrew, dépassé par la somme des révélations et la construction machiavélique du projet.

— Tu es un grand malade…

Enzo éclata d'un rire d'abord discret mais qui gagna vite en intensité, confinant même à la démence.

— Malade ? Sérieusement ? C'est moi que tu traites de malade ? Et ces types qui exposent au danger des employés dont ils ne connaissent ni les noms ni les visages, dans le seul but de gagner plus de fric, ne méritent-ils pas ce titre ? Quand ils se dédouanent d'un accident en signant un chèque dérisoire remis par un avocat qui ne cherche qu'à éviter les procès pour ne pas grever les bilans comptables, ne méritent-ils pas ce titre ? Et quand ils liquident leurs stock-options et empochent des primes de départ à la retraite équivalentes à mille ans de salaire d'un de leurs ouvriers, ne méritent-ils pas ce titre ? Mieux, tu te rappelles les trente-trois mineurs chiliens emprisonnés sous terre pendant soixante-neuf jours et sauvés devant les caméras du monde entier ?

— Évidemment.

— Sais-tu que les droits de leur mésaventure ont été achetés par le cinéma ?

— Je l'ai lu, oui.

— Sais-tu combien ils ont touché pour céder leurs droits ? Cinq mille sept cents dollars chacun sur cinquante millions versés par les producteurs. Le reste est passé dans les poches de leurs avocats. Maintenant, regarde-moi dans les yeux et ose répéter que JE suis malade.

Andrew demeura coi.

— Le seul vrai malade, poursuivit Enzo, c'est notre monde qui permet de tels abus et les accepte sans broncher. Pas moi, tu m'entends. Quand je te dis que l'argent est un Dieu cruel et insatiable, je parle au premier degré. La City est l'une de ses cathédrales, financiers et investisseurs constituent son clergé, et nous, les peuples, ne sommes rien de moins que ses dévoués fidèles. Ses anges font du business et le seul paradis qu'il promet est fiscal.

» À l'instar d'une déité, il accomplit des miracles et déchaîne des cataclysmes. Un gamin crée un réseau social sans rentabilité, sans modèle économique, mais comptant des millions d'abonnés ? Qu'à cela ne tienne, valorisons sa société de plusieurs milliards de dollars, bien plus qu'une industrie produisant un bien palpable et à l'utilité irréfutable. Un pays s'endette trop lourdement par la faute de banquiers cupides et de politiciens ineptes ? Qu'à cela ne tienne, imposons à la population une austérité insoutenable. Et le pire, Andrew, c'est que, de la même manière qu'une religion, le système entier ne tient que par la foi que nous lui accordons. Il ne repose sur rien de tangible. Dcs dettes virtuelles, des lignes de code informatique, du vent. Pourtant, il guide toute notre existence, occupe notre esprit du soir au matin. Gagner de l'argent, en dépenser, payer ses factures, s'offrir un loisir, plus rien n'est gratuit, et tout, tu m'entends bien, tout nous ramène au fric. Nous avons perdu la bataille le jour ou l'expression "gagner sa vie" a vu le jour. Gagner sa vie est devenu plus important que "vivre sa vie".

» Tu vois, j'ai pensé à retrouver les patrons de la compagnie pour les abattre un par un, mais j'ai préféré frapper où cela leur ferait le plus mal :

au portefeuille. La pire chose qui puisse arriver à quelqu'un de riche, c'est de tout perdre.

— Tu parles d'une vengeance tordue...

— Ne crois pas que cela ait été facile. Ces années passées auprès de ceux que j'abhorre plus que tout m'ont demandé de considérables efforts. Il m'a fallu intégrer le cercle pour mieux le dynamiter de l'intérieur. Les voitures de sport, les fêtes somptuaires et même les filles faisaient partie de la panoplie pour avancer masqué.

— Tu n'en fais pas un peu trop ? ironisa Andrew.

— Que tu me comprennes ou pas importe peu. Je ne cherche pas ton pardon, je t'explique, voilà tout. Si tu ne m'en accordes pas crédit, essaie au moins de ne pas me le reprocher.

— Ça se défend. Je peux te poser une question ?

— Toutes celles qui te passent par la tête.

— Pourquoi moi ? Pourquoi as-tu fait de moi un rouage de ton projet ?

— Tu ne me croiras jamais.

— Dis toujours. Au point où nous en sommes...

— Je ne t'ai pas choisi. J'avais prévu de me livrer quoi qu'il arrive, et peu importait à quel agent. Toi... toi, tu étais mon ami et seulement mon ami. Mille fois j'ai voulu t'expliquer, mais il fallait que je tienne bon. J'avais trop investi de temps et d'énergie pour lâcher si près du but.

— Quitte à me trahir.

— J'ai trahi, abusé et déçu tous ceux qui m'ont approché. Au moins as-tu bénéficié d'un sérieux coup de pouce dans ta carrière. Je ne pouvais rien t'apporter de plus.

Andrew ferma les yeux et hocha la tête.

— Je me serais volontiers passé de ce cadeau. J'aurais préféré que tu ne me laisses pas tomber...

— Et moi donc ! Le plus terrible avec la vengeance n'est pas de la déguster froide, mais de la déguster seul. Mais bon, aujourd'hui tout ça n'a plus d'importance. Maintenant, tu sais tout. Pourquoi, comment, et surtout, tu sais où se trouve l'argent.

— Sauf que je ne peux plus rien faire.

— Je ne devrais pas te le dire, mais… si, tu peux encore tout arrêter. Ou du moins tout récupérer. Si la banque a suivi les règles en plaçant des sommes dont les origines sont conformes au droit, tu peux prouver qu'elles proviennent de manœuvres frauduleuses. Au passage, tu pourras même pourrir la vie des bénéficiaires en leur collant un recel de blanchiment sur le dos. Ils démontreront leur bonne foi au prix d'années de bataille juridique coûteuse. Mais ils se verront contraints de rendre l'argent à l'Oncle Sam.

— Pourquoi m'expliques-tu ça ?

— Pour t'accorder ce dont je t'ai privé il y a six ans : le choix. Tu vois, aujourd'hui, je ne t'ai pas trahi, je n'ai pas non plus trahi mon engagement envers Janet. Je suis allé au bout de mon histoire, c'est tout. La vraie fin ne dépend plus de moi, mais de toi. Voilà, agent fédéral Andrew Bryniarsky, tu sais tout. Tu peux appliquer la loi, ou laisser ma justice se faire. Une seule question demeure : que vas-tu décider ?

Chapitre 41

Washington, mémorial Lincoln,
trois jours plus tard.

La douce chaleur qui régnait sur la capitale administrative des États-Unis contrastait avec la canicule texane. Un vent tiède portait la fraîcheur du Potomac voisin et donnait à l'air un petit arrière-goût maritime revigorant. La clémence de l'été conférait à cette partie de la ville des allures de station balnéaire.

Anonymes au milieu d'une horde de touristes asiatiques, Stephanie Shark et Janet Livingston-Pierce admiraient la colossale statue d'Abraham Lincoln. Assis sur son fauteuil de marbre, le légendaire président veillait en père de la nation sur la foule amassée devant lui.

— Je vois plus en ce lieu un temple à la gloire d'un dieu qu'un hommage rendu à un homme, commenta Janet.

— Une nation aussi jeune que la nôtre a désespérément besoin de symboles, répondit Stephanie. Tout, dans notre histoire, doit servir à l'écriture d'une mythologie commune afin de cimenter notre identité. Dépourvus d'Olympe, nous créons sans cesse notre panthéon avec une démesure à la hauteur de notre soif d'existence. Privés de Zeus et d'Ulysse, nous glorifions Lincoln, Kennedy, la conquête de l'espace ou que sais-je encore. Nous rédigeons chaque jour le roman de notre pays, quitte à prendre des libertés avec la vérité.

— À l'instar de nous autres Britanniques, soudés autour de notre famille royale, de Shakespeare ou du souvenir de notre empire. Je comprends cette nécessité, je saisis le besoin de démesure dont vous parlez.

— Cette règle s'applique à chaque échelon de notre société. « Plus grand, plus beau, plus fort » pourrait être notre devise. Notre mise en scène est permanente.

— J'ai l'impression que vous le regrettez.

— Quand vous vivez dans les fantasmes entretenus par la littérature, le cinéma ou les séries télévisées, la confrontation avec le réel peut s'avérer brutale.

— J'imagine qu'il y a un monde entre *Les Experts*[1] et le travail quotidien du FBI.

Stephanie se fendit d'une moue dubitative.

— Disons que le jour où je verrai un mannequin en tenue de cocktail perché sur des talons aiguilles de dix centimètres en train d'effectuer des relevés sur une scène de crime, je prendrai une photo et je me ferai une joie de vous l'envoyer.

Janet s'esclaffa devant l'exemple choisi par la juriste du Bureau pour démystifier l'aura légendaire de son institution. Elle-même pratiquait rarement ses inspections en robe du soir. Opportunément, aucun producteur n'avait jamais jugé utile la réalisation d'un feuilleton autour de l'AIEA…

Stephanie se rembrunit en consultant sa montre.

— Quinze minutes de retard… qu'est-ce qu'elle fait ?

— Les conditions de circulation l'ont un peu retardée, et elle vous prie de l'en excuser.

1. Voir note 2, p. 126.

Shark et Livingston-Pierce se tournèrent vers la voix qui monta dans leur dos. Elles se retrouvèrent face à face avec une femme en tailleur noir.

— Angela Baron, lança cette dernière en présentant sa paume à Janet. Madame Livingston-Pierce, nous nous sommes croisées brièvement à la centrale. Agent spécial Shark, je présume.

Les poignées de main s'enchaînèrent, sèches et rapides.

— Absolument, c'est avec moi que vous avez discuté au téléphone hier, confirma la juriste non sans noter la froideur de son interlocutrice.

— Que diriez-vous d'une promenade dans le parc ? proposa cette dernière.

— Avec plaisir, lança Janet sans laisser le loisir à Stephanie de donner un avis qu'elle exprima d'un bref hochement de tête.

Les trois femmes descendirent les marches à contre-courant de la marée des visiteurs. Face à elles s'étirait le bassin du National Mall alors qu'à l'horizon la silhouette majestueuse du Capitole se découpait sur un ciel bleu azur immaculé, partiellement masqué par l'obélisque du Washington National Monument.

Si Lincoln gardait un œil sur elles, l'ombre de Martin Luther King prononçant son immortel « *I have a dream* » planait sur les lieux.

Angela Baron menait la marche. Stephanie et Janet la suivaient en direction des berges du Potomac situées à l'arrière du mausolée. Loin à droite se dessinaient les contours du Centre Kennedy pour les arts du spectacle. L'assistante de direction de Nucorp se dirigea vers un petit kiosque proposant boissons et snacks et s'inséra d'autorité dans la file des clients.

— Puis-je vous offrir un rafraîchissement ? demanda-t-elle sur un ton autoritaire qui ne souffrait aucun refus.

— Un thé glacé, osa Janet d'une voix plus fluette qu'elle ne l'aurait voulu.

— Un double expresso, renchérit Stephanie.

Angela opta pour une bouteille d'eau pétillante. Elle distribua les gobelets à ses invitées sans desserrer les dents puis prit place à une des tables disposées à proximité sans rien demander à personne.

À nouveau Stephanie et Janet suivirent le mouvement, non sans échanger un regard qui confirmait l'impression partagée que, décidément, cette femme n'était guère chaleureuse…

— Première visite dans la Rome américaine ? demanda Baron à l'Anglaise.

— Oui.

— Et vous ?

— Non, et pour tout vous dire, je rêve de travailler ici depuis toujours.

— Washington possède de nombreux atouts, dont celui de rapprocher du pouvoir.

— Je pensais plutôt à la qualité de vie.

— L'un n'exclut pas l'autre.

Phrases courtes, lapidaires, Angela Baron était un animal à sang froid et n'en faisait pas mystère. Elle possédait les attributs du meilleur des alliés comme du plus redoutable des ennemis.

— Madame Livingston-Pierce, permettez-moi en préambule de vous présenter mes plus sincères condoléances pour la perte de vos collègues.

— Merci, mais de nombreux autres innocents sont morts dans cette catastrophe. Il convient de ne pas les oublier.

— Je ne les oublie pas, croyez-moi. C'est d'ailleurs pour cette raison que nous sommes toutes trois réunies en ce lieu. Du reste, agent Shark, je m'interroge sur les raisons ayant poussé le FBI à ouvrir un dossier concernant Nucorp.

La saillie prit tout le monde au dépourvu. Angela Baron venait de siffler le début d'une partie qui s'annonçait serrée.

— N'inversons pas les rôles, voulez-vous ?

Stephanie Shark refusait de se laisser impressionner, et si elle se faisait violence pour ne pas montrer à quel point son interlocutrice lui en imposait, elle n'oubliait pas non plus l'importance de cette enquête pour la suite de sa carrière. Elle poursuivit :

— Je m'interroge également sur les raisons qui vous ont poussée à nous contacter.

— Appelons cela des présomptions.

— Disons que nous en sommes à un stade un peu plus avancé.

Pour la première fois, Angela se fendit d'un sourire au sens évident. Elle ne dévoilerait pas son jeu la première et, au vu du caractère dont elle avait fait montre jusqu'alors, son inflexibilité ne ferait aucun doute.

Tel un joueur de poker poussant son adversaire à faire tapis, elle planta son regard dans celui de Stephanie, laquelle décida de suivre.

— Nous avons toutes les raisons de croire que Nucorp utilise du matériel contrefait dans au moins une de ses centrales.

— Vous croyez, ou vous en êtes sûrs ?

Stephanie adopta le sourire précédemment déployé par son adversaire.

— Je vois. Vous détenez des preuves, n'est-ce pas ? Des preuves recueillies par la commission d'enquête ?

— Oui, intervint Janet, lasse de rester spectatrice du jeu. Et une telle fraude n'est possible qu'avec la complicité de membres de l'Agence pour le nucléaire américaine.

Stephanie masqua mal sa contrariété de voir ainsi l'Anglaise abattre autant de cartes d'un seul coup. La brutalité de l'offensive ne déstabilisa en rien Angela Baron dont les sentiments demeuraient indéchiffrables.

— Quelles pièces ? demanda-t-elle froidement.

— Je n'ai de certitudes qu'en ce qui concerne les pompes de refroidissement.

— Effectivement, cela ne peut avoir échappé à l'ANA.

Cette fois, l'agent Shark reprit la main.

— Cette contrefaçon ne peut se décider qu'à un haut niveau hiérarchique.

— Voire le plus haut, telle est votre hypothèse, n'est-ce pas ? Surtout dans la mesure où la disparition des preuves d'une telle escroquerie pourrait justifier le recours à des méthodes coercitives extrêmes envers ceux qui les détiennent.

Ouverture inattendue dans laquelle Stephanie perçut une perche tendue par l'assistante de direction. À ce stade, plus personne ne dirigeait le jeu et, hormis Janet, les deux dernières joueuses encore à la table persistaient dans leur partie de poker menteur.

— L'hypothèse mérite d'être explorée et justifierait aisément que vous ayez pris contact avec nos services.

— Services qui m'ont opportunément orienté vers l'agent spécial en charge d'un dossier fraîchement ouvert concernant à la fois Nucorp et l'AIEA.

— Nos plateformes de dispatching des informations prouvent chaque jour leur efficacité.

Ayant abattu son jeu, Janet observait avec gourmandise la joute qui se déroulait devant elle. Entre paranoïa et duplicité, les belligérantes déployaient des trésors de précaution, aucune ne formulant jusqu'au bout ses intentions. Pourtant, l'issu de la partie s'approchait à grand pas, et bien malin qui pourrait la prédire.

Un long silence s'installa. Janet trouvait une contenance en sirotant son thé. Stephanie faisait tourner son gobelet entre ses doigts, tandis qu'Angela Baron tapotait la table de ses ongles vernis de pourpre. Pour une fois, elle craqua la première.

— Évidemment, vous êtes consciente de l'importance stratégique d'une société comme la nôtre vis-à-vis de l'indépendance énergétique des États-Unis.

— Je suis effectivement consciente des réalités. Nucorp pèse une dizaine de milliers d'emplois directs et indirects, sans compter les revenus fiscaux en faveur des États dans lesquels vous êtes implantés.

— Une manne qui se chiffre en millions de dollars.

— Avec de tels enjeux, je doute qu'une attaque frontale ait la moindre chance d'aboutir sans se heurter à des oppositions au plus haut sommet de la Chambre et du gouvernement.

— Je me félicite de votre lucidité, agent Shark. Par contre, il est possible, je dis bien possible, que je puisse nous offrir à toutes une porte de sortie.

— Vous avez toute mon attention.

— Imaginons que Nick Taggert fasse l'objet d'une enquête pour des délits de recours à des call-girls dans le district de Washington.

— Où ce délit peut entraîner une peine de prison et une amende sévères ? Cela nous intéresserait.

— Supposons également qu'à ces soupçons s'ajoute l'annonce d'une investigation conjointe de l'AIEA et du FBI concernant de possibles contrefaçons au sein de nos centrales.

— Il deviendrait aisé de convaincre le conseil d'administration de Nucorp de pousser M. Taggert vers la sortie.

— Voire de le contraindre à la démission.

— Évidemment, si les enquêtes devaient aboutir, il finirait derrière les barreaux, mais Nucorp atténuerait la portée du scandale.

— Entre autres bénéfices.

— Comme, par exemple, la nomination d'une femme à la tête d'une entreprise puissante et « à l'importance stratégique pour notre indépendance énergétique ». Une femme formée pour prendre la suite d'un dirigeant emblématique décédé brutalement, et privée de la place lui revenant de droit.

— Je constate que vous avez fait vos devoirs, agent Shark... Il ne s'agit là que de pures spéculations, bien entendu, mais la perspective n'est pas pour me déplaire. Naturellement, l'idéal serait que cette femme collabore en toute transparence avec les différentes autorités compétentes pour corriger les dérives du passé.

— En attendant le résultat des enquêtes, cette « divagation » me paraît acceptable.

Janet tourna brusquement la tête vers Stephanie Shark.

— Vous allez accepter un tel arrangement ? demanda-t-elle sans qu'il soit possible de déterminer s'il s'agissait d'un reproche sous-jacent ou de simple curiosité.

— Pour l'instant, rien ne permet de prouver une quelconque implication dans l'attentat et la tentative de meurtres. Si intime que soit ma conviction, elle ne suffira pas à convaincre un juge de le renvoyer devant un grand jury. Au cas où l'enquête sur l'explosion de l'avion ne mènerait à rien, nous ne devons fermer aucune porte.

— Alors cet homme va s'en tirer à bon compte…, soupira Janet.

Sans décoller les yeux de sa tasse, Angela sourit à pleines dents.

— Oh non, il ne va pas s'en tirer, madame Livingston-Pierce. La pire des choses qui puisse arriver à un homme de pouvoir est de le perdre. Et grâce aux conclusions de votre inspection, Taggert peut dire adieu à tout ce qu'il chérissait. Certes, la justice ne passera que partiellement et par des voies détournées, mais elle passera. Vous devez simplement accepter l'idée qu'elle emprunte d'autres chemins. Après tout, Al Capone n'est-il pas tombé pour fraude fiscale ?

— Vous avez raison, admit Janet alors que Stephanie acquiesçait avec un sourire triste.

— Si nous menons notre barque avec doigté et circonspection, notre collaboration nous sera profitable. À toutes les trois. Partantes ?

Sans se concerter, et sans la moindre hésitation, Stephanie Shark et Janet Livingston-Pierce répondirent d'une même voix.

— Partantes.

*

* *

Allongé dans la baignoire de sa chambre d'hôtel, un cocktail à la main et Michael Jackson à plein volume, Nick Taggert tentait, sans résultat, de chasser de son esprit la déconvenue causée par le mercenaire serbe. La mort de son employé sud-africain annoncée par les médias était la seule bonne nouvelle d'une journée mitigée. Au moins pouvait-il raisonnablement espérer que ce connard de « Yougo » ne le trahirait pas davantage. Quant à l'histoire des contrefaçons, il trouverait bien un moyen de faire payer un lampiste. Tout n'allait donc pas si mal.

Confit dans son excès d'assurance, Nick Taggert n'imaginait pas un seul instant que, dans un parc à deux pas de son palace, trois de ces femmes qu'il méprisait tant venaient de sceller son sort.

Épilogue

Le rasoir miniature glissait au cœur d'une mousse abondante, dévoilant des bandes de peau pâle parsemée de petites rougeurs. L'épaisseur et la rugosité de la barbe exigeaient de multiples passages malgré la pression exercée par son propriétaire. Bien que pressé de se débarrasser d'un camouflage devenu inutile, ce dernier s'appliquait à retrouver un aspect impeccable. Une gageure avec une lame trop fine et trop souple, spécialement conçue pour refroidir les velléités des candidats au suicide, ou désireux de fabriquer des armes.

Tout à son application, il se demanda depuis combien de temps la chaleur du soleil n'avait plus caressé ses joues, aujourd'hui creusées par la lassitude et l'ennui. À moins que la désespérance ne soit à l'origine d'un amaigrissement dont il ne parvenait plus à endiguer la progression galopante. Une douleur confuse le dévorait de l'intérieur. La perspective de recouvrer la liberté l'indifférait et ne suffisait pas à restaurer sa volonté de fer.

Enzo se l'avouait aujourd'hui, il n'était plus que l'ombre de lui-même. Il mesurait les ravages de l'abandon sur son visage émacié aux traits tirés, barré de profonds cernes sous des yeux désertés par leur éclat d'antan.

Cinq ans de détention, avec en ligne de mire l'accomplissement d'une mission qu'il s'était assignée depuis l'adolescence, lui avaient semblé une semaine. À l'origine, la perspective de passer huit mois supplémentaires derrière des barreaux ne représentait rien d'insurmontable, d'autant plus que le camp d'enfermement fédéral d'Otisville offrait à ses pensionnaires des conditions de confort et de sécurité incomparables avec celle de Huntsville. Mais, au fil des jours, à mesure que le silence et la solitude étouffaient le dernier espoir qu'il lui restait, les heures s'étaient étendues à l'infini, jusqu'à anéantir toute croyance en un éventuel avenir. Obsédé par la vengeance, l'ancien avocat en avait oublié de se poser la plus importante des questions : et après ? À tel point qu'à une poignée de minutes de sa libération, angoisse et tristesse primaient tout autre sentiment. Enzo se demanda même si, à l'instar du vieux Brooks Hatlen dépeint par Stephen King dans *Shawshank Redemption*, il ne finirait pas pendu dans une chambre d'un petit hôtel anonyme. Incapable d'envisager une vie en dehors d'un univers carcéral trop longtemps côtoyé, l'ancien bibliothécaire avait choisi la mort comme seule liberté. Le suicide, impensable pour un homme aussi combatif qu'Enzo, entrait dans le domaine du possible.

Il s'aspergea d'eau froide pour éliminer les dernières traces de savon puis s'essuya avec la serviette blanche usée jusqu'à la corde fournie par l'administration pénitentiaire.

Un raclement de gorge lui signifia la fin de la toilette. Sans un regard pour le gardien chargé de sa surveillance, Enzo enfila la chemise posée négligemment sur le lavabo voisin. Il ferma un à un les boutons nacrés et trouva un mince réconfort dans la perspective de ne plus avoir à subir les sanitaires communs.

Se succédèrent ensuite les signatures de formulaires, décharges et autres documents administratifs, puis vint la restitution de sa couverture pliée avec soin et des rares effets appartenant à l'établissement. Claquemuré dans la solitude et le mutisme depuis des mois, Enzo évita la case « adieu aux compagnons ». Rares étaient les détenus ou les matons qui connaissaient le son de sa voix.

Un couloir propre et silencieux, une grille coulissante, une volée de marches et le monde extérieur s'offrit à lui, immense, terrifiant, vide de sens.

Il contempla la cime des arbres plantés tout autour du centre de détention pour le protéger des regards. À moins qu'ils n'épargnent au monde extérieur la vision des délinquants susceptibles de menacer le bon peuple.

Ses yeux glissèrent le long des branches balayées par les premières brises printanières. Adolescent, il aimait à se promener dans les bois à flanc de montagne jouxtant son village. Un plaisir dissous par le monde acide des adultes et dont Enzo mesurait, en cet instant, à quel point il lui manquait.

L'ex-détenu lâcha le sac de toile contenant ses sous-vêtements, les deux pantalons, autant de chemises et de paires de chaussures qui constituaient ses seules possessions. Il ferma les yeux, enfonça ses mains au plus profond de ses poches puis emplit ses poumons d'air pur.

Pureté vite gâchée par l'odeur écœurante de la fumée d'une cigarette.

Enzo rouvrit les yeux. Deux pas face à lui, Andrew Bryniarsky, en jean et sweat-shirt bleu pâle, achevait d'encrasser ses artères. Il jeta sa clope à terre et l'écrasa sans détacher son regard de celui qu'il avait, pour la deuxième fois, fait jeter en prison.

— Comme un sentiment de déjà-vu..., murmura Enzo.

— Que veux-tu, l'histoire est un éternel recommencement, sourit Bryniarsky avant de se faire grave en détaillant son visage glabre. Tu as l'air fatigué...

Peu désireux de s'appesantir sur un état dont il n'était que trop conscient, Enzo ignora la remarque bien qu'il crût y déceler une prévenance sincère.

— Ta présence ici me surprend.

Visiblement peu dupe, Andrew n'insista pas.

— Tiens ? Et pourquoi donc ?

— Je ne te pensais pas revanchard au point de venir contempler les dégâts. À moins que l'envie de me coller une nouvelle droite ne te démange.

Enzo surligna de son doigt la cicatrice qui barrait l'arcade sourcilière ouverte par Andrew, à Londres.

— Tu me crois plus vicieux que je ne suis. Si je te disais que ça me fait plaisir de revoir ta tronche, et que je suis peiné de te retrouver aussi marqué, tu me croirais ?

— Honnêtement ? J'aurais comme un doute.

— Et tu aurais tort. Durant ta détention, tu n'as pas reçu une seule visite, pas un seul appel, je me suis dit que c'était un peu raide, surtout après ce que tu as fait pour les familles de ton village.

— Je ne m'attendais pas non plus à ce que l'on me décerne une médaille. J'ai fait ce que j'estimais juste, c'est tout.

— À ce propos, tu sais qu'au Bureau tu fais l'objet de nombreux débats ?

— Mais encore ?

— Pour certains, tu serais une sorte de Robin des Bois moderne ou un clone de Julian Assange version financière.

— Je ne savais pas les agents du FBI à ce point romanesques.

— T'emballe pas, il y en a quand même un paquet qui te prennent juste pour un sombre connard.

— Et toi, qu'en penses-tu ?

Bryniarsky jeta sa cigarette à terre puis l'écrasa du talon en jetant un œil à la ronde.

— Moi ? Devine, répondit-il avec un sourire indéchiffrable.

Enzo fronça les sourcils et scruta l'horizon. Sa mâchoire se crispa, renforçant la fatigue lisible sur ses traits.

— Aurais-tu des nouvelles de…

— Oui, l'interrompit Andrew en sortant de la poche de sa veste un smartphone dont il consulta brièvement l'écran. Je te fais confiance pour avoir suivi les conséquences de ses exploits dans la presse. Nucorp a une nouvelle dirigeante, l'ancien croupira en taule. Quant à Janet, elle a quitté l'AIEA pour devenir expert pour les Nations unies.

— Elle vit toujours en Europe ?

— Non, elle s'est installée à New York depuis qu'elle est rattachée au siège de l'ONU.

Enzo opina du chef avec un air satisfait.

— Au cas où cela t'intéresserait, elle a fini par divorcer.

— C'est bien, soupira-t-il. Je vois que tu as gardé un œil sur elle.

— Tu peux même dire les deux. J'ai dîné avec elle à plusieurs reprises. Nous sommes devenus plutôt intimes.

— Tu veux dire qu'elle et toi…

— Bien sûr…

Les épaules d'Enzo s'affaissèrent malgré lui.

— … que non, conclut Andrew en hochant la tête. Déjà elle mérite mieux que d'être la maîtresse d'un homme marié, et en prime elle s'entend à merveille avec ma femme. Nous l'aidons à s'acclimater à la Grosse Pomme. Ça la change pas mal de Vienne ou Londres.

— J'imagine.

Comme son propriétaire, la voix manquait d'entrain et suintait la fragilité.

— Tu espérais qu'elle vienne te voir, avoue.

— Je me disais… j'avais cru… Laisse tomber, les femmes comme elles n'ont rien à faire avec des hommes comme moi. Et puis, elle a eu son compte de sales types.

— Tu l'as dit. Un jour ou l'autre, les femmes bien finissent par avoir droit à des hommes bien.

— J'ai la faiblesse de le croire.

— Si on m'avait dit que je serai le confident de tes peines de cœur, je ne l'aurais pas cru ! s'amusa Andrew avant de poursuivre : Bon, je taillerais bien le bout de gras avec toi, mais je suis surtout venu te faire une offre.

— Une offre ?

— Ouaip, m'sieur ! Au nom du Bureau fédéral d'investigation, et avec la bénédiction du département de la Justice des États-Unis d'Amérique, je t'invite officiellement à rejoindre nos services en tant qu'agent spécial aux affaires financières. Salaire de merde, horaires à la con, mais tu gagnes une jolie plaque. Certes, elle n'est pas assez « bling-bling » pour pêcher les starlettes hollywoodiennes, mais elle produit son petit effet. Sans parler de l'ombre de Mulder et Scully qui plane au-dessus de chacun d'entre nous.

Ça compte ! Ta condamnation pour « l'emprunt » de la camionnette à Dallas et la conduite dangereuse qui a suivi ont soldé les comptes, donc nous t'offrons un nouveau départ.

— Celle-là, je ne l'avais pas vu venir…

— Toi et moi collègues, tu vois un peu le tableau ? Et attends le meilleur : tu dépendrais de mon autorité. Elle n'est pas belle, la salade ?

— Je dois te donner ma réponse immédiatement ?

— C'est le deal. L'offre est valable exactement trente secondes. En même temps, tu es plus raide qu'un macchabée et tu n'as nulle part où aller. Inutile de me la jouer à l'envers. Comme tous les mecs qui ont accompli la mission à laquelle ils ont voué leur existence, tu ne sais plus quoi faire de celle-ci. Je ne te propose pas un job, Enzo, je te sauve la vie. À toi de voir.

— Présenté de la sorte… Tu ferais fureur aux ressources humaines de n'importe quelle grosse société, toi. Bien, au vu de tes arguments, et compte tenu que je ne croule pas sous les propositions, je suppose que…

— Lundi en huit, à 7 heures du mat' au 290 Broadway, à Manhattan, et ne sois pas en retard.

— Tu ne me déposes pas ?

— Désolé, mon grand, mais la dernière fois que je t'ai servi de taxi je me suis embarqué dans un merdier sans nom. J'ai eu ma dose d'aventures pour le restant de mes jours.

Andrew consulta sa montre puis sortit son smartphone de son sweat. Il pianota sur le clavier avant d'ajouter :

— En plus, je me suis laissé dire que quelqu'un d'autre venait te chercher.

Enzo l'interrogea du regard, sans succès. L'agent tourna les talons et se hâta vers sa voiture, parquée au milieu d'une dizaine d'autres. Il ouvrit la portière mais s'interrompit au moment de monter.

— Si les filles bien ont droit à des mecs bien, l'inverse est tout aussi valable. À lundi, agent spécial Meazza. Ne soyez pas en retard !

Sa phrase à peine achevée, il s'installa au volant et démarra dans la foulée, laissant Enzo passablement dubitatif. Ce dernier sentit soudain son cœur s'emballer, alors que le claquement d'une portière émanant d'une voiture garée un peu plus loin venait d'attirer son attention. Il aurait voulu marcher vers la jolie jeune femme aux cheveux châtains qui s'approchait de lui d'un pas hésitant, répondre à son sourire, laisser ses yeux pétiller d'une joie semblable à celle lisible dans ceux de Janet. Mais il resta tétanisé, submergé par des émotions inconnues de lui.

Elle se planta face à lui et, comme si elle craignait de laisser s'installer un silence impossible à briser, lui parla d'une voix chantante et diaphane.

— Je me serais volontiers passé de cette mise en scène, mais Andrew a insisté.

Janet tourna l'écran du téléphone calé dans sa paume vers Enzo qui lut le texto :

« Il est mûr. Prenez soin de lui. »

Il tourna la tête en direction de la voiture de Bryniarsky qui quittait le parking.

Celui-ci descendit sa vitre puis dressa haut dans le ciel un majeur triomphant.

Une vague se leva dans le cœur d'Enzo qui perdit tout empire sur lui-même. Il contracta ses lèvres pour en masquer les tressaillements. Ses émotions se soulevèrent avec la puissance dévastatrice d'une lame de fond balayant tout sur son passage. Des larmes rougirent ses yeux et il masqua son visage de ses grandes mains.

L'armure se disloqua d'un coup et, avec sa destruction, arriva le cortège des révélations. Une armure ne protège pas son porteur, elle l'enferme. Elle ne le prémunit pas des blessures, elle l'étouffe. Et quand il la pose enfin, il découvre, en même temps que la vraie liberté, l'étendue de sa vulnérabilité.

— Je suis désolé, répéta-t-il, secoué par d'incontrôlables sanglots.

Les trois mots revinrent encore et encore.

— C'est moi qui suis désolée de ne pas vous avoir rendu visite mais j'avais des choses à régler de mon côté et... je ne supportais pas l'idée de vous voir enfermé... Pardon...

Enzo secoua doucement la tête pour signifier à quel point il ne lui en tenait pas rigueur. Il rassembla ses forces et parvint à refouler ses pleurs. Il essuya ses paupières du revers de la main et trouva l'énergie d'affronter le regard de Janet.

— Je suis fière de vous, souffla-t-elle en lui offrant un sourire plus doux qu'une caresse. Grâce à vous, des gens ne seront plus jamais dans le besoin...

Enzo s'éclaircit la gorge.

— Grâce à Andrew. Il aurait pu faire saisir l'argent.

— Mais il ne l'a pas fait. Au contraire, il vous a trouvé un travail dans lequel vous excellerez, je n'en doute pas, et, si vous pensez pouvoir me supporter, j'ai une chambre libre dans mon appartement. Ce n'est pas un palace, mais il est confortable. Il devrait faire l'affaire le temps que vous trouviez un nid qui vous convienne.

— Je ne mérite pas toutes ces attentions...

— Ce n'est pas à vous d'en juger !

Il retrouva, dans cette façon de le rabrouer, la Janet qu'il avait croisée, brutalement, à l'aéroport. Mais au lieu de s'emporter comme ils l'avaient fait alors, ils s'observèrent avec tendresse.

— Je vais essayer de trouver ma place, soupira Enzo.

Il sentit les doigts fins et audacieux de Janet s'enrouler autour de sa main. À son tour, elle murmura :

— Faites confiance à votre joie...

En souvenir de “Fan”.

Remerciements

Je tiens à remercier les agents du FBI de New York qui m'ont éclairé durant l'écriture de ce roman, et tout particulièrement l'agent spécial Stephanie Shark, qui existe vraiment et qui n'a rien à envier à son alter ego dans ce roman.

11606

Composition
NORD COMPO

Achevé d'imprimer en Slovaquie
par NOVOPRINT SLK
le 5 septembre 2016

Dépôt légal octobre 2016
EAN 9782290136737
OTP L21EPNN000386N001

ÉDITIONS J'AI LU
87, quai Panhard-et-Levassor, 75013 Paris

Diffusion France et étranger : Flammarion